대한민국 여군입니다

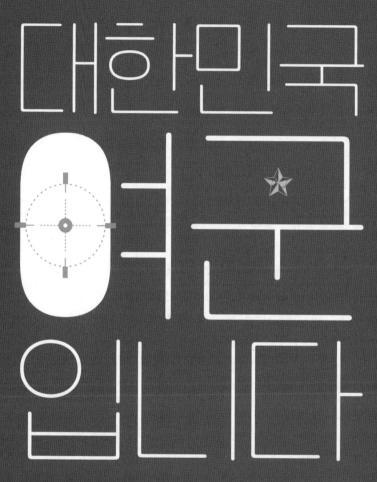

대한민국 여군입니다

박미영 지음

육사 생도에서 장교까지 직업군인의 세계

행성B

차례

들어가며

2023년 기준으로 여군이 창설된 지 73주년이 되었다. 1997년 까지만 해도 여성이 육군 장교가 되려면 '여군사관'이라는 과정으로만 임관이 가능했다. 현재는 육군사관학교, 육군3사관학교, 학사장교(여군사관 제도와 통합됨), 학군장교 등 남성과 동일하게 다양한 방법으로 여군 장교가 될 수 있다.

1998년 육군사관학교에 첫 여생도가 58기로 입학한 후 벌써 24년이 흘렀다. 나보다 앞서 군 생활을 하신 훌륭한 여군 선배가 많다. 그분들보다 내가 더 잘 해내고 있는지 확신할 수는 없지만 나와 같은 길을 선택하려는 예비 후배들, 그리고 이미 이 길을 걷고 있는 후배들을 조금이나마 도와주고 싶었다. 이에 대한 정답을 척 하고 보여줄 수는 없지만 나 역시 군 생활로 숱한 고민을 했던 사람으로서 너는 혼자가 아니라는 응원을 보내주고 싶었다. 군인의 길을 고민하는 이에게는 내가 왜 이 길을 선택했는지, 어떻게 준비했는지를 알려주고 싶었다. 이제 막 길을 나서는 이들에게는 앞으로의 여정에 어떤 어려움과 즐거움이 있는지, 어떤 식으로 일하면 좋을지 알려주고 싶었다. 나처럼 엄마와 군인이라는 직업 사이에서 갈팡질팡하며 어려워하는 이들에게는 내가 그 안에서 찾아낸 행복해질 수 있었던 방법을 공유해 주고 싶었다.

어떤 일이든 힘들지 않는 것이 없겠지만 남들이 많이 다니지 않는 군인이라는 길을 선택하여 어려움을 만날 때마다 생각나는 시가 있다. 로버트 프로스트의 〈가지 않은 길〉이다. 생도 시절부터 지금까지 나의 선택을 되돌아볼 때마다 곱씹게 되는 시다.

숲속에 두 갈래 길이 있었습니다.
사람이 적게 간 길을 택하자,
모든 것이 달라졌습니다.

나는 고3 때 군인의 길을 선택했고 그로 인해 나의 인생은 달라졌다. 이 글을 읽고 있는 이들 또한 선택의 기로에 서 있을 것이다. 사람들이 적게 간 길을 선택한 이들이 길을 잃고 헤매지 않도록 함께 고민하고 싶다. 거창한 조언까지는 아닐지라도 힘들면 같이 얘기하고 도움을 줄 수 있는 편안한 선배가 되고 싶다.

PART 1

★

여군이 되기로
결심하다

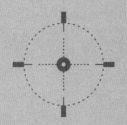

나는 왜 군인이 되었나

"김 소위는 왜 군인, 그것도 장교가 됐니?"

3월과 7월이면 갓 임관하여 군 생활을 시작하는 신임장교들은 부대로 배치되기 전에 필요한 소양교육을 위해 육군의 각 병과학교에 입교한다. 입교하고 얼마 후, 생활하면서 불편한 점이나 도와줄 부분은 없는지 확인하기 위해 개별 면담을 한다. 위의 물음은 내가 후배들과 면담할 때 항상 했던 질문이다.

"대학 졸업하고 곧바로 경제활동을 할 수 있어서 지원했습니다."

"아버지가 부사관이신데 군인이 될 거라면 장교가 낫다고 하셨습니다."

"전공이 군사학과여서 익숙했고, 장교 생활이 잘 맞을 거라고 생각해서 지원했습니다."

면담을 하는 인원 숫자만큼 다양한 지원 동기가 있으나 대부분 공통적으로 자신이 잘할 수 있을 거라는 자신감이 있다. 비록 동기들과는 아직 서먹하고, 자기가 앞으로 무슨 일을 해야 하는지도 잘 모르지만 열정 가득한 눈을 빛내는 신임장교들 앞에 서 있으면 나도 에너지가 차오르는 느낌이 든다.

나는 2년 동안 후배 장교들을 가르치는 교관으로 근무했다. 후배 장교들뿐 아니라 부사관 및 군무원을 대상으로, 부대에서 생활하면서 얻은 업무 노하우와 이와 관련된 규정과 방침 등에 대해 가르쳤다. 함께 일하는 선·후배로 지낼 땐 계급 때문에 벽이 있는 느낌이었다면, 교관과 학생의 관계로 만나니 좀 더 가까워진 것 같아 좋았다.

그런데 이런 질문을 던지면서 문득 나 스스로를 돌아보게 되었다. 내가 장교가 된 지도 어느새 16년이 넘었다. 아침에 눈을 떠서 부대로 출근하는 게 당연한 일상이 됐다. 이 당연한 일상이 오기까지 내가 무슨 생각으로 육사에 왔는지, 임관해서 무슨 노력을 했는지 돌아볼 여유도 없이 바쁘게 살았다. 그러다 보니 어느 순간 내가 왜 군인이 되었는지 잊고 있었다. 그렇게 후배들과 면담하면서, 오히려 내가 군인이 되겠다고 결심했던 이유를 아주 오랜만에 돌이켜볼 수 있었다.

중학생 때 우리 가족은 주말마다 장을 보러 갔다. 여행을 가거나 하는 특별한 일이 있는 게 아니라면 거르지 않았다. 중학생 여자애에게 가족과 함께 매주 장 보러 가는 것은 굉장히 귀찮은 일이었다. 그러던 어느 날, 동네에 대형마트가 생겼다. 지금은 너무 당연하지만 당시에는 마트에서 온갖 것을 구경하고 살 수 있다는 건 획기적인 일이었다. 덕분에 귀찮았던 장보기가 기대되는 일로 바뀌었고, 동생과 나는 매주 어떤 새로운 것이 있을지 구경하는 재미로 마트에 갔다. 부모님은 다른 건 몰라도 책만큼은 이유를 묻지도 않고 사주셨다. 사고 싶은 책을 골라서 카트에 넣는 건 신나는 일이었다.

그날 장보기에서도 난 책 코너에서 책을 구경 중이었다. 책 코너를 몇 번 돌다 내 눈에 들어온 책은 김경진, 진병관 작가의 《동해》라는 소설이었다. 4대 강국이 동해에 모여 힘겨루기를 하는 내용인데 나에게 처음으로 군인에 대해 관심을 갖게 해준 책이었다. 책을 읽으며 군인은 모두 이런 전우애를 갖고 있는지, 나라를 생각하는 마음이 이토록 지극한지 궁금했다.

이후 전쟁 소설에 홀딱 빠진 난 비슷한 책을 찾아다녔다.

김경진 작가의 책을 더 찾아보니 남북전쟁을 다룬《남북》, 통일한국을 무대로 한《데프콘》* 등이 있었다. 당시 군대와 무기에 대해서는 전혀 모르던 터라 이해가 가지 않는 부분이 많았는데도 재밌게 읽었다. 다양한 소설에 등장하는 전쟁 속 군인의 삶과 생각, 행동이 인상 깊게 남았다.

이때 재미있게 읽은 책 덕분에 군인이라는 길을 선택할 수 있다는 것을 알기 전까지 내 장래희망은 과학자, 선생님같이 또래 아이들이 흔히 생각하는 직업들이었다. 내가 아는 세계가 딱 그 정도여서 그런 것들만 생각할 수 있었던 게 아닐까. 이래서 사람은 많은 걸 보고, 듣고, 경험해 봐야 한다.

평범한 여중생이 군인이 되기로 결심한 계기는 가족들과 매주 가던 마트 장보기 속의 책에 있었다. 그때의 선택이 나에게 새로운 길을 선택할 기회를 줬다.

당연한 말이지만 새로운 선택의 기회가 나에게 좋은 것만 주지는 않았다. 친구들이 점수와 싸우던 시간에 나는 운동기

---

* 육군사관학교에 입학하고 나서야 책 제목을 제대로 이해했다. 데프콘 (DEFCON)은 Defense Readiness Condition의 약자로 방어준비태세를 가리킨다. 1, 2, 3, 4, 5단계로 구분되고, 숫자가 작을수록 더 큰 위기 상황이라는 뜻이다.

록과 싸워야 했고, 가만히 있어도 땀이 나는 뜨거운 여름에 집중적으로 훈련을 받아야 했고, 반복되는 선배들의 엄한 가르침 앞에서 다 포기하고 싶은 순간도 있었다. 그런 순간마다 내가 왜 여기에 오려고 했는지를 잊지 않으려고 노력했다. 부모님이 가라고 요구해서 온 것도 아니고, 군인 선배들이 군인이 되면 좋다는 말을 해서 속은 것도 아니었다. 스스로 고민하고 선택하여 왔으니 끝은 봐야겠다는 의지로 버티다 보니 어느새 여기까지 왔다.

나 육사에 갈 거야!

지금은 더 다양한 방법이 있지만 내가 군인이 되려고 고민할 무렵 선택지는 딱 두 가지뿐이었다. 사관학교에 가는 것과 대학을 마치고 여군 학사장교로 가는 것. 고등학교 졸업 후 부사관이 되는 방법도 있었지만 그땐 그걸 몰랐다. 빨리 군인의 길을 가고 싶은 나에게 대학을 마치고 여군 학사장교로 가는 길은 시간이 너무 오래 걸린다는 생각이 들었다. 그래서 고른 최선의 선택지가 사관학교 입학이었다.

처음 군인이 되고 싶다고 결정했을 때 내 꿈은 공군이었다. 산으로 들로 뛰어다니는 육군보다는 하늘을 날아다니는 공군이 더 특별하다고 생각했기 때문이다. 그래서 이왕 군인이 될 거면 영화 〈탑건〉의 톰 크루즈처럼 전투기를 조종하는 조종사가 되어야겠다고 결심했다. 그러려면 공군사관학교에 입학해야 한다 생각하고 준비하던 중, 갑자기 시력이 나빠지기 시작했다. 왼쪽 눈 시력이 0.7이 되었는데 오른쪽도 왼쪽 눈을 따라 같이 나빠졌다. 정확한 상태를 알고 싶어서 안과를 찾았다.

"안경을 써야겠네요."

"선생님, 제가 전투기 조종사가 되고 싶어서 공군사관학교를 가려고 하는데, 시력이 좋아질 수는 없나요?"

"아, 공군사관학교를 희망하나요? 예전에 사관학교 입학 지원자 신체검사에 지원을 나간 적이 있어요. 시력이 애매한 지원자들이 기호판을 외우면 되겠지 생각하고 오는 경우도 있는데, 그렇게 시력을 속일 수는 없죠. 조종사는 눈이 중요한 요소라서 좀 더 세밀하게 측정하거든요. 공군사관학교는 조금 어렵지 않을까 싶네요."

어렵겠다는 의사의 말에 크게 실망했다. 하지만 원래의 목표는 군인이었으니까 다시 사관학교 선택 문제로 돌아가서 육군사관학교로 목표를 수정했다(바다에서 배를 탈 자신은 없었다). 육군사관학교는 육·해·공 3개의 사관학교 중 유일하게 서울에 있는 학교이다. 사관학교에 가면서 인 서울의 꿈도 이뤄보자!

고등학생이 되니 모든 것이 수능과 대학을 중심으로 돌아갔다. 1학년이 시작된 지 얼마 되지 않아 모의고사를 치르게 되었다. 모의고사를 볼 때 내가 지원하고 싶은 대학을 적는 난이 있는데, 첫 모의고사 때 희망대학을 육군사관학교라고 썼다. 막연히 사관학교에 가고 싶다는 생각만 하다가 실제 희망대학을 적고 보니 목표가 현실적으로 느껴졌다. 육군사관학교에 가려면 뭘 해야 하지? 거기서는 뭘 배우고 어떤 환경에서 생활하게 되는 거지? 등 여러 생각이 떠올랐다. 의문을 해결하려고 인터넷을 기웃거리다가 육군사관학교 홈페이지를 발견했고, 학교가 끝나고 집에 가면 몇 시간을 앉아서 육사 홈페이지만 들여다봤다. 입학이 확정된 것도 아니면서 화면을 보는 것만으로도 가슴이 뛰었다.

컴퓨터를 그리 즐겨 하지도 않는 내가 매일 몇 시간씩 육사 홈페이지를 찾아보고, 모의고사 성적표 희망대학란에는 육군사관학교가 적혀 있는 걸 보다 못해 엄마가 물어보셨다.

"대학은 어디로 가려고 하니?"

"육군사관학교."

"사관학교? 교대가 아니고? 너 선생님 하고 싶다고 했었잖아?"

"그랬지. 그런데 이제 사관학교에 가고 싶어졌어."

"선생님은 나중에 결혼하고도 쉬면서 할 수 있고 여자가 하기에 좋은 직업이라고 생각하는데. 아니면 교수는 어때?"

"엄마, 난 그냥 사관학교에 가고 싶어."

"군인이 되고 싶다는 거야? 왜 굳이 그 힘든 걸 하려고 해?"

엄마와 내가 생각하는 바가 다르고 서로 의견을 굽히지 않으니 대학 얘기만 나오면 얘기가 좋게 끝나지 않았다. 엄마는 내가 고민하고 결정을 내린 것에 대해서 간섭하는 분이 아니다. 그렇지만 여자가 군 생활을 하면 다른 직업보다 더 고생할 것이 뻔히 보이는데 굳이 왜 그 길을 가려 하는지 이해가 안 되셨던 것 같다. 결혼하고도 일할 수 있으면서 조금이라도 덜 힘든 직업을 택했으면 하는 마음으로 나를 설득하려고 하신 거다. 그렇게 고등학교 2학년까지 대학 문제에 답을 내지 못한 채로 3학년이 됐다.

집 - 학교 - 집 사이클을 반복하던 어느 날, 집에 도착하니 엄마가 내 앞으로 왔다며 서류봉투를 건네주셨다. 서류봉투 왼쪽 상단, 보낸 사람 이름에 생각지도 못한 단어가 쓰여 있었다.

'육군사관학교'

큼지막하게 적힌 육군사관학교라는 글씨와 로고를 보자 가슴이 두근거렸다. 우편물 안에는 학교 모집 요강 등 입학과 관련된 홍보자료가 있었다. 내가 고3인 건 어찌 알고 이렇게 딱 필요한 시기에 우편물이 왔는지 신기해하면서 곰곰이 생각해 보니, 내가 매일매일 육사 홈페이지에 출근 도장을 찍으면서 홍보자료 요청 글을 남겼던 기억이 났다. 우편물을 받아들고 책상 앞에 앉아 꺼내 본 홍보자료는 내가 고1 때 매일 보던 학교 홈페이지 내용과 크게 다르지 않았다. 그래도 홍보자료를 보니 다시 가슴이 두근거리기 시작했다.

사관학교의 입시는 다른 대학과는 달리 조금 일찍 시작한다. 수능을 마치고 나서 지원하는 것이 아니라 수능 이전에 여러 단계를 거쳐야 하기 때문이다. 홍보자료가 이제는 엄마와의 줄다리기를 끝내고 답을 낼 때가 온 것이라는 알람 같았다. 나는 엄마에게 통보하듯 말했다.

"엄마, 나 결심했어. 붙을지 떨어질지 모르겠지만 내가 지원도 안 하고 이대로 포기해 버리면 평생 엄마를 원망할 것 같아. 입학할지 말지는 붙고 나서 고민할 일이지만, 지금은 일단 지원서를 써야겠어."

엄마가 다시 반대할 거라 생각했지만, 엄마는 예상외로 별 말씀 없으셨다.

"알아서 해. 네 인생 네가 사는 거지 뭐. 나중에 왜 끝까지 안 말렸냐고 엄마 원망이나 하지 마."

100% 나를 지지하는 느낌은 아니지만 결국 엄마가 포기하셨다. 이제 됐다. 홍보자료를 신청한 것도 잊어버리고 지내고 있었는데, 그게 이렇게 행동할 계기를 만들어줬다.

　　용기(?) 있게 글을 남긴 과거의 나, 정말 칭찬해!

시험 준비는 산 넘어 산

사관학교의 지원 시기는 다른 대학교보다 빠르다. 수시 지원이 아니라면 모든 대학은 수능성적이 나오고 나서야 대학 입학과 관련된 절차가 시작되는데 사관학교는 1학기에 지원서를 작성해야 한다. 수능성적으로만 합격 여부를 결정하는 것이 아니라, 총 3단계에 걸쳐 합격자를 선발하기 때문이다. 1차 시험에 합격해야 2차 시험에 응시할 수 있고, 수능성적이 나오면 1·2차 시험 성적과 수능 점수를 합쳐 최종합격자를 선정한다. 지금은 내가 입학할 때와 전형이 달라졌다. 자세한 내용은 이 책의 부록에 있는 장교 임관과정 내용을 참고하면 좋겠다.

1차 시험은 육·해·공군 사관학교 자체적으로 국·영·수 문제를 출제하여 시험을 치른다. 2차 시험은 1차 시험에 합격한 인원을 대상으로 사관학교에서 1박 2일간 면접·논술·체력·신체검사를 실시한다. 육사 입학이 단계별로 진행된다는 것은 알았지만 나는 어떻게 준비해야 할지 아무 생각이 없었고, 그저 친구들이 준비하는 것처럼 수능 공부만 하고 있었다. 그런 와중에 대학 진학을 위한 담임선생님의 면담이 시작되었고, 내 차례가 되었다.

"미영이는 어느 대학이 목표에요?"(담임선생님은 우리에게 항상 존댓말을 쓰셨다.)

"일단 육군사관학교가 목표에요."

"그럼 지금은 어떤 공부를 하고 있어요?"

"1학기 중간까지 과탐과 사탐을 끝내고 국·영·수는 그다음에 하려고요."

"육사는 우선 1차 시험에 합격해야 하잖아요? 1차 시험에 포함되는 과목은 어떤 거고, 언제가 시험이죠?"

와… 망치로 머리를 맞은 기분이었다. 1차 시험은 8월에 보고 과목은 국어, 영어, 수학이다. 게다가 1차 시험에 합격하지 못하면 2차 시험은 아예 기회조차 없는 것인데! 뻔히 알면서도 준비하는 방향을 완전히 잘못 잡고 있었다. 담임선생님과 면담 이후 나는 1차 시험까지는 국·영·수 과목에 집중하기로 했다. 과탐, 사탐 부분은 겨울방학에 한 번 정도 훑어서 봤으니까 두려워하지 말고 모의고사 보고 오답노트 정리해 놓은 부분만 다시 머리에 넣는 것으로 방향을 바꿨다. 위험한 도박 같지만 내가 지금까지 한 공부를 믿었다.

육사에 입학하려면 1차 시험은 무조건 넘어야 하는 첫 번째 산이었다. 사관학교 1차 시험은 수능보다 어렵다는 것이 정설이었는데 기출문제도 구할 수가 없고 모의고사 유형 외에는 대비할 방법이 없어서 걱정이었다. 1차 시험에서 여자는 모집정원의 6배수, 남자는 4배수 정도의 인원이 합격한다. 모집정원의 6배수라고 말하면 해볼만한 수준 아닌가 생각할 수 있지만 당시 육사 여자 정원은 25명이었다. 거기에 문과 이과 따로 지원자를 나누는데 난 이과였고, 육사 여자 이과 정원은 25명 중 단 10명이다. 그렇다면 6배수라고 해도 단 60명만 1차 시험에 합격한다는 말이다. 60명이라는 정확한 숫자를 보니 쉽지 않겠구나 하는 걱정이 밀려왔다.

시간이 흘러 드디어 1차 시험을 보는 날이 되었다. 고등학교에서 치른 모의고사만 몇 번인데, 시험 시간이 부족할 거라고 예상하지 못했다. 수능 날까지 시험 시간이 부족하다고 느낀 것은 딱 두 번이었다. 첫 번째가 사관학교 1차 시험, 두 번째가 수능이었다. 국어부터 시작이었다. 지문이 생소했고,

지문이 생소하니 문제 풀기도 어려웠다. 이어서 본 수학은 더했다. 자신 없는 문제는 일단 끝까지 풀고 나서 다시 한번 보려고 별표를 쳐놓고 넘어갔는데, 대부분의 문제에 별표가 그려져 있었다. 울고 싶었다. 국어도 망했고, 수학도 망했고. 마지막은 영어! 점심 먹은 이후라 마음을 가라앉히고 이번에는 괜찮길 바라면서 시험지를 펼쳤으나, 역시나 난도는 높았다. 세 과목 중 시간이 제일 부족했다. 시험이 끝나고 나오면서 응시한 사람들이 하는 얘기를 들으니 영어는 문제를 읽지도 못하고 답을 낸 사람도 꽤 있었다. 시간 내에 겨우 답을 제출하긴 했지만 괜찮을 거란 생각이 들지 않았다. 지금까지 공부를 엉망으로 한 기분이었다. 육사 1차 시험이지만 시기적으로는 수능의 전초전처럼 치른 시험에서 이런 결과라니. 육사 합격은커녕 수능시험도 걱정이 되었다.

다행히도 1차 시험 합격안내서가 왔다. 내 이름으로 된 합격증을 보면서 겨우 안도했다. 심지어 가산점 2점도 붙었다. 1차 시험 성적이 좋은 사람들에게 2점에서 10점까지 가산점을 줬다. 찍은 문제가 맞은 걸까? 어쨌든 하나의 산을 넘었다는 것이 정말 감사했다.

하지만 이제 시작일 뿐이니 2차 시험을 준비해야 했다. 2차 시험에서 관건은 체력평가였다. 면접과 논술은 시험 당일에 뭐라도 하면 되고, 단기간에 향상시킬 수 있는 게 아니라 앞서서 걱정하지 않기로 했다. 하지만 체력평가는 달랐다. 현재 내 수준이 기준에 한참 못 미치지만 준비를 철저히 하면 승산이 있을 거라 생각했다. 준비해야 하는 종목이 한두 종목이 아니었다. 팔굽혀펴기, 오래 매달리기, 멀리뛰기, 100m 달리기, 1.2km 달리기, 윗몸일으키기(지금은 1.2km 달리기, 팔굽혀펴기, 윗몸일으키기 단 세 종목이다). 여기서 다른 종목은 점수로 환산하여 합산하는데 1.2km 달리기는 불합격 시 그 자리에서 바로 짐을 싸서 집으로 돌아와야 한다. 난 1.2km 달리기에 제일 자신이 없었다. 하필이면 제일 자신 없는 그 종목을 불합격하면 곧바로 집에 가야 한다고 하니 더 열심히 준비해야 했다. 여고에서 평범하지 않게 육사를 준비하고 있으니 학교 모든 선생님이 나를 아셨다. 체육 선생님은 더더욱 모르실 수가 없었다. 감사하게도 체육 선생님이 먼저 "너 체력평가 준비해야 하지 않냐?"라고 물어봐 주셨다.

1차 시험 합격 후 2차 시험까지 한 달 정도 시간이 있었다. 친구들이 자습하는 시간에 난 여섯 종목 체력평가를 준비했다. 팔굽혀펴기는 열심히 연습했지만 시험 직전까지도 제대로 할 수 없었다(팔굽혀펴기는 현역인 지금도 어렵다). 제일 자신 없는 1.2km 달리기. 당시 불합격 기준은 7분 30초였는데, 내 기록은 불합격에 가까웠다. 기록 단축을 위해서 야자가 끝나는 밤 9시에 맞춰서 매일 운동장을 뛰었고, 매주 금요일엔 체육 선생님과 학교 운동장이 아닌 종합운동장 트랙에서 측정했다. 같이 육사를 준비하던 친구가 있었는데, 그 친구는 1.2km 달리기 기록이 정말 좋았다. 반 바퀴 이상 차이가 나던 그 친구를 따라잡으려고 무리해서 뛰니 목에서 피 맛이 났다. 어떤 날은 뛰면서 헛구역질을 하기도 했고, 다 뛰고 나서 곧바로 화장실로 달려가기도 했다. 혼자서는 그렇게까지 노력할 수 없었을 텐데 그 친구 덕분에 포기하지 않고 끝까지 뛸 수 있었다.

무엇보다도 체육 선생님의 도움이 컸다. 매주 직접 차로 종합운동장까지 태워다 주셨고, 종목별로 운동하는 자세, 기록이 잘 나오는 법을 정확하게 지도해 주셨다. 선생님 덕분에 모든 종목에서 눈에 띄게 성적이 향상되었고 특히 100m 달리기 기록은 2초나 단축되었다. 나중에 육사에 합격하고 동기들과 얘기해 보니 나만큼 체계적으로 준비해 온 사람이 거의 없었다.

2차 시험은 육사에 소집되어 1박 2일간 진행됐다. 첫째 날엔 신체검사, 체력평가, 논술평가를 진행하고, 둘째 날에 면접 및 심리검사를 진행한다. 그런데 생각지 못하게 신체검사에서 날벼락을 맞았다. 내 발이 평발인지 아닌지 정확히 확인해 봐야 한다는 것이 아닌가! 평발이면 사관학교 입학이 불가능했다. 고등학교 때까지 걷거나 뛰는 데 전혀 문제가 없어서 한 번도 내가 평발일 거라는 상상조차 하지 않았다.

평발인지 아닌지 알아보기 위해서 발 엑스레이를 찍은 다음 발바닥과 발등의 각도를 확인했다. 다행히 완전히 정상이었다. 왜 내가 평발로 의심받았는지 아직도 의문이다. 지금도 동기들과 만나면 가끔 그때 얘기를 하는데 "네 발이 평발로 보일 만큼 살쪄서 그런 거야"라고 농담한다.

문제의 체력평가도 치렀다. 난 한 달 정도 준비를 했는데, 1.2km 달리기를 한 번도 해보지 않고 온 지원자들도 있었다. 피 맛을 느끼면서 뛴 덕분에 1.2km 달리기는 다행히도 무난히 통과했다. 1.2km 달리기는 불합격을 적용하는 유일한 종목이었는데, 실제로 기준 시간에 들어오지 못한 지원자 몇 명은 남은 평가를 하지도 못하고 바로 집으로 돌아갔다. 팔 굽혀펴기를 연습할 때에는 하나도 제대로 하기 어려웠는데, 경쟁자들인 다른 지원자들의 모습과 측정 당일이라는 긴장감 덕분에 11개나 해냈다.

다음 날 진행된 면접은 구술면접, 학교생활, 심리검사, 종합판정 등으로 이루어졌다. 구술면접은 준비된 여러 주제 중

하나를 뽑아서 일정 시간 동안 준비를 하고 면접위원들 앞에서 주제에 대한 내 생각을 정리해서 발표하는 것이다(이후 기수부터는 집단토론도 생겨나서 좀 더 어려워졌다). 면접장에서는 제출한 생활지도기록부를 바탕으로 여러 가지 질문을 한다. 고등학생 때 나는 합창부 활동을 했는데, 그 경력을 보고 면접위원 중 한 분이 어떤 노래를 배웠는지 보여줄 수 있냐고 물었다. 머릿속이 하얗게 변했는데 다행히 '엄마야 누나야'가 생각나서 그 노래를 불렀다. 긴장되는 상황에서 면접관이 노래를 부르라고 했다고 정말 열심히 불렀다는 게 지금 생각하면 너무 웃기다(지원자 중에는 애국가를 열창했던 사람도 있었다). 마지막으로 종합판정에는 여러 명이 함께 들어갔다. 면접관은 한 명이었고(면접 때는 몰랐는데, 입학하고 나니 종합판정의 면접관이 생도대장님이었다) 들어온 모든 지원자에게 왜 육사에 지원하게 되었는지 물었다. 지금 생각하면 손발이 오글거리긴 하지만 그때 내 대답은 이거였다.

"나라가 위기에 처했을 때 끌려다니는 사람이 아니라 가족과 나라를 지키기 위해 뭔가를 할 수 있는 사람이 되고 싶다는 생각을 했습니다. 그리고 의미 있는 일을 하고 싶었습니다."

2차 시험은 합격자 발표가 따로 나지 않는다. 수능이 끝나고 최종합격자 발표를 기다려야 한다. 2차 시험을 마치고 나서는 1차 시험이 끝나고 난 후에 느낀 처참한 기분이 들진 않았고, 후회 없이 열심히 한 만큼 조금 후련하기까지 했다.

1차 시험도 2차 시험도 스스로 준비하는 것이 우선이지만, 선생님들이 옆에서 제대로 된 방향을 알려주지 않고 도움을 주지 않았다면 잘 끝내기 어려웠을 것이다. 담임선생님과 체육 선생님 두 분께 항상 감사하다.

육사에 입학하고 1학년 스승의 날에 은사님을 초청하는 행사가 있었다. 중·고등학교 때 만났던 여러 선생님이 떠올랐지만, 난 고등학교 3학년 때 담임선생님을 초청했다. 육사 입학에 가장 큰 은인이라 생각했기 때문이다. 선생님은 흔쾌히 먼 길을 와주셨고, 선생님 덕분에 이렇게 육사라는 곳에 와서 생활하고 있다는 것을 보여드릴 수 있었다. 선생님이 보낸 수많은 스승의 날 중 제자가 감사한 마음을 보답하고자 한 그날이 특별하게 기억되었으면 좋겠다.

선생님, 정말 감사합니다.

육사는 내 운명

2차 관문까지 모두 끝내고 드디어 마지막 수능만이 남았다. 고3이 되면 슬럼프가 오는 친구도 많다. 잘 나오던 성적이 들쭉날쭉하거나 아니면 아예 오르지 않거나. 그에 비하면 나는 운이 좋았다. 고3 초부터 모의고사 성적이 꾸준히 올라 크게 걱정하지 않아도 될 정도였으니까. 지금 생각해도 마음고생을 하지 않고 고3 시절을 보낸 것은 감사하다.

드디어 수능 당일. 실수하면 안 된다는 압박감과 단 하루의 시험으로 내 인생이 바뀔 수도 있다는 중압감이 밀려왔다. 육사 1차 시험 때의 기분이 들었다. 언어영역(현 국어영역)에서는 생전 처음 보는 지문이 수두룩하게 나왔다. 아, 이번 수능은 어려운 시험이구나 직감했다. 아침부터 오후 늦게까지 홀로 전쟁터에서 싸운 느낌이었다. 수능이 끝나자 내가 이걸 위해 그렇게 3년 동안 공부한 걸까 하는 허탈감이 몰려왔다. 잘 끝내고 나왔으면 개운함이라도 남았을 텐데 이번 수능은 결과를 보지 않아도 망한 것이 분명했다. 집에 들어가기 싫었다. 내 기분이 가라앉아 있으니 부모님께서는 고생했다는 한마디를 건넨 후에는 다른 말을 하지 않으셨다. 그대로 방에 들어가서 침대에 누웠다. 방 밖에서 부모님께서 목소리를 죽이고 서로 얘기하는 소리를 들으며 잠이 들었다.

수험표 뒤에 내가 쓴 답과 정답을 맞춰보았다. 절망적이었다. 고3 슬럼프가 없었던 건 이것을 위한 전주였을까? 절벽에서 날 한 번에 떨어뜨리려고? 눈앞이 캄캄했다. 친구와 함께 영화관에 갔다. 하필 고른 영화도 〈아이 엠 샘(I am Sam)〉. 영화가 슬퍼서 운 건지, 시험을 망쳐서 속상해서 운 건지. 감정이 마구 올라와서 엉엉 울었다. 집에 가서는 부모님이 계시는데도 침대에서 엉엉 울었다. 아빠가 조용히 방으로 들어오셔서 위로해 주셨다.

"미영아, 이제까지 원하는 것 거의 다 이루고 여기까지 왔잖아. 이런 날도 있는 거야. 이번에 시험을 잘 못 봤으면 어때. 재수해도 돼. 속상해하지 마라."

수능을 망치고 속상해하는 딸을 보는 부모님 마음도 많이 아프셨을 거라 생각한다.

사관학교 합격자 발표는 모든 대학 중에 가장 빠르다. 수능 성적표가 나오면 일주일 안에 발표가 난다. 육사는 이미 지원자를 받아놓은 상태고, 1·2차 시험 성적은 벌써 정리가 돼 있었을 것이다. 수능성적 발표가 되자마자 모든 점수 합산이 될 테니 합격자 발표가 빠를 수밖에.

합격자 발표날 아침. 부모님은 모두 출근하셨고, 집에 나 혼자였다. 컴퓨터를 켜고 육사 홈페이지 접속 후 합격자 발표란을 클릭했다. 주민등록번호 또는 이름을 입력하라는 안내가 있었다. 내 이름은 동명이인이 많으니까 주민등록번호 입력 후 클릭. 처리되는 그 몇 초가 정말 너무 떨렸다.

[합격을 축하합니다.]

모니터 화면에 뜬 글자가 눈에 들어왔다. 아무도 없는 집에서 혼자 소리 지르며 만세를 불렀다. 보고도 믿기지 않아서 이름을 치고 또 치고. 몇 번을 확인했는지 모른다.

육사 합격은 1차 시험, 내신성적, 2차 시험, 수능 점수를 모두 합쳐 결정된다. 비중은 수능 점수가 가장 컸지만, 결국 어느 하나만 잘해서는 안 되는 거였다. 수능을 망쳤다고 생각했는데 어떻게 붙었는지 의문이지만, 어쨌든 합격했다!

부모님에게 합격 소식을 전했다. 엄마는 여러 생각이 드는 얼굴이셨지만 축하한다고, 고생했다고 해주셨다. 하지만 미련이 남으셨는지, 학교를 한 해 일찍 갔으니 다른 애들보다 늦은 것도 아니고, 원래보다 성적이 안 나왔으니 1년만 더 해보는 건 어떨지 조심스럽게 말을 꺼내셨다. 내 최종목표는 육사 입학이었으니 고민할 것도 없었다. 재수 결사반대를 외치며 육사에 입학하겠다고 못 박았다.

의미 없는 가정이지만 그해 수능성적이 원래 나오던 만큼 나왔다면 엄마가 쉽게 일반대학을 포기하셨을까? 그럼 난 지금 어디에 있을까?

수능성적을 확인하고 나를 위로해 주셨던 담임선생님도 내가 육사에 합격하자, 오히려 육사 말고 다른 대학은 생각하지도 말라고 수능성적이 떨어진 것 아니냐는 농담을 하셨다. 온 우주가 나의 육군사관학교 합격을 도왔다.

육사, 넌 내 운명이야!

PART 2

★

나의 육사
생존기

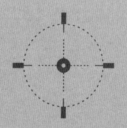

오늘부터 1일!

육사에서는 입학식을 하기 전 6주간 기초군사훈련을 받는다. 남자들이 병역의 의무를 다하기 위해 병사로 입대해서 신병 교육을 받는 것과 비슷하다. 이 기간에 사관생도가 되기 위한 최소한의 지식, 체력, 생활방식 등을 익히는 훈련을 무사히 받아야만 입학식을 치를 수 있다. 그래서 3월에 있는 입학식보다 이른 시기에 육사에 들어가기 때문에 재수를 하지 않고 한 번에 합격하면 2월에 있는 고등학교 졸업식에는 갈 수 없다.

친구들이 대학 입학원서를 쓴다, 합격자 발표를 기다린다 하는 동안 가입교 날이 다가왔다. 기초군사훈련을 위해 학교에 들어가는 것을 가입교라고 하는데 이때 어떤 걸 하는지 전혀 정보가 없었다. 학교 홈페이지를 그렇게 들락거렸는데도 자세한 내용이 없어서 예상이 안 됐다. 엄마는 훈련이라고 하니까 걱정부터 하셨는데, 오히려 나는 다들 해낸 거니까 나도 할 수 있다고 큰소리쳤다. 모두 통과의례처럼 가입교를 거치고 다들 입학하니까 별 어려움 없이 할 수 있을 거라 가볍게 생각했다.

드디어 가입교 날인 2003년 1월 13일이 되었다. 소풍 가는 날처럼 설레는 마음으로 엄마와 동생과 함께 서울로 향했다. 육사는 서울 태릉에 있다. 육사 정문으로는 생도들, 학교 간부들만 통과할 수 있고, 나머지 사람들은 후문으로만 출입이 가능하다. 당시엔 후문으로 가라고 안내해 줘서 그런가 보다 했었는데, 입학하고 나서야 정문으로 다닐 수 있는 것을 나중에 알았다. 후문으로 들어서니 등록을 위해 기다리고 있는 합격자들, 등록을 마치고 어디론가 이동하려고 서 있는 합격자들, 그리고 그들과 함께 온 지인들이 잔뜩 있었다. 나도 안내를 받아 등록을 마쳤고, 나보다 앞서 등록을 마치고 이동을 기다리는 무리에 열을 맞춰서 섰다. 뭐가 뭔지 모르고 어리둥절한 채 서 있으려니 등록을 마친 사람들이 모여들었다. 어느 정도 인원이 모이자 우리를 안내하던 전투복 차림의 사람들이(몰랐지만, 그 사람들은 선배들이었다) 이제 여기서 가족들과 헤어져야 한다고 말했다.

"가족들과 마지막 인사할 시간 64초를 주겠습니다."

조금 전까지만 해도 옆에 있던 엄마는 어디로 갔는지 동생만 있었다. 마음이 급해져서 두리번거리니 엄마는 멀리 떨어진 곳에서 나를 바라보고 계셨다. 내가 손짓하자 눈시울이 빨개진 채로 옆에 오셨다.

"엄마, 나 죽으러 가는 것도 아닌데 왜 울어. 잘하고 올게. 입학식 때 봐. 동생이랑 조심히 잘 내려가고."

우리를 통제하던 사람들이 눈치를 주는 듯해서 급하게 엄마를 달래고 난 그렇게 무리를 따라 이동했다. 나중에 엄마에게 그때 왜 그렇게 서 있었냐고 물어봤다.

"엄마 친구들이 아들 군대 가는 거 보면서 울었다고 하면, 군대는 다들 가는 거고 금방 휴가도 나오는데 뭘 우냐고 했거든. 그런데 막상 네가 들어가는 거 보니까 걱정돼서 눈물 나올 것 같더라. 그래서 멀리 떨어져 있었지."

엄마는 감정을 잘 표현하는 분이 아니라서 날 걱정하는 말을 거의 들어본 적이 없다. 그런데 엄마 입으로 직접 그런 속내를 들으니 지금까지와는 전혀 다른 환경에 놓이게 된 딸이 진짜 걱정이 되셨구나 싶었다. 가입교를 하면 입학식 때까지는 집에 가는 것은 고사하고 전화도 못 한다(심지어 주말에도!). 이 기간 내내 내가 잘하고 있을지 확인할 길이 없으니 걱정이 될 수밖에.

그렇게 이동해서 도착한 곳은 굉장히 낡은 2층 건물과 식당 앞이었다. 그곳에서 내가 6주 동안 함께 지낼 동료들과 선배 생도들을 만났다. 선배 생도들은 이때만 해도 정말 친절하게 뭣 모르는 우리를 잘 지도해 주었다. 그날 입교 등록을 완료한, 기초군사훈련 6주를 함께 이겨낼 동기는 나를 포함해 250명이었고, 그중 여자 합격자들은 딱 25명이었다. 250명은 2개 중대 8개 소대로 편성되었다(1개 중대당 4개 소대씩이고 1개 소대는 약 30명 정도 되는 규모다). 나는 1중대 3소대로 편성되었다. 같은 소대에는 나를 포함하여 여자 동기는 3명이었다. 6주 동안 한 호실에서 같이 생활할 동기들이었다.

저녁을 먹기 전까지 같은 소속으로 편성된 인원들의 얼굴을 익히고, 두발 정리를 했다. 난 들어오기 전 짧은 머리가 편할 것 같아서 쇼트커트를 하고 갔다. 앞머리를 너무 짧게 잘라 이마를 덮지도 못할 정도였다. 그런데도 뒷머리가 목을 좀 덮는다고 그마저도 더 짧게 잘라버렸다. 그런 후에 같은 소대 인원별로 단체 사진을 찍었는데, 완전한 흑역사다. 누가 봐도 이건 시골에서 올라온 더벅머리 총각이다.

모든 것은 저녁을 먹고 나서부터 시작했다. 저녁 식사 때까지는 입교 등록할 때 입고 온 옷을 그대로 입고 있었고 모든 것이 평화로웠다. 저녁 식사가 끝나고 우리는 6주간 생활할 건물 안 복도에 영문도 모른 채 서 있었다. 바로 그때 우리에게 너무도 익숙한 애국가가 흘러나왔다. 그날 나와 249명의 동기는 2003년 1월 13일에 들었던 그 애국가를 절대 잊지 못한다. 아무것도 모르는 우리를 존댓말을 쓰며 안내해 주던 선배 생도들은 애국가가 끝나자마자 "교육 목적상 경어를 생략한다"는 말과 함께 야수처럼 변했다. 선배들은 우리를 향해 큰 소리로 계속 뭔가를 지시했다. 우리는 이것을 사자후라 불렀고, 사방에서 들려오는 사자후에 정신이 없었다.

"지금부터 입고 있는 옷을 벗고 전투복으로 갈아입는다. 시간은 1분!"

남자 동기들은 복도에서 옷을 갈아입었고, 여자 동기들은 2개 호실로 나누어 밀어 넣어졌다. 어떤 모습인지 상상이 되는가! 다른 사람들은 내가 옷 갈아입는 모습을 보고 있고(각자 옷을 갈아입느라 서로를 볼 새는 없었지만), 사방에는 소리를 지르는 감시자들이 있다. 심지어 생전 처음 입어보는 전투복이다. 그런 곳에서 재빠르게 옷을 갈아입을 수 있을까. 주어진 시간은 겨우 1분! 난 그날 셔츠에 조끼를 입고 갔다. 단추를 푸는 사이에 1분은 금세 가버렸다. 내가 왜 하필 단추가 많은 옷을 골라 입고 갔는지 속으로 얼마나 욕을 했는지 모른다.

"다시 1분 준다. 실시!"

처음보다는 좀 더 빠른 동작으로 옷을 갈아입기 시작했다. 무조건 시간 안에 옷 입는 것만 생각했다. 공부할 때도 이 정도 집중력을 발휘해 본 적이 없다. 혼을 빼놓는 전투복 갈아입기가 끝나고, 입고 온 옷과 신발은 각자에게 지급된 상자에 잘 넣어서 보관했다. 이 상자는 나중에 집으로 보내졌다.

단체로 옷 갈아입기 다음의 충격적인 단계는 단체 샤워다. 때는 1월의 한겨울이고, 온수가 나오는 시간은 짧으며, 씻어야 하는 인원은 많다. 최단 시간에 그 많은 인원이 따뜻한 물로 샤워해야 한다. 여자는 1중대 13명, 2중대 12명이었다. 중대별로 순환해서 씻어야 하고 개인 샤워실은 없다. 샤워기는 4개뿐, 이것도 시간제한이 있다. 머리도 감고 몸도 씻어야 하니 비누칠을 하고 씻어내는 데까지 5분이 채 걸리면 안 됐다. 다 같이 들어가서 알몸인 것을 부끄러워하기도 전에 머리에 비누칠하고 씻어내고, 그 틈에 다른 인원이 또 물을 끼었고 비누칠을 하고, 그걸 또 선배 생도들이 지켜보고 있다. 동작이 느려지면 곧바로 사자후가 날아왔다. 알몸 상태, 속옷만 입은 상태를 부끄러워할 겨를도 없이 시간 안에 선배 생도가 지시한 일을 끝내는 것이 지상 최대의 과제였다.

저녁을 먹고 밤 9시 30분까지 정신이 쏙 빠진 채로 선배들의 지시대로 움직이다가 겨우 책상 앞에 앉았다. 입교 등록을 마친 후 가장 평온한 시간이었다. 6주 동안 매일 잠자기 전 수양록 쓰는 시간이 있었고, 그 시간만큼은 평온했다. 수양록이란 일기와 비슷한데 책상에 바른 자세로 앉아서 하루 동안 있었던 일에 대한 생각과 반성하는 내용을 기록하는 것이다. 초반에는 내가 부족했던 것은 무엇이었는지 고민도 쓰고 내일은 더 열심히 해보자는 다짐도 썼는데, 시간이 좀 흐르고 나서는 선배 생도들 험담을 하기도 하고 힘들었던 것에 대해 불평불만을 잔뜩 늘어놓기도 했다.

수양록까지 다 쓰고 나니 밤 10시에 취침 방송이 나오고 모두 불을 끄고 침대에 누워 자라고 했다. 그날 취침 방송에 맞춰 침대에 누워 하루를 돌아봤다.

'내가 고등학교 3년 동안 그렇게 원했던 학교가 맞나.'

'내가 제대로 온 것이 맞나.'

'겨우 하루 지났는데, 이걸 6주간 해야 입학할 수 있다고?'

나도 모르게 눈물이 주르륵 흘렀다.

이제 시작이다. 오늘부터 1일!

나에게 10초만 더 주어진다면

누구에게나 공평하게 부여되는 하루 24시간. 어떤 사람은 새벽부터 밤늦게까지 허투루 보내는 시간이 없고, 휴일에도 열심히 자기 발전을 위해 투자하지만, 또 어떤 사람은 하루하루를 물 흘려보내듯 버린다. 나는 내가 시간을 매우 효율적으로 활용하면서 살았다고 장담할 수는 없지만 그래도 낭비하진 않았다고 생각한다.

일반 대학에 들어간 선배들은 고등학교 때보다 자유롭게 쓸 시간이 많다고 했다. 그러나 그만큼 친구나 선배들과 술마시기 같은 일로 훨훨 날려버리는 시간이 많다고도 했다. 내가 육사를 지원하게 된 동기에는 군인이 되겠다는 의지뿐아니라 시간을 허투루 쓰지 않고 공부도 하고 좋아하는 운동도 배울 수 있을 거란 기대감이 섞여 있었다. 2003년 1월 13일, 애국가의 시간 이후 시간을 낭비하지 못하도록 선배 생도들의 밀착 지도가 이어졌다.

7시에 기상한다. 기상하자마자 수건을 팔에 걸치고 세수와 양치를 하러 간다. 전투복으로 갈아입고, 자고 일어난 침대의 모포를 정리한다. 7시 30분에 있는 아침점호에 집합한다. 점호가 끝나면 곧바로 식당에서 아침을 먹고 방으로 돌아와 오전 수업을 위한 학과출장 준비를 한다. 학과출장이란 생활관에서 수업 장소까지 대형을 갖춰 함께 이동하는 것이다. 지급된 가방에 교재를 넣고 모든 동기가 학과출장을 위해 모이면 선배 소대장 생도들(이들을 기초군사훈련 통제에 파견된 생도라고 해서 줄여서 기파생도라고 한다. 당시엔 3학년이었고, 우리가 기초군사훈련을 마치고 입학하면 4학년이 될 선배들이다)의 인솔하에 수업 장소로 이동한다. 8시 30분부터 12시까지 오전 수업이다. 그 사이엔 선배 소대장들의 감시가 느슨하다(나중에 알게 되었지만, 선배들도 학과수업을 들어야 했고 쉬는 시간 틈틈이 우리가 수업을 잘 듣는지 교대로 와서 확인한 것이었다). 시간을 낭비하고 싶지는 않았지만, 동작 하나하나가 시간에 맞춰 진행되는 일상에 숨이 막혔다. 가입교생들에게 주어지는 시간이 길수록 정해진 시간에 맞추기란 어려웠을 것이다. 그래서 기파생도들이 우리에게 지시하는 모든 동작의 시간 단위는 '초'였다.

"동작 완료 10초 전!"

10초라고 하니 이효리의 노래가 떠오른다. 10분만 있으면 다른 여자의 남자를 자기한테 반하게 할 수 있다고 했었지. 반하게 하기만 하겠나? 다른 일도 할 수 있겠다. 10분이면 화장실에 가고 물도 마시고 잠도 잘 수 있겠다. 입교 전까지 나에게 10초란 가만히 있는 것 말고는 뭔가 할 수 있는 시간이 아니었다. 그러나 사람은 적응의 동물이라고 했던가. 매번 동작을 마치도록 주어지는 시간이 10초니 그것에 맞춰서 동작이 매우 빨라진다. 그러다 가끔 1분을 주면 세상 모든 여유가 나에게 있는 것 같다. 와, 1분이라니!

10초든, 1분이든 하루 24시간 안에서는 찰나다. 그런 시간마저도 소중하다고 깨닫게 된 것은 참 감사한 일이다.

공부하고, 일하고, 체력을 키우는 등 모든 일이 시간과의 싸움이다. 다른 조건도 작용하지만 무슨 일을 하려면 일단 시간이 필요하다. 중·고등학생 때는 공부가 부족하다는 생각이 들면 잠을 줄이거나 일찍 시작해서 물리적 시간을 더 확보할 수 있다. 머리가 좋은 친구들보다 시간을 더 투자하면 차이를 줄일 수 있다. 하지만 생도 생활에서는 그럴 수가 없었다. 모두가 똑같이 주어진 시간 동안 체력단련, 학과수업,

내무정돈을 한다. 저학년 때는 틈틈이 상급생들의 교육도 받아야 한다. 기상시간과 취침시간은 고정되어 있고, 취침시간 이후 소등을 미루는 연등시간도 한도가 정해져 있었다. 효율이 높을수록 유리했고, 그렇지 않으면 부지런해야 했다.

10초도 허투루 보내지 않는 법을 나는 기초군사훈련 기간에 배웠다. 4년 간의 생도 생활은 시간을 효율적으로 활용할 수 있는 법을 가르쳐주었다. 자연스럽게 나에게 주어진 시간을 파악하고, 해결해야 하는 일을 쪼개어 시간에 맞추어 넣을 수 있게 되었다. 임관 후 정해진 시간 내에 업무를 처리하는 근육이 이때 만들어졌다.

가입교 기간, 생도 생활, 임관 후, 지금도 매 순간 나는 시간이 없다고 느낀다. 하지만 곰곰이 다시 생각해 보면 나는 내가 하려고 하는 일, 또는 이루고자 하는 일에 시간을 모두 썼을까 하는 의심이 든다. 시간이 없다는 것은 핑계다. 10초도 많다고 생각했던 때를 기억한다. 똑같이 주어지는 하루 24시간을 누구는 많다고, 또 다른 누구는 부족하다고 느낀다. 나는 24시간이라는 재산을 최대로 굴리는 방법을 가입교 때 배웠다.

절벽에서 살아남는 법

'절실하다'의 사전적 의미는 '느낌이나 생각이 뼈저리게 강렬한 상태에 있는 것'이다. 무엇인가를 정말 절실하게 바란 적이 있나? 대부분의 고등학교 3학년생은 대학 합격을 절실히 원할 것이고, 대학을 졸업한 후에는 취업을 절실히 원할 것이다. 나도 마찬가지다. 고3 때, 육사에 합격하기만을 매일 기도했다. 그것이 내 절실함의 끝이라고 생각했다. 육사에 합격하면 생도 생활 4년을 마치고 임관해서 장교가 되는 수순을 밟으니 취업은 걱정할 필요가 없다고 생각했다. 그러나 합격은 끝이 아니라 시작이었다. 단지, 입학으로 가는 문턱 하나 넘었을 뿐이었다.

기초군사훈련 기간(가입교 기간)에는 사관생도가 되기 위한 최소한의 체력과 생활요령, 군사지식을 쌓는다. 체력과 단체 생활 요령은 선배들인 기파생도들의 책임이고, 군사지식 함양은 교관들의 책임이었다.

"사자는 새끼들을 절벽에서 떨어뜨려 살아남는 새끼만 키운다."

기파생도들은 어미 사자처럼 살아남는 새끼만 후배로 데려가겠다고 했다. 그 말을 증명하려는 듯 기파생도들은 혹독한 담금질을 했다. 가입교 기간에는 모든 게 새롭고 낯설어서 무엇 하나 쉬운 것이 없지만 그중에 압권은 기초체력을 쌓는 일이다. 기초체력을 키우는 방법은 단순하다. 뜀걸음과 얼차려를 반복하면 된다.

눈을 뜨고 수업받고 밥 먹는 시간을 제외하고는 기파생도들에 의한 얼차려가 계속됐다. 때는 1년 중 가장 추운 1월과 2월인데, 매일같이 땀을 흘렸다. 순탄한 하루를 보내기 위해 동작은 최대한 신속히 하고, 지적을 받지 않기 위해 노력했지만 어김없이 새로운 지적과 얼차려로 하루를 시작했다. 내가 잘못했을 때 나만 혼나면 그래도 괜찮을 텐데 옆에 있는 동기들에게도 불똥이 튀었다. TV 사극에서나 듣던 연좌제란 말이 딱 떠올랐다.

기초군사훈련 기간에 내가 속했던 분대(육군에서 사용하는

7~8명 정도 되는 하나의 팀)는 총 8명으로 그중 유일한 여자인 내 방은 다른 층으로 분리되어 있었다. 내가 동작이 느려 집합 장소에 늦으면 남자 동기들이 어깨동무를 하고 "동기생아, 빨리 와라!" 구호를 외치면서 앉았다 일어났다를 반복하고 있었다. 내가 도착해야 비로소 멈출 수 있다. 이뿐만이 아니다. 방별로 내무정돈이 제대로 되지 않은 사람이 하나라도 있으면 방 인원 전체가 같이 얼차려를 받았다. 서로 부족한 것을 도와서 해결하지 않았다는 이유로 말이다. 우리는 서로에게 피해 주지 않기 위해서 더 노력했다.

혹시 고등학생 때 배운 수학기호 팩토리얼(!)을 기억하려나? 그때 배운 수학은 지금 거의 기억나지 않는데 팩토리얼은 아직도 잊지 못한다. 팩토리얼은 1부터 지정된 숫자까지 곱하라는 뜻이다. 예를 들어 3!은 $3 \times 2 \times 1 = 6$을 의미한다. 얼차려 이야기를 하다가 갑자기 수학기호 얘기를 꺼내니 뜬금없다는 생각이 들 것 같은데 이건 매우 큰 관련이 있다.

얼차려의 시작은 언제나 우리의 입학기수부터다. 난 육사 63기로 입학했으니 시작은 항상 63개였다. 기파생도들이 좋아하는 얼차려 3종 세트가 있었다. 팔굽혀펴기, 쪼그려뛰기, 어깨 끼고 앉았다 일어나기. 팔굽혀펴기를 지시하는 외침이 들린다.

"엎드려! 63개 실시!"

육사 2차 체력평가에서 최선을 다한 팔굽혀펴기 결과가 11개였다. 그런데 얼차려로 기본 63개를 해야 한다. 체력평가 때처럼 바른 자세는 그리 중요하지 않다. 겨우 다하고 나면 "62개 실시!"란 외침이 들려온다. 팩토리얼 기호처럼 마지막 1개가 될 때까지 계속된다. 내가 다른 기호는 다 잊어도 팩토리얼을 잊을 수 없는 이유다.

기파생도들이 좋아하는 얼차려 3종 세트 이외에도 다양한 얼차려가 있다. 오리걸음, 선착순 달리기, 차렷 자세로 서 있기 등. 공간과 상황에 따라 가장 적절한 종목(?)을 골라 시켰다. 각각의 얼차려 종목들의 동작은 잘 뜯어보면 근력을 향상시키는 데 도움이 되는 자세들이다. 얼차려는 그저 우리를 괴롭히기 위한 목적이 아니었다. 단지 해야 하는 개수가 너무 많아 힘들었던 것뿐이다. 기파생도들의 지속적인 얼차려 덕분에 6주가 지나자 몰라보게 체력이 좋아졌다.

기초군사훈련 기간 동안 우리가 지냈던 기숙사는 생도들이 생활하는 기숙사인 생도대와는 분리된 건물이다. 오전·오후 수업을 받기 위해 학과출장을 가면 청기와가 덮인 생도대의 모습을 볼 수 있었다. 우리가 수업 받는 장소는 생도들도 수업을 받는 장소여서 가끔 선배 생도들(기파생도들 말고 그냥 일반 생도들)과 마주치기도 했다. 그때마다 반드시 생도대로 가서 저 선배들과 함께하겠다는 의지가 강해졌다. '내가 그만둘 때 그만두더라도 입학은 하겠다'는 악이 남았다. 6주간의 기초군사훈련을 나는 어떤 기간보다 치열하게 버텼다. 가장 추운 겨울이었고, 나를 끊임없이 시험하는 상황에서 지지 않으려고 발버둥 쳤다. 오직 한 가지만 생각했다. 절실했다.

'난 반드시 생도가 되겠다.'

2003년 1월 13일 입교 등록을 했던 250명 중 243명이 가입교 기간을 버텨내고 함께 입학식을 치렀다. 우리는 2003년 겨울을 뜨겁게 보낸 기억을 공유하는 사이가 되었다.

2003년 2월, 243명의 새끼 사자가 절벽에서 살아남았다.

뜀걸음 지옥

구보驅步 또는 뜀걸음.

살면서 이 두 가지 단어를 모두 사용했는데, 생도 생활을 하면서 뜀걸음이란 단어를 자주 사용하니 임관하고 나서도 이 단어가 더 익숙하다. 그리고 두 단어 모두 글자만 봐도 숨이 찬다.

입학을 준비할 때 2차 관문이었던 체력평가 중 유일하게 합격·불합격이 있던 종목이 1.2km 달리기였다. 왜 이 종목만 합·불을 따질까 의문이 들었지만 턱걸이로 겨우 통과하는 것보다는 최고 점수를 받아야겠다는 의지가 강해서 그것만 보고 달렸다. 합격 후에는 학년마다 체력검정을 했고, 거리 기준은 1.2km가 아닌 1.5km였다. 임관 후에도 매년 체력검정을 봐야 했고, 거리만 1.5km에서 3km로 바뀌어서 현재까지 시행 중이다. 군인의 기본 소양인 체력 유지를 위해서는 꾸준한 관리가 필요하다. 특히 거리가 3km로 늘어난 이후에는 벼락치기로는 좋은 기록은커녕 완주하는 것도 어렵다. 육사 입학 시 왜 1.2km 달리기 종목에만 합·불을 적용했는지 이해가 간다.

기초군사훈련 기간에 우리는 매일 5km 뜀걸음으로 하루를 정리했다. 남자 동기들과 같은 속도로 발맞춰 대형을 유지한 채 뛰었다. 얼차려는 그래도 버틸만했는데, 뜀걸음을 할 때면 그 자리에서 사라지고 싶었다. 그나마 덜 힘든 대열의 맨 앞줄에서 뛰었지만(뒤에서는 그저 앞사람을 보고 끌려다니면서 뛰어야 해서 힘이 더 든다) 뜀걸음을 시작하고 중간 지점부터는 약간의 오르막길만 나와도 제자리뛰기밖에는 할 수가 없었다. 뒤에서 뛰던 남자 동기들이 등을 밀어줘야 겨우 앞으로 나아갈 수 있었다. 본인들도 힘들긴 마찬가지였을 텐데 고맙다는 말도 못 했다. 당시엔 나 힘든 것만 생각했지 남을 배려할 여유가 없었다. 의미 있는 일을 하고 싶어서 입학했는데 뜀걸음조차 스스로 완주하지 못하는 모습을 보니 나 자신이 한심했다. 체력이 약한 편은 아니라고 생각했는데 내가 이것밖엔 안 되나 싶어서 자신감도 떨어졌다. 몸 상태가 좋은 날은 꾸역꾸역 대형을 유지하면서 뛰었지만, 좋지 않은 날은 뛰기도 전에 마음부터 대형에서 이탈했다.

'아, 오늘은 큰일이다. 이런 상태면 동기들한테 민폐도 이런 민폐가 없다. 몸이 아프다고 하고 열외해 버릴까?'

생각하는 대로 이루어진다는데, 시작도 하기 전에 이미 끝났다. 대형 속에서 버티지 못하고 대형 밖으로 이탈한 상태를 우리는 '낙오했다'라고 표현한다. 애써 위안으로 삼았던 건 낙오하더라도 걷지 않고 끝까지 뛰어서 시작점으로 들어왔다는 사실뿐이었다.

낙오한 채로 겨우 숙소까지 돌아온 날이었다. 어쨌든 오늘 하루도 끝났다고 생각했는데 아니었다. 그날따라 내가 도착하기를 기다리던 기파생도가 나를 방으로 곧바로 보내주지 않고 숙소 앞 광장을 더 돌고 들어가라고 지시했다.

"끝나고 바로 들어가지 않고 이렇게 몇 바퀴라도 더 돌면 다음에 뛸 때는 더 나아질 거다. 힘들다고만 생각하지 말고 호흡도 신경 쓰고 다리도 좀 더 들어 올려서 뛰려고 노력해 봐. 매번 생각 없이 뛰어봐야 달라지지 않는다."

나를 위한 조언이었겠지만 이미 몸은 천근만근. 그렇게 더 뛸 체력이 남았으면 내가 낙오를 했겠냐고 속으로 외쳤다. 안 그래도 늦게 들어왔는데 나도 다른 동기들처럼 빨리 들어가서 씻고 정리하고 싶었다. 그때는 기파생도가 날 괴롭히려고 뺑뺑이 돌린다고 생각했다.

생도대에 넘어와서도 단체 뜀걸음은 계속됐다. 기초군사훈련 때와 마찬가지로 매주 중대별로 단체 뜀걸음을 했다. 각 중대는 1학년부터 4학년까지 섞여 편성되었기 때문에 중대 뜀걸음은 1~4학년이 다 함께 뛴다. 아무래도 1학년이 상급생들보다 체력이 부족하고 요령도 부족하니 더 힘들다. 게다가 뜀걸음 내내 목이 터져라 군가도 불러야 한다. 난 1학년 단체 뜀걸음 때도 여러 번 낙오했는데 중대원 120명이 모두 알 수 있는 단체 뜀걸음에서 낙오하니 더 심하게 위축됐다. 낙오하고 싶지 않아서 매일 뛰었지만 쉽게 나아지지 않아서 스트레스가 심했다.

뜀걸음 방식도 다양했다. 중대 전체가 체육복 차림으로만 뛸 때도 있고, 단독군장(탄띠+소총+방탄모+탄입대+수통) 복장으로 뛸 때도 있고, 완전군장(단독군장+군장+방독면)을 하고 뛸 때도 있었다. 완전군장 뜀걸음은 그중 난도 최상이다. 군장과 소총의 무게뿐만 아니라 허벅지에 매달린 방독면의 불편함까지, 시작도 하기 전에 체력은 방전 직전이다. 5km를 뛰어야 하는데 시작하고 200m도 채 가기 전에 충전이 필요한 상태가 된다. 오르막에서는 동기가 내 군장을 밀어 올려주지 않으면 제자리뛰기를 할 뿐이었다. 내 몸이 아닌 것처럼 뛰고 있는데 훈육관(생도대 중대별로 훈육 지도를 하는 육군 소령이 한 명씩 있다)님이 옆에서 경고하셨다.

"네 군장 네가 안 들고 갈래? 언제까지 군장에 끌려갈 거야!!!!!"

내가 누군가에게 짐이 된다는 생각과 부족한 사람이라는 생각을 거의 해보지 않았는데, 가입교를 한 이후부터는 자주 그런 생각이 들었다. 동시에 내가 왜 군이 여기 와서 이 고생을 하고 있는 걸까, 지금 관두면 이런 거 다시 안 해도 되지 않을까 하는 마음의 소리가 들렸다. 어쨌든 뜀걸음의 벽은 넘어야 할 산이라 체력 좋고 잘 뛰는 동기에게 어떻게 하면 잘 뛸 수 있는지 조언을 구한 적이 있다.

"넌 뜀걸음할 때 안 힘들어? 난 정말 숨을 못 쉬겠어."

"왜 안 힘들겠어. 어느 정도 뛰고 나면 다 힘들지. 하지만 그 순간을 참고 넘기느냐 아니냐에 따라 끝까지 뛸 수 있는지가 결정되는 것 같아. 나도 힘들어서 안 되겠다는 생각이 들면 그때부턴 다리가 안 움직이더라."

동기의 대답을 듣고 난 충격을 받았다. 그저 거뜬히 잘 뛰는 줄로만 알았던 동기도 똑같이 힘들었다는 사실을 알게 되었기 때문이다. 신기하게도 그 말을 듣고 나서부터 좀 더 잘 뛸 수 있게 됐다. 그전까지 난 잘 뛰려면 힘들지 않아야 한다는 생각을 했던 것 같다. 누구든 뛰면 숨이 차고 다리도 무거운 게 당연하다고 인정하고 나니 조금 자유로워졌다.

지금도 나는 여전히 뛰는 내내 자신과 싸움을 벌인다. 뛰기 시작한 후 숨이 차서 호흡이 힘들어지는 순간부터 싸움이 시작된다.

'여기서부터 그냥 걸을까? 아니야, 더 할 수 있잖아?'

'아, 더는 못 하겠다. 더 가서 멈추나 지금 멈추나 똑같은데.'

자기와의 싸움을 계속하는 이유는 호흡이 힘들고 다리가 무거운 고통이, 내가 멈추는 순간 곧바로 사라질 것을 알기 때문이다. 지금 생각하면 생도 생활 동안 뜀걸음에서 낙오한 날은 대형을 갖춰 동기들의 속도에 맞추기를 포기한 날이었다. 컨디션이 좋지 않아서, 다리가 아파서라는 핑계를 대며 자기 합리화를 했지만, 내가 그만 뛰기로 했다는 사실이 바뀌진 않는다. 그건 내가 제일 잘 안다.

다행히 2학년이 된 후로는 낙오한 적이 없다. 후배들 앞에서는 절대 낙오할 수 없다는 오기가 생긴 게 제일 컸다. 그렇지만 생도 생활 4년 동안 뜀걸음은 나를 계속 괴롭혔다. 난 지금도 뛰는 걸 좋아하지 않는다. 하지만 꾸준히 3km 달리기를 하고 있다. 군인은 매년 체력검정을 해야 하고, 그 결과가 개인 인사기록에도 남기 때문이다. 하지만 무엇보다 큰 이유는 군인이라면 기본적인 체력을 유지해야 한다고 생각해서다. 그럼에도 난 지금도 뜀걸음을 시작하면 멈출지 계속 뛸지 고민한다.

잘 쓰지 않던 근육을 갑자기 쓰게 되면 근육통이 생긴다. 적당한 자극을 꾸준히 주면 근육이 단련되면서 근육통 없이 몸을 잘 쓸 수 있게 된다. 뜀걸음도 마찬가지다. 내가 꾸준히 단련하면 힘든 정도를 낮출 수 있다. 생도 때부터 따지면 지금까지 거의 19년을 뜀걸음과 함께했는데 여전히 시작하고 얼마 안 돼 숨이 찬다. 하지만 뜀걸음만큼 내가 얼마나 노력했는지를 정직하게 보여주는 운동이 없다. 뜀걸음은 자신과의 싸움에서 많이 이길수록 좋아진 기록으로 보답한다.

여자? 동료!

우리 집은 나와 여동생, 이렇게 딸만 둘인데 아빠나 엄마나 아들 낳는 것에 집착하진 않으셨다. 그렇지만 내가 중학생 때까지 할머니가 엄마에게 아들 낳으려면 아직 늦지 않았다고 말씀하셨던 것이 기억에 남는다. 할머니에 대한 기억을 제외하고는 고등학교 때까지 내가 여자라는 사실에 큰 의미를 둔 적은 없다. 특별히 차별 받은 적도 없고 여고를 다니며 3년 동안 동성친구들과 어울렸기 때문에 성별에 대해서 생각할 일이 없었다.

그러나 육사 입시를 준비하면서부터 남자와 여자를 명확히 구분해서 생각하게 되었다. 특히 내가 여자라는 사실 말이다. 일단 입학정원부터 달랐다. 여자는 250명 정원의 10%

인 25명만 선발했다. 선발하는 인원들의 문과와 이과 비율이 남자와 달랐고, 남자는 문과와 이과 비율을 4:6으로, 여자는 6:4로 선발했다. 난 이과생이었고, 여자 이과 지원자 중 10명 안에 들어야만 합격할 수 있었다. 그래도 입학까지는 남자와 여자는 숫자의 문제였는데 가입교 후 남자와 여자는 훈련을 버틸 수 있는지 체력의 문제가 되었다. 앞에서 구구절절하게 말했던 뜀걸음 지옥이 기다리고 있었고, 얼차려 천국이 준비되어 있었기 때문이다. 사관학교는 철저히 남녀평등 구역이었고, 여자라고 봐주는 법이 없었다. 나는 기초군사훈련 동안 두 성별 사이의 신체적 차이를 뼈저리게 실감했다. 성별의 구분 없는 일을 하고 싶어서 선택한 길인데, 내가 여자라는 것을 매 순간 이렇게까지 느끼도록 해주다니. 물론 여자라는 이유만으로 배려받거나 대우받고 싶은 마음은 전혀 없었다. 하지만 이걸 버텨내고 입학식을 하면 상황이 나아지지 않을까 하는 기대는 있었다.

기초군사훈련을 마치고 그렇게 바라던 생도가 되었으나 현실은 냉정했다. 내가 마주한 현실은 기초군사훈련 때와 그리 다르지 않았다. 학과수업을 준비하고, 뜀걸음은 매일 해야 하고, 심지어 주에 한 번은 상급생과 함께 뛰어야 했으며, 틈틈이 얼차려도 받아야 하는 상황이었다. 오히려 더 힘들어졌다. 스스로 체력관리를 해야 하는 것은 기본이고 공부해서 성적도 유지해야 했다. 공부는 성적이 발표되지 않으면 드러나기 어려운 영역이지만 체력은 매주 단체로 뛸 때마다 확연히 드러난다. 소수인 여자 생도들의 경우 선·후배 구분 없이 상대적으로 더 잘 눈에 띄었다.

생도 4년 동안은 전 학년 기숙사 생활이 의무였고, 주말과 휴가 기간 말고는 학교 울타리 밖으로 나갈 수 없었다. 당연히 그 안에서 동기 및 선·후배들과 부대끼는 일은 일상이다. 특히 동기들은 가입교 동안 땀 흘리는 모습, 제대로 빗지도 못한 머리로 집합한 모습 등 못 볼 꼴 다 보여준 사이라 스스럼없었다. 남녀 사이가 아니라 그냥 동료 사이였다. 같이 힘들게 생도 생활을 하고 있으니 서로가 서로에게 의지가 되는 사이라고 생각했다.

선배 생도들 얘기, 얼차려 받은 이야기는 1학년들의 단골 화제다. 휴게실에서 남자 동기들과 여느 날처럼 그런 이야기를 하고 있었다. 그러다가 나처럼 체력이 부족해서 얼차려를 받거나 뜀걸음을 할 때 힘들어하던 여자 동기 이야기가 나왔다.

"그렇게 여자 티 내고 여자 대접받으려면 왜 여기에 온 거야? 본인이 부족하다고 생각하면 평소에 더 노력해야 하는 거 아니야? 나도 힘들어 죽겠는데 매번 걔까지 챙겨야 하는 거 정말 별로야. 같이 다니기 싫어."

해당 문제에 대해서는 나도 당당하지 못해서 대화에 끼지 못하고 듣고만 있었는데 괜히 억울했다.

'그 여자 동기가 딱히 잘못한 건 없는 것 같은데. 본인들한테 도와달라고 한 것도 아니잖아? 그리고 내가 같은 상황일 때 저 애들이 나를 도와줬던 것 같은데 나 들으란 소린가?'

'나도 여잔데 거리낌 없이 내 앞에서 여자 동기 흉을 보다니. 적어도 내가 없는 자리에서 해야 하는 거 아니야?'

함께 힘든 시간을 버텨냈다고 생각한 것은 내 착각이었다. 자기들이 도와줘서 우리가 지금 여기 있는 거라고 생각한 거였다. 그 이후에도 남자 동기들이 여자 동기들을 평가하는 말을 종종 듣게 되었고, 여자 동기가 아무리 학과수업을 잘하고 내무생활을 야무지게 하더라도 체력이 약하면 여지없이 '별로'라는 평가를 하곤 했다. 남자 동기 중에서도 체력이 약한 인원들이 있었는데 유독 여자 동기들에 대한 평가가 야박했다. 그런 평가를 들을 때마다 우리가 학교에 들어맞지 않는 조각이라고 말하는 것 같았다.

하나의 성性이 절대다수를 차지하는 집단에서 소수 성이 원래 집단의 성격을 바꾸지 않으며 공존할 수 있는 최대 비율이 10%라서 육사 여자 정원이 10%로 정해진 것이라는 말을 들은 적이 있다. 말도 안 된다고 웃으면서 넘겼었는데, 동기들의 평가를 듣고 나니 우리는 구색을 갖추기 위한 것이지 순수하게 필요해서 선발된 것은 아니라는 생각이 들기도 했다. 내가 체력 말고 다른 능력을 잘 갖추더라도 필요 없는 사람이라면 나는 여기에 왜 왔을까 하는 고민도 깊어졌다. 남자 동기 전부가 우리를 그렇게 평가한 것은 아니다. 대부분은 서로 좋은 동료로 잘 지냈다. 하지만 잘못한 것이 없는데도 자꾸 남자 동기들 눈치를 보게 되는 건 어쩔 수 없었다.

학년이 올라가 나도 선배 생도가 되어 여자 후배들을 교육하게 되었다. 중대 전 생도들이 모인 자리에서 잘못을 지적 받아 눈물을 흘리는 여자 후배들의 모습을 보면 좋게 지나가지 못했다. 먼저 왜 그랬는지, 어떤 마음이었는지 확인하고 보듬어 줄 수 있었는데 모진 말을 쏟아냈다. 따로 불러내서 "그렇게 눈물 흘리면서 보호해 달라는 듯이 굴 거면 그만해도 좋다. 여기서 그만두고 나가라"고 다그쳤다. 또한 체력이 약해서 단체 뜀걸음을 할 때마다 낙오의 위기에서 벗어나지 못하는 후배들에게 왜 더 노력하지 않느냐고 교육했다. 내가 그랬던 것처럼 본인들이 누구보다 더 잘해야겠다고 느끼고 있었을 텐데 좀 더 따뜻하게 격려해 주지 못했다.

돌이켜보면 내가 그랬던 것은 남자 선배들, 그리고 그들의 남자 동기들이 나쁜 평가를 하기 전에 내가 먼저 나서서 혹독하게 교육하는 편이 나으리라는 판단에서였다.

내가 현재 생활에 충실하고 잘해내고 있다는 확신이 있으면 남자 동기들의 그런 평가쯤은 웃으며 넘겨버렸어도 되는 일이었는데. 그 대화를 들었던 시기에는 동기들에게 체력이든, 지적 능력이든, 성격이든 모든 부분에서 인정받고 싶었다. '박미영은 여자지만 다 잘해'라는 인정. 동기들과 남녀를 떠나서 잘 지내는 것이 목표라고 생각했는데 여자라는 성별에 가장 집착하고 있었던 사람은 어쩌면 나였을지도 모르겠다. 내가 자신 없는 부분을 평가받아서 유독 과민 반응한 건 아닐까. 여자와 남자는 없다. 그저 같이 가는 동료, 전우만 있을 뿐이다. 함께 어렵고 힘든 일을 이겨낸 남자 동기들뿐만 아니라 현재 군 생활을 함께하는 남군들도 모두 나를 전우이자 동료라고 생각해 주면 좋겠다.

부족한 선배에게 '혹독한' 교육을 받았던 후배들에게 이 자리를 빌려 미안하다는 말을 전한다.

명예와 책임

이미 그림이 그려진 도화지에 그림을 그리는 게 쉬울까, 아무것도 없는 하얀 도화지에 그림을 그리는 것이 쉬울까? 고민할 필요도 없이 하얀 도화지에 그리는 그림이다. 백지상태의 사람에게 교육하면 가진 지식이나 굳어진 방식이 없으니 충돌할 일이 적어서 금방 습득하게 된다. 가입교 기간의 우리가 바로 그 상태였다. 어찌 행동해야 하는지 전혀 모르니 선배들이 가르치는 대로 몸에 익혔다. 군대의 제식동작, 말하는 방식(다나까), 내무정돈 방법, 상급자에게 보고하는 법 등하나부터 열까지 전부 배워야 했다. 반드시 알아야 하는 것만 알려주는 건데도 소화하기 벅찼다. 가입교 기간 중 선배들이 가장 중요하다고 강조했던 것이 바로 신독愼獨이다.

신독의 뜻을 사전에서 찾아보면 '홀로 있을 때도 도리에 어그러짐이 없도록 몸가짐을 바로 하고 언행을 삼감'이라고 쓰여 있다. 말 그대로 내가 해야 하는 일을 누가 있든 없든 똑바로 잘하라는 뜻이다. 여기서 중요한 것은 '누가 있든 없든'이다. 남이 보지 않아도 스스로 단속하고 배운 대로 행동하고 혹시 잘못하더라도 반성하여 고칠 수 있어야 한다.

신독과 관계된 사관학교만의 독특한 제도가 있다. 바로 명예제도다. 명예제도란 생도들 스스로 잘못된 일과 문제 상황을 자체적으로 신고하고 이를 바로잡도록 하는 제도이다. 내가 잘못한 일을 스스로 보고하는 것은 물론, 다른 생도들이 하는 잘못도 바로잡아야 하는 의무가 있다는 것이다. 이를 바탕으로 육사에서 치러지는 모든 시험은 시험감독이 없다. 신독과 명예를 지켜서 스스로 공부한 만큼 부정적인 방법을 동원하지 않고 답안을 작성하게 한다.

내가 편안한 상태이고 다른 사람과 함께 있을 땐 신독과 명예를 지키는 일이 어렵지 않다. 육사 생활은 그럴 수밖에 없는 환경이고, 타의에 의해서라도 이를 지키게 된다. 비밀은 없다. 우선 1인실을 쓰지 않는다. 최소 2명에서 3명까지 한방에서 지내기 때문에 화장실 가는 시간만 빼고는 같은 방 동기생들과 모든 생활을 공유한다. 또한 일상생활 중 동기뿐만 아니라 선배들의 눈을 피할 길이 없다. 어디든 선배들의 눈이 있으니 항시 긴장 상태다. 뭔가를 잘못하면 선배들이 귀신같이 나타나 얼차려를 준다. 잠자는 시간에도 불침번 근무자가 돌아다니면서 이상이 없는지 확인한다. 뭔가 속이고 싶어도 성공하기 힘들기 때문에 이런 환경에서 뭔가를 숨기려는 생각 자체를 하지 않게 된다. 무의식적으로 '속이지 않는 마음'이 자연스레 몸에 밴다.

그러나 외박·외출이 가능한 주말에는 상황이 다르다. 학교 밖으로 벗어나는 순간 마음이 풀린다. 학교 밖에서 잘못한 것을 복귀한 후에 보고하려는 마음이 생기지 않는다. 나만 입 다물고 있으면 아무도 모를 일인데 굳이 보고해서 얼차려 받는 어리석은 짓을 하고 싶지 않다. 그렇지만 잘못했던 것을 언제 들킬지 몰라서 전전긍긍, 마음이 불편하다.

이렇게 신독과 명예제도라는 것을 통해서 스스로 책임지는 자세를 함께 배우게 된다. 똑바로 행동하지 않으면 스스로 드러내어 그에 맞는 훈계를 듣고 얼차려를 받는다. 그렇다고 해서 잘못이 모두 사라지진 않지만 내가 한 행동에 대해 최소한 책임을 졌다는 생각에 마음이 가벼워진다.

저 멀리 선배 생도들을 보면 선배가 나를 알아봤든 아니든 우선 큰 소리로 "충성!" 하고 경례를 한다. 경례를 안 하고 지나가면 결례했다고 하여 그 자리에서 경례를 똑바로 하라는 교육을 받거나 가벼운(?) 얼차려를 받는다. 1학년 땐 모두가 경례할 대상이니 사람이 있는지 두리번거리면서 다녔고, 사람 실루엣만 보여도 "충성!"을 외쳤다.

그날은 운이 나쁜 날이었다. 그 2학년 선배는 내가 경례하는 순간을 보지 못하고 경례했던 손을 내리고 걸어가는 모습만 본 게 분명했다. 난 분명 경례를 했고 경례에 답이 없어 손을 내리고 걸었다. 선배(우리 중대 선배가 아니었다)는 교육을 하고 싶으나 시간이 없었던 것 같다. 날 불러서 같은 중대 소속의 다른 2학년 생도에게 내가 결례한 것을 보고하고 교육을 받으라고 지시했다.

'보고를 하고 교육을 받아야 하나? 그냥 넘어갈까? 둘 말곤 아무도 없었는데. 게다가 난 경례를 했으니 이 지적은 부당해! 그냥 넘어가도 양심에 찔리진 않아. 이걸 보고하면 100% 얼차려 행이다.'

고민은 많았지만 결국 보고하고 짐을 덜어버리는 것을 택했다.

"박미영 생도! ○○ 생도님께 용무 있어 왔습니다! 오늘 타 중대 2학년 생도에게 결례하여 ○○ 생도님께 이 상황에 대해 보고하고 교육받으라고 하여 왔습니다!"

"진짜 보고하러 왔네? 그 동기가 오늘 너네 중대 1학년이 결례해서 나한테 보고하러 올 거라고 하긴 했어. 오지 않으면 결례한 것 말고 보고하지 않은 것으로 교육을 하려 했는데. 다음부터는 경례 똑바로 잘하고 다니자. 돌아가 봐."

나를 믿지 못하고 중대 2학년 선배에게 말을 전달한 그 선배가 참 치사하다고 생각하면서도 만세를 부르면서 방에서 나왔다. 보고를 안 했으면 오히려 얼차려를 받을 뻔한 상황이었다. 마음의 짐을 덜고, 얼차려도 받지 않았고. 솔직하길 잘했다.

학교를 벗어나 사복을 입으면 우리가 누군지 알 수 없겠지만 생도 정복을 입고 다닐 때는 누구나 육사 생도라는 걸 알아볼 수 있다. 졸업한 선배들은 우리를 더욱 잘 알아보고 어떤 행동을 해야 하는지도 알고 있다. 무서운 감시자들이다. 졸업생들은 생도들이 하지 말아야 할 행동을 한 사실에 대해 학교로 제보하기도 한다. 제보된 내용은 외박·외출 복귀 신고를 할 때 전 생도에게 공지한다. 제보의 맹점은 잘못된 행동이 무엇인지는 담겨 있지만 누가 했는지는 알 수 없다는 것이다. 복귀 신고 시 공지된 내용을 듣고 잘못한 행동을 한 본인이 직접 가서 그 사람이 자기라고 말해야 한다. 그에 상응하는 얼차려를 받아야 함에도 불구하고 생도 생활 동안에 이런 제보의 행위자가 나타나지 않았던 사례는 없었다.

우린 항상 선택의 순간에 놓인다. 선택의 결과는 알 수 없다. 어떤 결과든 스스로 감당하면 된다. 문제가 발생했을 때 책임지려는 사람이 없어서 문제 해결이 어려운 게 아닐까? 부서의 장이 되고, 부대의 장이 되는 것은 선택의 순간에 결정할 권한과 그에 대한 책임을 부여받았다는 뜻이다. 본인이 서 있는 위치에서 맡은 일을 똑바로 해내야 한다. 결정만 하고 책임을 미루지 말아야 한다.

생도 시절 우리의 유행어는 "책임만 지면 돼"였다. 생도 생활 동안 지는 책임은 대부분 몸으로 해결할 수 있는 단순한 것이었다. 얼차려는 일상이라 조금 짜증나고 힘들긴 하지만 어려운 책임의 영역은 아니었다. 잘하는 짓인지 아닌지 선택하기 어려운 순간엔 땀 한 번 흘릴 생각으로 "책임만 지면 돼"를 외치면서 마음가는 대로 호기롭게 결정하기도 했다.

어쩌면 이런 마음가짐을 무책임하다 생각할 수 있다. 하지만 군 생활을 하기 위해 가장 필요한 '책임지는 자세'를 4년간 가장 단순한 방법으로 체득할 수 있었다고 생각한다.

나를 지키는 마음

내가 좋아하는 사람도 있고 싫어하는 사람도 있다. 다른 사람들도 마찬가지다. 그러니 서로 모이면 뒷말하기 바쁜 거 아닐까. 이성적으로는 이해가 된다. 그 많은 사람이 어떻게 나를 모두 좋아할 수 있겠나. 하지만 적어도 내가 아는 사람들, 나와 관계를 맺고 있는 사람들만이라도 나를 좋아해 주면 좋겠다. 남이 자기를 어떻게 보든지 관계없이 잘 지내는 사람들도 있지만, 나는 누군가 나에 대해 부정적인 말을 하면 내가 거부당하는 것 같아서 마음이 불편하다.

1학년 1학기가 종료될 때쯤, 상호평가를 하게 되었다. 중대 동기들에게 장단점에 대한 평가를 받는 것이고, 2회 연속 최저평가를 받으면 퇴교 심의까지 받게 되는 제도였다 (상호평가 2회 연속 저열로 퇴교한 동기가 여럿 있었다). 이 제도는 내가 2학년 때까지 시행하고 폐지됐다. 익명으로 평가하기 때문에 반년간 어떻게 생활했고, 동기들을 어찌 대했는지 굉장히 솔직한 피드백을 받게 된다. 학기별로 평가하는데, 주의해야 할 점은 각 학기 동안 했던 행동과 태도에 대해서만 평가해야 한다는 것이다. 하지만 사람이 타인을 평가함에 있어서 기간을 무 자르듯이 정확히 구분하기란 불가능하다. 생도 생활 전반에 걸쳐서 평가받는 동기들에 대한 편견이 반영될 수밖에 없는 한계를 지녔다고 본다. 게다가 같은 중대에 상대적으로 나를 안 좋게 보는 동기가 많을수록 평가는 불리해진다. 그래서 2년간 실시하고 폐지된 것이 아닐까. 아무튼 첫 상호평가 이후 결과를 받고 나를 돌아볼 수밖에 없었다.

"목소리가 너무 크다."

"큰 소리로 본인 이야기를 한다."

"본인이 할 것만 챙긴다."

"체력이 약하다."

"노력하지 않는다."

"주위 사람을 배려하지 않는다."

"동기들과 사이가 좋지 않다."

"너무 직설적으로 말한다."

나에 대한 평가만 솔직했던 건 아니었던 것 같다. 나도 평가를 했을 텐데, 내가 동기들의 장단점에 무엇을 적었는지 기억나지 않는다. 평가받은 당사자만 그 내용을 기억하고 있을 거다. 평가 이후에 모두 생각지도 못한 피드백에 놀란 모습이었다. 장점도 분명히 쓰여 있지만, 원래 사람은 부정적인 말에 더 집중하는 법이다. 영어 속담에도 있지 않나? BUT 이전의 말은 전부 거짓이라고. 결과에는 나의 좋은 점도 써 있었으나 단점을 말하기 위해 덧붙인 말 같아서 의미있게 느껴지진 않았다.

지금까지 가족이 아닌 사람들과 사귀어 왔지만 그들로부터 직접적인 피드백을 받은 것은 처음이었다. 나의 말과 행동에 대해 고민할 수 있는 시간이었다. 내 말이 내가 의도한 대로 받아들여지지 않을 수 있다는 사실을 새삼 느꼈다. 오해가 생겨도 그 자리에서는 알 수 없으니 매사 조심해야겠다는 생각도 했다. 중·고등학교의 연장선상에 있다고 생각했던 생도 생활은 오히려 사회생활의 축소판이었다. 생도 선·후배, 동기 모두 임관하고 군 생활을 하면서 계속 만나야 하는 예비 직장동료였다. 학교 안에서 본 '나'에 대한 평가가 입관하고 실제 사회생활이 시작한 후에도 영향을 미칠 수 있다.

사람이 좋아지는 데엔 뚜렷한 이유가 없다. 싫어지는 데에도 사실 뚜렷한 이유가 없다. 내가 별뜻 없는 행동을 해도 나를 좋아하는 사람은 긍정적으로 평가할 것이고, 나를 싫어하는 사람은 부정적으로 평가할 것이다. 사람들이 모두 날 좋아할 수 없다는 사실을 조금만 인정해도 인간관계를 맺을 때 그나마 스트레스를 덜 받고 지낼 수 있지 않을까. 생활하다 보면 나를 싫어하는 상사와 동료가 있는 게 당연하다. 물론 잘못한 부분은 바로잡아서 실수를 반복하지 않으려고 노력해야 하지만, 날 싫어하는 사람들에게 잘 보이기 위해서 내 에너지를 쓰고 노력하는 것은 그만두자. 나의 좋은 점을 보려고 노력하는 사람에게 집중해 보자.

'날 싫어할 테면 싫어해라. 그래도 난 꿋꿋이 내가 하고자 하는 걸 하겠다.'

남들의 평가에 의해 흔들리지 않을 수는 없지만, 내가 사라질 정도로 남의 평가에 휘둘리지는 말자.

하계 군사훈련

육사의 학사일정은 3월~6월 1학기, 7월~8월 하계 군사훈련, 9월~12월 2학기, 1월~2월 계절학기 및 졸업식 연습으로 이루어진다. 1학기와 하계 군사훈련 사이, 2학기와 계절학기 사이에 4주간의 하계 및 동계 휴가가 있다(방학이라고 하지 않고 휴가라고 한다). 입학 전에는 당연히 훈련이 더 많을 거라고 생각했는데, 일반학기가 더 길다. 일반 대학교랑 다른 점은 일반학 수업 중에 군사학 시간이 포함되어 있다는 것, 전공 수업은 3·4학년에만 있다는 것, 매일 체육수업(태권도+일반체육)을 한다는 것이고, 교양 필수과목과 전공과목을 이수해야 하는 것은 비슷하다.

일반학 기간(1학기, 2학기)엔 몸보다는 머리가 힘들다. 한

정된 시간 안에 수업 준비에 매진해야 하고 기말고사가 끝나면 학기의 최종 성적이 나온다. 이때 한 과목이라도 F학점을 맞으면 휴가 일주일을 반납하고 재시험을 봐야 한다. 일반 대학교에 비해 휴가가 3분의 1 수준이라 하루가 아쉬운데, 휴가 일주일을 반납하고 학교에 남아 공부하는 것은 재앙이다. 심지어 이렇게 휴가를 반납하고 공부했는데 시험 성적이 수준 미달이면 강제 퇴교 조치된다. 휴가 반납 및 퇴교에 대한 압박이 있어서 일반학 기간에는 과제, 쪽지시험, 중간·기말고사, 발표 등 모든 것에 주의를 기울여야 한다. 이때 생도들 대부분은 하계 군사훈련(줄여서 '하훈'이라고 부른다)을 그리워한다. 차라리 몸이 힘든 게 낫다는 생각이 들어서. 그러나 인간은 간사하다. 막상 그리워하던 하훈 기간이 되어 한여름 땡볕 아래 땀을 흠뻑 흘리며 훈련을 받으면 하루만 지나도 일반학 기간이 그리워진다. 이걸 4년간 매년 반복한다.

학년별로 훈련하는 내용이 다르다. 1학년은 병 기본 훈련, 2학년은 유격훈련, 3학년은 공수훈련, 4학년은 교관화실습이 주요 내용이다(우리 기수 이후부터는 2학년 공수훈련, 3학년 유격훈련으로 바뀌었다). 여기에 사격훈련은 기본으로 당연히 포함된다.

1학년 하훈의 하이라이트는 실제 전방부대에서 숙식을 하면서 병사들과 함께 생활하는 병 체험과 평화의 댐까지의 왕복 40km 행군이다. 생전 처음 하는 40km 행군이었는데, 행군을 하는 동안 내내 비가 내려서 수중 행군을 했다. 다 젖은 전투복에 사타구니와 허벅지 부근이 쓸려서 한 걸음 걸을 때마다 엄청 따가웠다. 행군을 하면 보통 발에 생기는 물집 때문에 고생하는데, 그것만큼 고통스러웠다. 행군이 끝나고 여자 동기들과 다 같이 씻는데 허벅지가 안 쓸린 동기가 없었다. 그럼에도 모두 완주했단 사실에 서로를 쳐다보면서 밝게 웃었다.

전방부대 체험에는 GOP* 소초 근무도 함께 했다. GOP 소초에 투입하고 철수하려면 능선을 따라 있는 계단을 오르락내리락하며 몇 개의 고개를 왕복으로 넘어야 했다. 우리는 고작 하루 지냈는데도 다리가 아팠는데 그곳에서 몇 개월씩 근무하고 나면 무릎과 발목 관절이 남아나지 않겠단 생각이 들었다. 군견들도 관절이 나간다고 하는 게 빈말은 아니구나 싶었다. 소초에서 철조망 너머 북한 쪽을 바라보니 우리나라가 분단국가라는 사실이 새삼 느껴졌다. 한여름의 한밤중에 졸음과 싸우며 근무를 서는데 눈앞이 반짝거리는 게 아닌가? 반딧불이였다! 태어나서 반딧불이를 처음 본 장소가 GOP 소

---

* GOP(General Out Post): 일반전초

초라니. 답지 않게 낭만적이었다. 아직도 까만 밤에 반짝이던 모습이 사진처럼 머릿속에 남아 있다.

2학년 하훈은 유격훈련! 여름에 우리나라에서 제일 더운 곳은 바로 대구다. 2학년 여름엔 대구 옆의 영천에서 훈련을 받았다. 유격훈련 2주간 우리는 장애물 극복 훈련과 도피 및 탈출이라는 훈련을 받았다. 장애물 극복 훈련은 MBC 예능 프로그램 〈진짜 사나이〉에서 여러 번 방영됐다. 방송에서도 출연자들이 힘들게 훈련을 받는 장면이 나왔는데, 실제는 더 힘들다. 장애물 코스를 조별로 완료해야 한다. 인원수는 많고 한 번에 장애물 극복 훈련을 할 수 있는 인원은 제한적이어서 대기시간이 있다. 하지만 차례를 기다리는 동안 유격체조로 쉴 틈을 주지 않아서 차라리 장애물 극복을 숙달하는 순간이 더 편하다.

주어진 기간 내에 학사일정을 무조건 소화해야 하므로 온도가 높아도 훈련이 중단되는 법이 없다. 가장 뜨거운 시간만 피해서 실시한다. 유격훈련 기간에도 가장 더운 오후 1~2시를 피하기 위해 점심시간이 길어졌다. 버려도 되는 훈련용 전투복을 입고 훈련하는데, 점심을 먹고 난 후 모두 흙 투성이가 된 그 전투복 상의를 햇볕이 잘 드는 밖에다 펴서 던져두고 낮잠을 잔다. 그러면 땀으로 젖은 전투복이 그 잠깐 사이에 아주 바싹 마른다. 그걸 털어서 다시 입고 오후 훈련을 받는다. 선크림을 발라도 땀으로 금방 씻겨 내려가서 소용이 없기 때문에 하루 훈련이 끝나고 씻을 때 얼굴을 보면 엄청 새카매져 있다.

2주 차에 진행되는 도피 및 탈출은 낮에 잠을 자고 저녁 먹기 직전에 눈을 떠서 전투식량으로 저녁을 해결하고 해 질 무렵 800고지가 되는 산을 내려갔다가 다시 올라오기를 반복하는 훈련이다. 대부분은 산길이고, 7~8명으로 이루어진 팀 단위로 군사지도를 보고 걷는다. 그렇게 도착하면 4~5명씩 1개조로 텐트를 치고 잔다. 밤새 걷고 나면 너무 힘들어서 바로 잠들고 싶어도 텐트를 치지 않으면 잠잘 공간이 없다. 아침에 눈을 뜨면 무너진 텐트를 덮고 자는 동기들을 발견하기도 했다. 한여름에 산을 타고 나서 훈련 전 챙긴 물티슈로 대강 땀을 닦아내고 전투화를 벗은 발을 닦고 그냥 잤다. 하루만 지나도 내 주위에 파리인지 뭔지 모를 벌레들이 윙윙거리는 소리를 내며 떨어질 줄을 모른다. 그마저도 막바지가 되면 쫓아내기도 지쳐서 그냥 내버려 두게 된다. 이때 이후로는 더러움에 대한 역치가 매우 높아져서 사는 데 편해진 부분도 있다.

3학년 하훈은 공수훈련이다. 공수훈련은 낙하산을 메고

비행기나 헬기에서 뛰어내려 지상에 무사히 착지할 방법을 숙달하는 훈련이다. 4년간의 훈련 중에 체력적으로 가장 힘들었다. 그래도 항공기에서 이탈해서 떨어져도 안전하게 착지하기 위한 생존술을 배운다고 생각하니 열심히 하게 됐다. 교관님 중에는 동료들의 사망사고를 경험하신 분이 많이 계셔서 더욱 열심히 가르쳐주셨다. 여름 무더위를 피할 길은 없었지만, 유격훈련보다는 훨씬 깨끗하게 받을 수 있는 훈련이라 만족했다.

공수훈련은 3주 동안 실시하는데, 2주간 지상훈련을 하고, 마지막 주는 강하주이다. 공수훈련은 특수전학교에서 받는 것이 기본이지만, 우리 때는 2·3학년이 함께 훈련을 받게 되어 후배들은 특수전학교에서, 우리는 1공수여단에서 받았다 (실제 부대에서 공수훈련을 받은 유일한 기수이다). 아침 뜀걸음으로 시작해서 오전 기본 체력훈련 및 공수 기본동작 등을 모두 뛰어서 소화해야 한다. 살이 저절로 빠질 수밖에 없는 일정이었는데 그런 기회를 아이스커피와 미숫가루로 날렸다. 하루 세끼만으로는 영양분이 부족하다고 생각했고, 살아남기 위해서라는 말로 스스로를 합리화시켰다. 아이스커피와 미숫가루를 퍼마신 덕분에 비록 몸무게는 그대로였으나, 누구 한 명 쓰러지지 않고 지상훈련을 마쳤다.

공수훈련은 기구 강하 한 번, 공군 수송기 강하 한 번, 치누크 헬기 강하 두 번, 총 네 번을 이상 없이 마쳐야만 수료할 수 있다. 강하는 자칫 잘못하면 사망사고가 나는 훈련이기 때문에 모두 예민하다. 지상에서 스피커, 확성기 등을 이용해서 똑바로 하라고 계속 주의를 주고, 수송기나 헬기에서는 강하 조장인 교관님이 큰 소리로 외치면서 강하 전 행동수칙을 알려준다. 비행 중에는 바로 옆에서 소리를 질러도 잘 안 들리기 때문이다. 정신없고 시끄러운 와중에 교관님의 "강하" 소리에 항공기에서 공중으로 내 몸을 던지면 거짓말처럼 고요해진다. 그 순간이 정말 매력적이다. 항공기에서 이탈하고 약 4초 後에 낙하산이 펼쳐진다(긴장하면 마음이 조급해져서 1초, 2초, 3초, 4초라고 세면 실제 시간보다 빠르게 지나가기 때문에 훈련 때는 1만, 2만, 3만, 4만이라고 외치게 한다). 낙하산이 펼쳐지기 전 4초 동안 자유낙하를 하는데 놀이동산의 어떤 놀이기구보다 짜릿하다. 낙하산에 매달려 장비를 주렁주렁 달고 강하를 하지만 공중에 떠 있는 동안 전혀 무게감이 느껴지지 않는다. 나 자신의 무게가 전혀 느껴지지 않는 공중에 있는 느낌과 고요함은 꼭 한 번 경험해 보길 추천한다.

공수훈련을 받은 이 시기가 내 생애에서 가장 까맸던 때다. 훈련을 마치고 집에 갔더니 엄마가 나를 보고 이밖에 안

보인다면서, 20대 여자애가 화장하고 한껏 꾸며도 모자랄 때 그런 몰골이라고 놀리시던 게 생각난다. 어떤 화장품으로도 탄 피부를 감출 수 없었다. 하얀 피부를 잃었으나 4년 동안 받은 훈련 중에 가장 뿌듯한 훈련이었다.

임관하면 지휘자로서 교육을 하게 되는 경우가 많으므로 4학년 하훈의 중점은 교관화 실습이다. 병 기본 과목(사격, 독도법 등)과 관련하여 실제 교관으로서 교육을 준비하고, 강의하는 법을 숙달한다. 실제 병사들을 앞에 두고 교육 실습을 할 여건은 되지 않아서 동기들을 대상으로 하는데 더 긴장된다. 남들 앞에서 말하는 것이 익숙하지도 않고 강의 내용에 대해서도 서로 잘 알고 있는 상태로 만나기 때문에 더 그랬다. 병사들 앞에서 부족한 모습을 보여주는 것은 부끄러운 일이니까, 연습을 많이 할 필요가 있겠다고 생각했다.

훈련 마지막에는 60km 행군을 한다. 2학년 행군 이후 2년 만에 다시 만난 행군이다. 행군 시에는 4km 거리를 1시간 동안 걷는다고 계산하니까, 12시간을 꼬박 걸어야 끝이 난다. 저녁을 먹고 해 질 무렵 시작해서 동이 틀 때쯤 끝나는 셈이다. 걷는 내내 어깨의 군장도, 소총도 던져버리고 싶고, 비탈길이나 논두렁을 걷다가 그냥 굴러떨어지고 싶다는 생각까지 든다. 아니면 한 명만 쓰러져도 행군 거리가 짧아질 텐데 하는 말도 안 되는 생각이 들기도 한다. 서로 농담도 하고 수다도 떨면서 신나게 시작하지만, 2~3시간만 지나면 발소리만 들릴 뿐이다. 난 운이 좋게도 1·2학년 행군 때는 물집이 잡힌 적이 없었다. 하지만 4학년 행군에서 발바닥, 발가락, 발뒤꿈치에 물집이 잡혔다. 난 차라리 휴식 없이 그대로 걷고 싶었다. 쉬었다가 걸으면 다시 고통에 적응할 시간이 필요하니 물집이 잡힌 고통이 반복되었기 때문이다. 온통 신경이 발로 가 있어서 군장의 무게도 느껴지지 않았다.

매년 하훈 기간에 학년별로 정해진 훈련뿐만 아니라 사격 훈련도 실시한다. 드라마와 영화를 보면 권총도 소총도 명중률이 굉장히 높다. 주인공이 어떤 자세로 쏴도 목표물에 총알이 저절로 가서 맞는 것 같다. 나는 아무리 편안하고 안정적인 자세로 쏘아도 잘 맞지 않았다. 군인이라면 사격은 기본 아닌가. 생도 때도 사격은 중요했다. 군사학 성적도 성적이지만, 사격에 합격하지 못하면 몸이 더 힘들다. 4학년 사격 훈련을 할 때였다. 사격장은 차로 20분 정도, 걸어서 1시간~1시간 반 정도 소요되는 거리에 있었다. 전체 인원을 수송할 수 있는 버스가 부족했다. 사격을 하러 갈 때는 버스로 여러 번 수송했고, 사격을 마치고 복귀할 때는 합격자만 버스로 이동할 수 있었다. 걸어서 복귀할 수 없다는 일념으로 최선을 다했지만 결과는 불합격. 어둑해질 무렵 사격은 끝났고, 걸어서 숙소까지 복귀했다. 터덜터덜 걷고 있으니 몸은 피로감으로 무거웠고, 합격한 동기들과 내 처지를 비교하니 우울했다. 사람마다 재능이 다른 건데 사격 불합격으로 이렇게 차별한다고 함께 불합격한 다른 동기들과 투덜거렸다. 임관 후에도 사격을 계속한다. 지금도 사격은 내가 제일 어려워하는 분야다.

생도들의 하훈은 8주간 실시된다. 1년 중 제일 더운 7~8월에 꼬박 야외에서 생활한다. 숙소에 에어컨은 없다. 가만히 있어도 땀이 나는 시기에 몸으로 군사 지식과 동작을 숙달한다. 가뜩이나 훈련으로 힘든데, 여름의 온도와 습도가 사람을 더 괴롭게 만든다. 하훈 때는 아침 점호 시간에도 가볍게(?) 뜀걸음을 실시하고 하루 훈련의 끝을 뜀걸음으로 마무리한다. 확실히 일반학 기간보다는 하훈 기간에 몸이 힘드니 남을 챙겨주기 어렵다. 배려도 결국 내가 여유가 있어야 더 잘할 수 있다. 몸이 힘들수록 동료들과 잘 지낼 방법은 '내가 힘들면 남도 힘들다'는 것을 잊지 말고, 어렵고 불편한 일을 한 번이라도 더 하려는 마음을 갖는 것이다.

동기와 친구 사이

육사에서는 화랑관이라는 건물에서 1학년부터 4학년까지 1,000여 명의 생도들이 모여 산다. 4년 내내 기숙사에서 사는 셈이다. 단순히 씻고, 자고, 수업을 준비하는 생활만 하면 좋을 텐데, 상급생의 통제와 간섭이 있고, 잘못하면 직접적인 제재도 가해진다. 가족끼리 지내도 다툼이 있는데 이런 환경에서 문제가 없는 게 이상하다. 기숙사 안에서 잘 맞는 사람끼리 방을 쓴다면 좀 덜 할 텐데, 본인이 속한 소속별로 기숙사 호실이 배정되니 원하는 대로 맞출 수도 없다.

나는 누가 뭐라 해도 올빼미형 인간이다. 안타깝게도 1학년 때 같은 호실 동기가 3명이었는데 그중 1명은 스스로 아침형 인간이라고 했다. 혼자서 생활할 수 있다면 어떤 형 인간이든 관계없었을 거다. 게다가 우리에게는 시간이 한정되어 있었다. 12시가 되면 방에서 공부할 수 없고 모두 불을 끄고 자야 한다. 아침에는 기상 시간보다 빠른 4시부터 일어나다시 불을 켜고 공부할 수 있다. 올빼미형 인간인 나는 당연히 12시까지 꽉 채워서 공부했다. 모자란 내무정돈은 수면등불에 의지해서 끝내고 보통 새벽 1~2시경에 잠이 들었다. 아침형 인간이었던 동기는 12시 전에 잠이 들었다. 그리고 모자란 시간은 4시 또는 5시 조기기상으로 해결했다. 생활패턴이 다른 건 이해할 수 있었으나, 문제는 동기가 본인의 알람소리를 거의 듣지 못한다는 사실이었다.

내가 알람 소리를 대신 듣고 잠에서 깨서 이름을 불러야만 동기는 눈을 떴다. 알람이 계속 울려도 일어나지 못했던동기가 내가 이름 몇 번만 부르면 벌떡 일어나는 것이다. 그리고 그렇게 일어났다가 다시 잠드는 날도 많았다.

"일어날 자신이 없으면 알람을 맞추지 않으면 좋겠어. 난새벽에 잠드는데 네가 맞춘 알람 소리 때문에 3~4시간밖에못 자고 깬단 말이야. 진짜 너무 피곤해."

"미안해. 진짜 잘 일어날게!"

하루 이틀 정도는 잘 일어나는 듯하다가 다시 같은 일이반복됐다. 1학년 1학기 초반 몇 개월 동안 일어났던 일인데 나는 이해하기 어려웠다. 한동안 관계가 험악해졌다가 동기가 알람을 포기하고 나서야 겨우 관계가 진정됐다.

2학년이 되니, 눈치 봐야 하는 상급생 한 학년이 사라졌고 후배들이 생겼다. 1년 사이클을 한 번 겪어내서 생활의 여유도 생겼다. 중대가 바뀌면서 1학년 때와 다른 동기들과 2학년 호실을 쓰게 되어 분위기도 달라졌다. 무슨 얘기만 해도 셋이서 깔깔거리면서 기숙사가 떠나가라 웃었고, 체력도 잘 키워보자는 의지도 있어서 매일 함께 학교 한 바퀴(5km나 된다!)씩 뛰었다. 어려울 때나 조언이 필요할 때는 창문을 열어두고 차를 마시면서 서로 이야기도 많이 했다. 이렇게 1년이 평화롭게 지나갈 거라고 생각했다.

1학년이 첫 여름휴가를 나가기 전날 밤에 생도들 사이에서 암암리에 이어져 오던 전통이 있다. 2학년들이 담당 1학년 생도 호실에 찾아간다. 휴가를 나갈 준비가 되어 있는지 점검하고 부족하면 얼차려를 준다. 마지막에는 둘러앉아서 1학년 생도가 휴가 때 신고 나갈 단화를 열과 성을 다해서 반짝반짝하게 닦아준다. 우리가 2학년이 되었을 때도 1학년들이 첫 휴가를 나가기 전날, 3·4학년 생도들은 이 전통을 이어야 한다는 무언의 압박을 보냈다. 그렇게 우리 중대뿐만 아니라 나머지 7개 중대에서도 같은 일이 일어났다. 생도대에는 매일 밤 각 중대 훈육관님이 당직근무를 선다. 하필 이날 당직은 훈육관님들 중에서도 깐깐하기로 소문났던 분이었다. 당직을 설 땐 부대가 이상이 없는지 확인을 위해 순찰을 도는데, 그날도 훈육관님은 순찰을 돌다 우연히 1학년 호실을 확인하셨다. 잠을 자고 있을 줄 알았던 생도들이 그 안에서 얼차려를 주고받고 있었던 것이다. 확인차 다른 중대 1학년 호실도 방문했는데 그곳에서도 비슷한 광경을 목격하셨다.

생도대에서 전체 방송은 아침 기상 방송부터 밤 취침 방송까지이다. 즉 취침 방송 이후에는 다음 날 기상 방송이 나올 때까지는 전체 방송이 없다는 뜻이다. 4년간 생활하면서 취침 방송 이후 생도대 전체 방송이 나온 날은 이날이 유일했다. 새벽 2시 경이었던 것으로 기억한다.

"전 생도는 현 시간부로 현 복장 그대로 연대광장(생도대 식당 앞 전 생도가 집합할 수 있는 공터)으로 집합할 것!"

얼차려 광경을 목격하신 훈육관님은 이런 일이 발생했다는 사실에 매우 화가 나셨고, 이에 대한 전 생도의 진술서를 요구하셨다. 얼차려에 가담했던 생도들은 여름휴가 및 하계 군사훈련이 종료된 후 합당한 벌을 받는 것으로 마무리되었다. 나는 그 시간 얼차려에 동참하지 않았고, 이제 한 번 해볼까 하는 참에 집합 방송이 나왔다. 그렇게 난 운 좋게도 하계 군사훈련 이후의 합당한 벌을 받는 대상에서 제외되었다.

하계 군사훈련 기간 동안 2학년 동기들의 가장 큰 이슈는 '훈련 복귀 후의 합당한 벌'이 되었다. 하계 군사훈련 때 난 호실 동기들과 다른 직책을 받아 분리해서 생활하게 되었고, 나만 거기에 동참하지 못한 사실에 대해 얘기할 시간이 없었다. 그렇게 애매한 상태에서 하계 군사훈련 기간이 끝나고 2학기가 시작되었다. 합당한 벌은 학과 수업이 끝나고 전투복을 착용하고 '우로 어깨 총' 자세로 1시간씩 생도광장을 걷는 것이었다. 학기가 시작되면 서로 듣는 수업이 다르고 교수님도 다르고 교실도 다르다. 매우 바빠서 같은 호실이라고 해도 잠자는 시간에나 겨우 얼굴을 볼 수 있는데, 그러다 보니 같이 얘기할 시간은 훈련 때보다 더욱 부족했다. 동기들은 일주일을 1시간씩 뺑뺑이 돌고 들어오고 난 그냥 호실에 있는 상황. 점점 더 동기들과 이야기하지 않는 날이 많아졌다. 호실 동기 중 한 명은 나와 얼굴 마주치는 것조차 피하고 싶었는지 도서관에서 있을 수 있을 때까지 있다가 호실로 복귀하곤 했다. 주말에 함께 외박을 나가지도 못했고, 호실에서는 잠만 잤다. 차를 마시며 같이 고민거리를 얘기하고 체력 단련을 하던 1학기가 그리웠다. 너무 먼 옛날처럼 느껴졌다.

어긋난 관계를 좁히지 못하고 2학기가 지나갔고 그렇게

겨울 휴가를 나갔다. 휴가 동안 동기들을 한 번 볼까 생각도
했었는데 용기가 없어서 고민만 하다가 결국 아무것도 하지
못하고 복귀했다. 다시 얼굴을 마주할 순간이 다가오자 두려
움은 더 커졌다. 하지만 매일 만나야 하는 상황에서 벗어나
서 각자의 집에서 마음을 가라앉히고 생각한 것이 관계 회복
의 실마리를 주었다. 복귀한 날, 가장 날 세워 대립했던 동기
가 너무 심하게 대했던 것 같다고 사과하고 이전처럼 잘 지
내보자고 말을 걸었다. 반년간의 마음고생이 무색할 만큼 굉
장히 담백하고 순식간에 화해했다. 이때 호실 동기는 지금은
세상에 둘도 없는, 아니 셋도 없는 친구들이다. 동기라는 말
로는 부족한 사이다. 감정의 밑바닥까지 모두 보여준 사이
라 그런지 임관 후에 '동기'라서 서로 하기 어려운 말들도 우
리 셋은 숨김없이 공유한다. 적어도 이 둘은 나의 약한 모습
을 다 보여주더라도 절대 배신하지 않을 거란 확신이 있다.
셋이 만나면 그날의 얘기를 가끔 한다. 그땐 에너지가 넘쳤
고 그래서 서로에게 참견도 많이 하고 싶었을 때라고. 지금
생각하면 그땐 왜 그랬나 싶지만 그렇지 않았으면 서로 이런
관계가 될 수 없었을 거라고.

　이 시기에 난 생도 생활을 그만하고 싶다는 생각도 했다.
난 초등학생 때 왕따를 당한 적이 있다. 반년 동안 호실에서

지내면서 당시의 기억이 났다. 친구들에게 거부당했다는 기억이 떠오르면서 그 혼자됨을 또 감당해야 한다는 것에 겁이 났다. 그때 반년을 버티게 해준 동기가 있다. 주말 외출·외박 때 맛있는 걸 먹으러 가자고 해주고, 내가 몰랐던 서울의 명소에도 데려가 줬다. 나의 하소연을 군말 없이 잘 받아주고 필요한 위로의 말도 잘 해줬다. 이 동기가 아니었다면 임관할 수 없었을 거다. 동기야, 아니 친구야, 고맙다.

전화위복이라고 했던가. 어려운 일을 겪고 나니 오히려 그 일이 나에게 복을 가져다줬다. 반년 동안 많이 괴로웠는데 그 일이 없었으면 이렇게 소중한 인연을 얻지 못했을 거라 생각하고, 지금도 기적 같은 일이라 생각한다. 생도 생활 중 가장 큰 행운이었다.

극적으로 위기에서 벗어나서 3학년이 되었다. 그러나 호실 동기 관계의 어려움은 거기서 끝이 아니었다. 3·4학년은 2년 동안이나 함께 생활해야 한다(남자 동기들은 중간에 호실이 바뀌기도 하는데 우리는 아니었다). 중대가 바뀌고 초반에는 역시 문제없이 흘러갔다. 기숙사 생활은 확실히 상대에 대한 배려와 이해가 부족하면 반드시 어려움이 생긴다. 이번엔 내가 중재자 역할을 맡게 되었다. 한 사람은 예민했고, 또 한 사람은 약간 둔감했다. 서로 다름을 이해하려고 둘이 서로 얘기도 하고 나를 가운데 두고 도움을 요청하기도 했다. 반년은 아슬아슬하게 평화가 유지되었지만, 여름휴가 이후 걷잡을 수 없이 사이가 벌어지기 시작했다. 서로 목소리도 듣기 싫은 상태가 되니, 상대를 이해하려는 노력조차 하지 않게 되었다. 둘은 같은 중대 남자 동기들도 알아차릴 만큼 냉담한 관계가 되었다. 지금도 내가 중간에서 좀 더 노력했어야 했나, 내가 이런 쪽으로 요령이 있었으면 좋았을 텐데 하는 아쉬움이 남는다. 2년이나 같은 호실에서 살았는데 이도 저도 아닌 사이가 되어버렸다. 결국 졸업할 때까지 관계 회복에 실패했다. 임관한 이후에도 셋이 만나는 일은커녕 서로 대화도 하지 않게 됐다. 둘도 없는 관계가 될 수 있었는데, 씁쓸하다. 겪어도 겪어도 인간관계는 어렵다.

내 몸 사용 설명서

난 매우 건강한 축에 속한다. 어디 심하게 다친 적도 없고, 찢어져서 꿰맨 적도 없다. 고등학생 때 학교에서 친구랑 둘이서 널뛰기(학년 주임 선생님이 운동 안 하고 체력이 떨어져 가는 여고생들을 위해 어디서 판판한 널을 구해오셨다)를 하다가 발목이 뒤로 꺾여서 4주 정도 깁스를 했던 게 육사 입학 전 내가 입은 가장심한 부상이었다.

입학하고 나서는 자연스럽게 건강과 몸에 관심을 갖게 되었다. 옆에서 부러지고, 찢어지고, 다친 사람들을 자주 보기도 했고, 몸이 아파서 일을 못 해낸 경우라도 결과는 결국 나혼자 감당해야 했기 때문이다. 아프면 나만 손해다.

기초군사훈련 기간 동안 같은 호실을 썼던 동기 한 명은 뜀걸음을 할 때마다 매우 힘들어했다. 아팠던 동기 본인도, 우리를 교육하던 기파생도들도 체력이 약해서 어려워하는 거라고 생각했다. 뜀걸음이 힘들어질수록 동기는 더 악착같이 뛰었다. 하지만 얼마 지나지 않아서 걷기만 해도 통증을 느껴 병원 진료를 받게 되었다. 결과는 양쪽 다리(무릎 아래) 피로 골절이었다. 피로 골절이라는 진단명은 이때 처음 들어봤다. 일반 골절은 외부 충격 때문에 뼈가 부러져서 깁스나 수술치료가 필요한 질병이다. 피로 골절은 신체활동을 반복적으로 무리해서 할 때 발생한다. 쉽게 말해서 너무 과하게 사용해서 발생한 손상이라고 생각하면 된다. 피로 골절인 줄도 모르고 버텨서 더 악화한 것이다. 그 동기는 다리를 완전히 회복하는 데 수개월이 걸렸다.

고등학교 때까지는 몸을 과하게 써도 근육통 이외의 증상을 느껴본 적이 없다. 그런데 육사 합격 후 가입교 기간을 지나 1학년이 되고 나서 몸이 힘들어하고 있다는 걸 실감한 증상이 있다. 나 혼자만 느낀 것도 아니었다. 가입교 기간 동안 대부분의 여자 동기의 생리가 멈췄다. 처음에는 잘됐다 싶었다. 생리 기간엔 잠자는 것도 불편하고 신경 쓸 것도 많아서 생리가 멈추니 몸도 마음도 편했다. 몸이 적응하면 자연스럽게 돌아올 거라고 생각했다. 그러나 기초군사훈련을 마치고 1학년 생활을 시작했는데도 생리는 돌아올 기미가 없었다. 1학년 1학기에는 주말에 부모님께서 매주 면회를 오셨는데 4월이 지나도 몸에 변화가 없자 엄마는 병원에 가봐야 하는 것 아니냐며 걱정하셨다. 여자 동기들이 1학년 생활을 시작하고 하나둘 생리가 돌아오자 슬슬 걱정이 되기 시작했다. 하지만 그것 말고는 몸이 전혀 문제가 없었기 때문에 꼭 병원에 가야겠다는 생각이 들지 않아서 버텼다. 그렇게 애를 태우다가 1학기 기말고사 기간이 되어서야 드디어 생리가 돌아왔다. 그제야 몸도 마음도 완전히 학교에 적응했구나 싶었다. 운동을 과하게 하면 생리 중단이 올 수 있다는 것을 나중에 병원에 가고 나서야 알았다.

하훈 기간에도 생리는 골칫거리였다. 40km 또는 60km 행군을 할 때 정상적인 화장실을 찾기 어렵다. 화장실 문제 때문에 물도 잘 마시지 않는데 생리는 그렇게 참을 수 있는 문제가 아니라 처치 곤란이다. 유격훈련은 진흙탕에 빠지거나 기어다니는 일이 다반사인데 하지 않겠다고 버틸 수도 없는 노릇이다. 심지어 유격훈련 중 도피 및 탈출에는 물티슈로 세수도, 샤워도 모두 해결했으니 그 기간에 생리를 한다는 것은 상상하기도 싫었다. 그래서 나는 이 기간엔 피임약을 먹었다. 불편하고 힘든 걸 참고 그대로 지낸 동기들도 있다.

약을 먹는 건 인위적으로 리듬을 깨뜨리는 짓이라 엄마가 걱정을 많이 하셨지만, 다행히 전혀 문제가 없었다.

1학년 때 매주 하던 단체 뜀걸음 중에 유독 힘들었던 날이었다. 여생도끼리만 뛰는데도 속도를 쫓아가기가 어려웠다. 선배들이 제대로 못 뛴다고 뒤에서 잔소리를 했다. 그렇게 5km를 완주했다. 이상하게 뜀걸음 이후로 제대로 걷기가 어려웠다. 생도대에서 수업 장소, 식당, 체육수업 장소 등 모든 곳을 도보 아니면 뛰어서 다녀야 했고, 1학년은 단체 집합으로 얼차려 또는 청소 등 해야 할 일이 많아서 다리가 쉴 시간이 없었다. 결국 내 소속 분대*장 생도(4학년)가 보다 못해 나를 육사병원에 강제 입원시켰다. 나도 모르는 사이에 당시 뜀걸음할 때 발목 염좌가 생긴 것이다. 그것도 모르고 뛰었으니 평소보다 더 힘들었던 게 이해가 갔다. 분대장 생도 덕분에 난 육사병원에 한 달 정도 입원 후 퇴원했다.

병원에 입원해 있을 당시 나 말고 여자 동기 한 명이 더 있었다. 그 동기는 허리 디스크로 인해서 다리까지 통증이 있었다. 다 같이 얼차려를 받을 때 몸이 아파서 열외해도 눈

---

* 육사 생활은 일반부대와 비슷하게 소속을 구분해서 생활한다. 분대 (8명)-소대(30명)-중대(120명)-대대(4개 중대). 생도대는 8개 중대, 2개 대대로 편성되어 있다

치가 보였고, 단체 뜀걸음도 웬만해서 다 뛰었다고 했다. 몸에 이상이 있는데도 쉬지 않으니 상태는 계속 악화됐다. 정상적인 몸 상태로도 소화하기 어려운 일정을 아픈 몸으로 거의 10개월을 버텼다. 1학년 1학기와 하훈 기간 동안 내 앞에서 울면서 버텨보겠다고 했는데 결국 그 상태로는 4년 동안 정상적으로 교육받을 수 없다고 판단했다. 1학년 10월, 동기는 스스로 학교를 그만뒀다. 다시 대학을 가기 위해 공부를 시작했지만 몸이 많이 망가져서 1시간 이상 앉아서 공부하는 것도 어렵다고 했다. 몸이 그렇게 될 때까지 억지를 부리면서 버틴 스스로가 원망스럽다고도 했다. 다행히 동기는 몸을 치료하고 대학에 입학해서 우리보다는 조금 늦게 사회생활을 시작했지만 현재는 잘 지내고 있다.

몸이 좋지 않은 상황에 정당히 쉴 수 있음에도 무리하게 참여하는 것은 자신뿐 아니라 집단에도 독이 될 수 있다. 이해는 간다. 다리나 팔이 부러져서 깁스 정도는 해야 아프다는 것을 인정해 주기 때문이다. 생도 생활 중에 겉으로 아무렇지 않아 보이면 단체 활동에서 열외하는 것을 부담스럽게 생각해서 동기생, 후배들이 무리하는 경우를 많이 보았다. 나도 특히 2학년 때는 단체 뜀걸음에 열외를 하면 괜히 약해 보이는 것 같아서 웬만하면 열외하지 않았다. 그러기 위해서 체력단련도 꾸준히 했다.

그날은 방탄모를 쓰고 단독군장 복장으로 뜀걸음을 하는 날이었다. 호실 동기 중 한 명이 몸 상태가 좋지 않다고 했다. 그러나 아예 못 뛸 정도는 아니라고 생각한 듯했고, 결국 같이 뛰었다. 날씨도 도와주지 않았다. 더운 날이었다. 여름이 되면 열사병을 조심하라고 주의를 많이 준다. 온도가 높으면 훈련을 멈추기도 한다. 열사병은 본인 의지로 통제할 수 없고, 열에 오래 노출되면 사고가 발생할 수 있기 때문이다. 방탄모를 쓰면 열 순환이 잘 안 될 뿐만 아니라 그 상태로 뛰면 얼굴과 머리에 열기가 가득하다. 컨디션이 좋지 않다고 했던 동기가 뜀걸음 종료 보고를 하는 동안에 쓰러졌다. 얼굴은 열로 빨갛게 달아올랐고, 쓰러진 동기의 방탄모를 후다닥 벗기고 눈을 보았더니 눈동자에 초점이 없었다. 내가 누군지 알아보지도 못했다. 구급차가 왔고 동기와 함께 육사병원으로 갔다. 군의관이 응급 처치는 다 했기 때문에 병원 침대에 누워서 정신이 돌아오는 것을 확인하기만 하면 된다고 했다. 얼마 후 정신이 돌아온 동기는 다행히 내가 물어보는 말에 대답도 잘하고 눈에 초점도 돌아와서 함께 호실로 복귀했다. 방으로 돌아와서 병원에서 했던 대화가 기억나냐고 물었더니 전혀 기억이 없다고 그랬다. 그제야 동기가 큰일 날 뻔했다는 생각이 들면서 순간 소름이 돋았다. 내 상태는 누가 뭐라 해도 내가 제일 잘 안다. 남의 눈치를 보기 전에 내 건강, 내 목숨을 먼저 챙길 일이다.

4학년 마지막 겨울 휴가 기간이었다. 임관하기 전 마지막 휴가라서 게으름 피우지 않고 의미 있게 보내고 싶었다. 테니스 레슨을 신청했고 레슨을 받은 지 2주 차였다. 코치가 넘겨주는 공을 치려고 앞뒤 좌우로 뛰어다녔는데, 내 주위에 있던 테니스공들을 미처 보지 못했다. 결국 깔려 있는 테니스공을 밟은 채로 내 체중을 실은 순간 그대로 쓰러졌다. 그렇게 남은 2주의 휴가를 깁스한 채로 집에서 지내다가 휴가 복귀를 했다. 졸업 전 동기들과 지낼 수 있는 마지막 기간이었는데 생도대에서 같이 생활할 수가 없었다. 육사병원에 다시 입원했고, 졸업 및 임관식 직전까지 목발을 짚고 다녔다.

생도 생활 중에 십자인대가 파열되어서 수술받거나, 교통사고로 다리에 철심을 박고 다시 빼는 수술을 받거나, 선배 기수로 입학했으나 몸이 좋지 않아 휴학 후 우리와 함께 졸업한 동기들도 있었다. 운동 및 체육수업을 하면서 근육파열이 되거나 발목을 다치는 것은 너무 흔한 부상이었다. 우스갯소리로 생도들을 정형외과에 데려가서 진료를 받아보면 대부분 전치 4주 이상의 결과가 나올 거라고 말했다. 그 정도로 몸을 함부로(?), 또 과하게 사용하긴 한다. 그리고 기념행사 등을 위해 장시간 차렷 자세로 서 있는 경우가 많고 아스팔트 도로를 매일 뛰다 보니 허리와 무릎에 이상이 생긴 생도도 흔했다.

임관한 후에도 군 생활을 몇십 년 지속해야 한다. 내가 다시 생도 시절로 돌아간다면 통증이 느껴지는 것은 몸이 보내는 신호라고 알아듣고 휴식을 취할 거다. 옆의 동기들이 그런 증상이 있다면 정색하고 쉬어야 할 때라고 말해 줄 거다. 앞으로 건강한 몸으로 생활하기 위해서는 지금의 불편한 눈총은 참을 줄 알아야 한다고 말해주고 싶다. 내 몸은 내가 제일 잘 알고, 나 아니면 아무도 챙겨줄 수 없다. 나 자신을, 내 몸을 정말로 소중히 잘 간수하자.

어떤 병과에 갈래?

고등학생 때는 대학입시만 성공하면 모든 것이 끝날 것 같은 기분으로 지냈다. 대학입시는 수시에 합격하든, 수능을 잘 보든 대학에 합격만 하면 된다. 대학 합격만이 목표니까, 수능 점수에 맞춰서 전공학과를 선택한다. 대학에 가서 어떤 공부를 더 하고 싶은지 하고 싶은 일이 무엇인지 크게 관심을 갖지 않는다. 전공 공부가 취업과 연계되어 있지만 입시에 매달린 그때는 어떤 일을 하고 싶은지 진지하게 생각할 여유가 없고, 난 수능시험을 망치면서 다른 대학에 원서를 넣을 생각은 하지도 못해서 어떤 공부를 할지 고민할 기회도 없었다.

육사는 입시를 치를 때 문·이과만 선택하면 된다. 난 문과는 생각도 한 적이 없어서 쉽게 이과를 선택했다. 육사의 전공은 2학년 말에 결정한다. 앞서 육사의 입시는 문과와 이과로 나누어 선발을 결정하고, 선발되는 인원 비율도 다르다고 했다. 그래서 이과는 이공계 전공 중에, 문과는 문과 전공 중에서만 선택할 수 있다. 문과 전공에는 외국어학과(영어, 러시아어, 일본어, 프랑스어, 스페인어)와 한국학, 경제·경영 등이 있고, 이공계 전공에는 화학, 응용수학, 건축, 토목, 기계, 무기, 환경 등이 있다.

나는 무기공학과를 선택했다. 일반 대학에는 없고 육사에만 있는 유일한 전공이기도 하고, 당시 나는 군에 무기체계가 가장 중요하며, 이런 쪽으로 연구를 계속하면 도움이 될 거라고 생각했다.

육사의 설립목적은 고급 장교 육성이다. 고급 장교는 병사, 위관장교와 부사관을 훈련시키고 관리할 뿐 아니라 정책 기관에서 제도와 정책을 만드는 데 기여하고 국가 예산사업을 구상하는 업무도 한다. 그러기 위해서는 관련 지식과 사고력이 필요하기 때문에 그에 따라 육사의 전공이 갈라지는 게 아닐까 생각한다.

다만 이때 선택한 전공은 졸업하고 나서 장교 생활에 딱히 영향이 없다. 전공을 살려서 병과를 선택하는 경우도 있지만 절대적이진 않으며 성적이 가장 중요하다.

장교로 임관하는 방법은 다양하다. 어떤 방법으로 장교가 되는지보다 더 중요한 것은 병과이다. 회사에서 업무가 총무, 기획, 홍보, 마케팅, 영업 등의 분야로 나누어져 있는 것처럼 장교의 업무 영역도 병과라는 이름으로 다양하게 나누어져 있다. 육군의 병과는 크게 4개 분야로 나뉘는데, 전투병과, 기술병과, 행정병과, 특수병과이다. 전투병과에는 보병, 포병, 기갑, 공병, 정보통신, 정보, 항공, 방공이 해당되고, 기술병과에는 병기, 병참, 수송, 화생방이 해당되며, 행정병과에는 인사(舊 부관), 군사경찰(舊 헌병), 재정, 공보정훈(군악 포함)이 해당된다. 특수병과에는 의정, 군의, 치의, 수의, 법무, 감찰, 군종이 다 포함된다(육사·학군·학사장교로 임관할 때는 의정을 제외한 특수병과 선택은 불가능하다).

육사에서 병과 선택은 4학년 2학기가 종료된 이후에 한다. 동기들끼리 서로 합의가 잘되면 최대한 많은 사람이 원하는 병과에 갈 수 있지만, 그렇다고 모두가 원하는 병과에 갈 수는 없다. 각자의 전공학과는 병과 선택과 전혀 관계가 없다(전공과 연계해서 선택하려는 인원들도 있으나 전공이 병과 선택에 걸림돌이 되진 않는다). 단지, 서로 합의가 되지 않아 경합이 벌어지면 병과 선택은 성적순으로 우선순위가 돌아간다. 이때의 성적은 일반학, 군사학, 하계군사훈련, 훈육, 체육 등 모든 분야에 매긴 성적을 4년간 누적한 결과이다. 육군이 병과별로 그 해에 필요한 인원수를 정해주는데, 졸업 인원수에 맞게 각 병과별로 티오(T.O.)*가 내려온다. 남군과 여군에 대한 티오는 별도로 정해져 있다.

내가 졸업할 당시에는 포병, 기갑, 방공은 여군이 임관할 수 없는 병과였다(2014년 이후로 육군은 여군이 갈 수 없는 병과가 사라져서 전 병과를 선택할 수 있다). 2003년 24명의 여생도가 입학하여 2007년 최종 21명 졸업 및 임관할 예정이었다. 여군이 갈 수 없는 병과를 제외하고는 전 병과 티오가 할당됐고, 조종사가 되고 싶던 꿈을 버리지 못한 내가 최초로 희망했던 병과는 항공이었다. 나머지 동기들도 본인의 희망과 성적을 고려해서 희망 병과를 정했다. 이때의 우리는 어디서든 모이기만 하면 병과 얘기를 했다.

항공병과는 티오도 중요하고 성적도 중요하지만 최우선으로 국군수도병원에서 군의관 신체검사를 통해 항공기 운항에 문제가 없다는 확인을 받아야 했다. 여자 동기 중 유일한 항공병과 희망자였던 나는 나머지 남자 동기들과 함께 수도병원에서 검사를 받았다. 남자 동기들은 모두 이상이 없었

* T.O.(Table of Organization): 편성표 또는 편성표에 따른 정원(定員)

다. 나도 눈 외에 다른 신체조건은 이상이 없었다.

육사 합격통지서를 받을 때 안내문에 입학 전 시력교정술을 받아야 생활에 편할 것이라는 내용이 담겨 있었다. 나는 시력이 나빴고, 생활하기 편하다고 하니 기초군사훈련 입교 전에 라식수술을 받았다. 수술 덕분에 4년간 불편함 없이 매우 잘 지냈고 병과 선택 때 또다시 눈 때문에 문제가 될 거라고는 생각도 못 했다. 공군 사관학교를 고민하고 있을 때 시력 때문에 좌절했던 기억이 났다. 항공기 운항은 눈에 문제가 있으면 안 되는 것이었나 보다.

"항공병과에 지원했나요?"

"네."

"시력교정술 받은 경험이 있나요? 거짓으로 대답하면 안 됩니다. 검사하면 다 표시가 나요."

"(잠시 고민하다가) 라식수술을 받았습니다."

"라식수술을 받았으면 항공병과 임관은 제한됩니다."

"네? 육군 항공은 공군처럼 전투기를 모는 것도 아니고 압력이 심한 고도에서 헬기를 모는 것도 아닌데 수술이 문제가 됩니까?"

"눈에 칼을 댔는데 항공기를 운항하려고 했어요? 눈에 이상이 있으면 항공기 운항은 불가능합니다."

군의관의 단호한 대답과 함께 항공병과 지원 불가 판정을 받았다. 이제 차선책을 선택해야 하는데, 다른 동기들이 원하는 병과를 선점한 상태에서 내 희망을 말하는 것이 굉장히 부담됐다. 병과 선정은 성적순으로 우선순위가 결정된다고 했지만, 여자 동기들은 겨우 21명뿐이라 성적과 개인 희망을 고려하여 대화해서 병과 선택을 거의 확정한 상태였다. 내가 중간에 끼어들면 판이 모두 흐트러질 상황이었다. 그런 분란은 만들고 싶지 않았다(병과 선택이 임관 후 생활에 얼마나 중요한지 알았다면 다른 선택을 했을 수도 있겠다).

육군에서 보병병과가 인원이 제일 많았고, 여러 기회가 많다고 들어서 잠시 고민했다. 그러나 체력적인 면에서 남군과 비교하면 내가 부족할 수밖에 없어서, 내 능력 100%를 제대로 인정받기 어렵다고 생각했다. 게다가 군 생활을 하면서 결혼하고 아이도 생길 텐데, 전투병과로 임관해서는 가정생활과 부대 일을 모두 잘 해내기가 어려울 거란 생각도 들었다. 선택지에서 전투병과는 제외했다. 군 생활을 해본 훈육요원들은 모두 전투병과였고 기술·행정병과에 대한 설명은 제대로 들을 수 없어서, 보병, 포병 같은 전투병과를 제외하고는 각 병과가 어떤 업무를 하는지 알 수가 없었다. 다행히 기숙사 방마다 한 대씩 들어와 있던 국방망(군 전용 인트라넷) PC

의 도움을 받아 병과학교에서 받는 기초 교육을 살펴보았다. 그렇게 해서 최종 선택한 것이 부관병과였다(지금은 인사병과로 바뀌었다). 내가 현재 속해 있는 인사병과는 사람과 관련된 일을 한다. 신분별 인사관리를 하고, 부대에서 하는 행사를 계획하고 준비하고 시행하며, 복지업무 및 기록물 관리까지 맡고 있다. '부관'이라는 병과 명칭이 생소해서 그랬는지 몰라도, 동기 중에서 희망하는 사람도 없었다(군대에 다녀온 사람들은 장군들 옆에서 보좌하는 일을 하던 전속부관이라고 착각하는데 전속부관과 부관병과는 하는 일이 전혀 다르다). 나는 사람과 관련된 일에 흥미가 생겼다. 그렇게 해서 난 남군 동기 2명과 인사병과로 임관했다. 나머지 여군 동기 21명은 각각 보병 3명, 정보 3명, 공병 1명, 정보통신 1명, 전산(지금은 정보통신과 통합되었다) 2명, 병기 1명, 병참 1명, 수송 1명, 화생방 1명, 인사 1명, 재정 1명, 공보정훈 2명, 군사경찰 1명, 의정 2명으로 임관했다. 혹시라도 이 책을 읽고 있는 후배 중에 인사병과에 관심이 있다면 연락 바란다. 언제든 정성껏 설명해 줄 수 있다! 부디 몰라서 선택을 잘못하는 경우가 없으면 좋겠다. 꼭 기억하자! 군 생활은 '병과' 선택에 의해 가장 크게 영향을 받는다.

호랑이는 죽어서 가죽을 남기고
사람은 죽어서 이름을 남긴다

어렸을 때 위인전을 많이 본다. 안중근, 유관순, 세종대왕 등등. 이름만 들으면 어떤 일을 했고, 얼마나 훌륭한 사람인지 떠오를 정도로 많이 본다. 저렇게 이름을 남기려면 얼마나 훌륭한 일을 해내야 하는 걸까? 역사에 이름 하나 새기는 일을 다들 한 번쯤 꿈꿔보는 것 같다. '내가 죽어도 내 이름이 남겨져 있으면 좋겠다'라고 말이다. 내 이름을 이런 위인전에 남길 수 있을 거라 생각해 보진 않았다. 하지만 어떤 형태로든 내 이름 석 자를 남기는 것은 해냈다!

육사 교정에는 교훈인 '지智·인仁·용勇'이 새겨진 높이 64m

의 교훈탑이 있다. 안으로 들어가면 엘리베이터를 타고 전망대로 올라갈 수 있고, 지하에는 생도 기숙사 생활관 모형을 볼 수 있도록 전시되어 있다. 가족들 또는 친구들이 면회 올때 한 번씩은 꼭 들르는 곳이다. 교훈탑 외벽을 빙 둘러서 육사 1기부터 졸업생들 이름이 동판으로 새겨져 붙어 있다. 졸업하자마자 교훈탑에 동판이 새겨지는 것은 아니다. 졸업하고 4월 즈음 '소위의 날'이 있다. 그날에 졸업생들이 교훈탑 앞에 모여서 교훈탑에 졸업생 이름 동판이 새겨진 것을 기념하고, 졸업 및 임관식까지 촬영된 사진을 포함하여 생도 4년간의 생활이 담긴 졸업앨범을 선물로 받는다.

졸업생 동판 명단은 한자로 된 것도 있고, 한글로 된 것도 있으며 가나다순으로 작성된다. 졸업생 중에는 대통령도 있고, 다른 유명한 사람도 여럿 있다. 유명인들의 이름은 사람들 손을 많이 타서 반짝반짝 윤이 난다. 졸업생들은 동판에 새겨진 본인의 이름을 모두 한 번씩 찾아서 본다. 유명인들의 이름처럼 한 번에 반짝반짝해지도록 닦을 순 없지만, 볼 때마다 몇 번씩 문지르게 된다. 동판 이름이 유명인들처럼 빛나라고. 결혼식을 학교에서 하는 경우가 많은데, 동기들 결혼식이든 선후배 결혼식이든 멀리 육사까지 참석하면, 한 번씩 들러서 내 이름을 닦았던 것 같다. 동기들끼리 모여서 가

끔 교훈탑의 동판 이름 얘기를 꺼내면, 이제는 결혼한 배우자들이 더 열심히 남편 이름을 문지른다며 웃었다. 반짝반짝 잘 닦아놓으면 남편들의 군 생활이 좀 더 잘될 것 같은 믿음이랄까?

호랑이는 죽어서 가죽을 남기고 사람은 죽어서 이름을 남긴다는 속담은 실물로 이름을 남긴다는 뜻은 아니지만, 이렇게라도 이름을 남길 수 있어서 뿌듯한 생각이 든다. 아이와 함께 꼭 한 번 보러 가야겠다.

혹시 이름 세 글자 남길 곳이 필요하다면 육사의 교훈탑 벽면을 조심스레 추천해 본다.

PART 3

국방부 시계는
멈추지 않는다

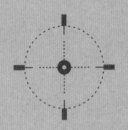

오만 촉광의 다이아몬드, 그대 이름은 소위

장교로 임관하는 일반적인 방법은 학군·학사사관 제도를 이용하는 것 또는 육군사관학교나 육군3사관학교를 졸업하는 것이다. 학사장교만 7월 1일부로 임관하고 나머지는 매년 3월 1일에 장교로 임관한다. 보통 학군장교들은 3월 1일 이전에 임관식을 하고(2011년부터 2017년까지 육·해·공군 사관학교 및 학군장교 임관식을 계룡대에서 합동으로 했다) 육사, 3사의 경우는 임관식을 3월 1일 이후에 한다. 이렇게 임관하는 소위들이 한해 약 5,000명 정도이다.

내가 육사 졸업 및 임관식을 한 것은 2007년 3월이었다. 2003년 1월 13일에 처음 발을 들인 후 4년여 만에 드디어 졸업 및 임관을 하게 된 것이다. 일반학 공부, 군사훈련, 상하·

동료들과의 관계, 졸업시험 및 졸업자격 등의 다양한 난관을 모두 통과하고 얻어낸 최종 결과다. 육사 입학도 굉장한 도전이었지만 졸업은 더욱 그러했다. 그걸 이룬 나 자신이 자랑스러웠고, 그런 어려움을 모두 이겨내고 함께 임관하는 동기들도 자랑스러웠다.

육사의 졸업식은 매우 길다. 1부 행사와 2부 행사로 나누어 진행된다. 1부 행사는 생도 예복을 입고 하는 졸업식 행사이고, 2부 행사는 장교 정복을 입고 하는 임관식 행사이다. 1부 행사에서 가장 중요한 순간은 졸업증서 수여다. 사회자가 졸업생을 호명하면 한 명씩 단상으로 올라가 졸업증서를 받고, 참석한 주요 인사들과 악수를 하고 제자리로 돌아온다(후배 생도들에게는 가장 견디기 어려운 시간이기도 하다. 그 시간 동안 움직일 수 없는 자세로 기다려야 한다). 2부 행사에서 가장 중요한 순간은 언제일까? 바로 계급장을 달아주는 순간이다. 정복 양쪽 어깨에 계급장을 달아주는데, 오른쪽은 교수님 중에 한 분이, 왼쪽은 참석한 가족 중에 한 분이 달아주신다. 계급장 부착이 끝나면 부모님께 경례한다. 부모님께 처음으로 장교로서 경례하는 순간이다. 부모님도 나도 울컥한다. 아버지가 부사관인 동기들도 있었는데, 계급장을 달고 나서 아버지가 먼저 거수경례를 했다. 비록 자식이지만, 계급으로는 상급자이기 때문에 그에 대해 먼저 존중해 주는 의미였다.

행사가 종료되면 졸업생들은 행사장 뒤편의 강재구 소령*
동상으로 달려간다. 졸업생들은 졸업식 꽃으로 꽃다발 대신
받은 꽃목걸이를 동상에 던져서 건다. 성공하면 장군이 될
수 있다는 미신 때문에 거의 모든 졸업생이 행사의 당연한
순서처럼 달려간다. 성공하기가 쉬운 것은 아니라서 어느 틈
엔가는 졸업생들도, 그걸 지켜보는 사람들도 저절로 응원하
게 된다.

졸업 및 임관식은 중요하고 의미 있는 행사이기도 하고,
정말 많은 축하 인원이 오는 행사이기 때문에 졸업생이든 재
학생이든 모두 몇 날 며칠 동안 졸업 및 임관식 연습만 한다.
행사 연습 기간엔 수업도 없다. 말 그대로 종일 행사 연습이
다. 그래서인지 몰라도 어서 빨리 행사가 끝나기만 바라게
되는데, 막상 행사가 종료되고 나니 정말 육사 생활이 끝났
구나 하는 마음에 시원함보다 섭섭함과 아쉬움이 느껴졌다.

육사를 졸업했다는 것은 이제 대한민국 육군 장교로서 생
활할 자격을 얻었다는 뜻이다. 자격을 얻었다는 말은 이제

---

* 1965년 베트남 파병 준비 훈련 중 수류탄 투척 훈련을 하다 실수한 병
  사가 떨어뜨린 수류탄을 몸으로 덮어 중대원들의 생명을 구하고 산화한
  군인.

출발선에 섰다는 뜻이다. 바로 전문가가 되는 게 아니란 사실! 운전면허증을 따본 경험이 있다면 공감할 것이다. 면허를 땄다고 해서 바로 능숙하게 차선을 바꾸고, 주차를 할 수는 없다. 면허를 딴 직후에는 운전대를 잡으면 앞밖에 보이지 않는다. 시내 주행을 하고, 고속도로를 달리고, 골목길도 다니면서 발생하는 상황에 대처하는 요령이 쌓이면서 비로소 운전에 능숙해진다.

2007년 장교로 임관한 그해, 4년간의 노력이 결실을 맺어서 매우 기뻤고 뭐든 다 해낼 수 있다는 자신감이 넘쳤다. 흔히 소위 계급장을 오만 촉광의 다이아몬드라고 부른다. 촉광이라는 것은 빛의 밝기를 나타내는 단위로, 오만 촉광의 다이아몬드라는 말은 소위 계급장이 오만 개의 다이아몬드의 빛만큼 밝다는 뜻으로 해석할 수 있다. 아마도 나처럼 소위로 임관한 장교들의 마음에 가득 차 있는 자신감의 크기만큼 빛나는 걸 표현한 것이 아닐까 생각한다.

일반 회사도 일련의 선발 과정을 통해서 신입사원을 선발한다. 그렇게 선발된 신입사원들은 연수를 거친 이후에 업무부서를 결정하여 실전 업무에 투입되는데 군대도 마찬가지이다. 아무리 빛나는 자신감이 있어도 그것만으로 일을 처리하기엔 무리가 있다. 따라서 임관한 이후 곧바로 각 부대로 배치되는 것이 아니라 각 병과별로 임무 수행에 필요한 교육을 받는다. 학군장교들은 임관식 이후 둘째 날부터 임관 전 분류된 각 병과별로 보수교육을 받고, 육사·3사 장교들은 졸업 및 임관식 이후에 보수교육*에 합류한다. 각 학군단에서 받는 교육, 육사·3사에서 받는 교육은 양성교육이라고 하고, 임관 후 병과학교에서 받는 교육은 보수교육이라고 한다.

우리 동기 220명은 2007년 3월 12일에 졸업 및 임관식을 했고 일주일 뒤 병과별로 뿔뿔이 흩어져서 각 병과학교 교육을 받았다.

육사 졸업 후 기행병과(기술병과와 행정병과를 합쳐서 기행병과라고 한다)로 임관하는 경우 남군과 여군의 시작이 서로 달랐다. 남군의 경우는 곧바로 본인이 선택한 병과로 배치되지 않고 1년 동안은 보병병과로 직책을 받아서 일하게 되기 때문에

---

* 보수교육은 1회로 그치는 것이 아니라 군 생활을 하면서 여러 번 받게 된다. 계급별로 요구되는 임무의 수준과 범위가 다르고, 근무하게 되는 부대의 규모도 달라지기 때문에 이에 맞춰 추가 교육이 이루어진다. 소위로 임관하자마자 받는 보수교육은 신임장교 지휘참모 과정(이전 명칭 초군반(OBC, Officer Basic Course))이고, 약 16주간 실시한다. 대위로 진급하면 다시 보수교육을 받는데 이는 대위 지휘참모 과정(이전 명칭 고군반(OAC, Officer Advanced Course))이고 약 22주간 실시한다. 이것으로 끝이 아니다. 소령, 중령, 대령으로 진급해도 해당 계급에 맞는 보수교육을 계속 받아야 한다.

배치받기 전에 앞서 설명한 대로 보병학교에서 교육을 받았다. 여군의 경우는 본인이 선택한 병과로 곧바로 갔다. 현재는 기행병과로 임관하는 남군과 여군 구분 없이 모두 보병병과로 1년간 소대장 임무를 수행한 다음, 다시 본인 병과에 맞는 교육을 받고 나서야 비로소 원래 병과의 직책을 받는다.

　나는 항공병과와 보병병과 모두 가지 못하고 인사병과를 선택했지만, 1년 정도 보병병과로 꼭 한 번 생활해 보고 싶었다. 가만히 앉아서 하는 일보다는 몸을 직접 움직이면서 소대원들과 함께 생활하는 것이 더 흥미로웠기 때문이다. 기행병과를 택한 이상 임관해서 곧장 하는 소대장(보병병과에서 소위에게 부여되는 첫 직책) 1년 말고는 그럴 수 있는 직책이 없다. 지금 생각해도 같은 병과 남군 동기들은 했지만 나는 경험하지 못해서 매우 아쉽다.

　나와 같은 병과로 임관한 두 명의 남군 동기는 첫 직책이 보병 소대장이었기 때문에 임관 후 보병학교로 갔다. 반대로 나는 처음부터 인사병 소위로 일을 하기 때문에 육군종합행정학교로 갔다. 육군의 각 병과는 각각의 병과학교를 운영하고 있으나 인사, 재정, 군사경찰, 법무, 군종병과는 통합하여 육군종합행정학교라는 하나의 병과학교에서 교육을 한다(별도로 운영하기에는 각 병과 인원수가 적다).

육사의 교육은 군사학 과목과 훈련 등을 제외하면 일반대학의 운영과 비슷해서 학점을 받아 졸업만 하면 된다는 생각이 강했다. 하지만 병과학교에서 받는 교육은 부대에서 내가 해야 하는 일과 밀접한 관련이 있다 보니 성적이 아니더라도 배운 내용을 잘 기억해서 수료해야겠다는 의지가 생겼다. 게다가 수업하는 교관님들이 모두 병과의 현역 선배 장교들이었다. 육사 교수님들도 현역 장교들이었지만 장교보다는 선생님에 가까운 느낌이었는데 교관님들은 선배 장교의 느낌이 강했다. 우리에게 지식을 가르쳐주고 있지만 경험에서 우러나오는 아우라가 느껴졌다고나 할까.

4개월의 교육기간 동안 병 인사관리, 상훈, 의식행사, 사무기록관리, 전술 등의 과목을 배웠다. 배우면서 '이걸 부대 가면 다 해야 하는 일이라고? 하나도 모르겠는데!'라고 속으로 수십 번도 더 외쳤다. 교관님은 전부 잘 해낼 수 있을 거라고 격려해 주셨으나 본인의 상태는 본인이 제일 잘 아는 법이다. 교육이 끝나가도 걱정이 되는 건 어쩔 수가 없었다. 이제 더 이상의 교육은 없다. 면허 시험이 끝났고, 연습 주행도 끝났다. 모든 시작은 기대감과 걱정이 뒤섞인 떨림과 함께 온다.

더 이상 물러날 곳은 없다!

화랑! 신고합니다!

신임장교 지휘참모과정 교육을 마치는 날은 전 병과학교가 동일하다. 2007년 3월 1일부로 임관한 전 병과 소위들은 같은 날 교육을 마치고, 같은 날 각 부대로 전입했다. 간부들의 전·출입은 늘 있는 일이지만 적응하는 데 관심과 손길이 필요한 소위들이 대거 몰려오는 6월엔 부대에서도 소위들 맞이 준비를 한다.

군인들이 새 부대로 출근한 첫날은 어찌 시작될까? 군인들은 부대를 옮길 때마다 부대의 지휘관(부대장)에게 '이제부터 제가 여기서 일합니다'라는 의미의 신고를 한다(물론 그 부대를 떠나갈 때도 신고를 한다). MBC〈진짜 사나이〉프로그램에서 신고하느라 버벅대고 곤경에 빠진 장면이 꽤 나왔는데, 신고를 하는 게 몇 마디 되지 않지만 생각보다 어려운 일이다. 부대 지휘관에게 내 모습을 처음 보여주는 순간이니 실수 없이 하고 싶어서 열심히 연습하지만, 그럼에도 실제 신고 때 말이 꼬이는 경우가 있어서 항상 긴장된다. 새로 시작하는 이들의 부담을 줄여주기 위해서였는지 2014년부터는 신고 대상은 앞뒤로 경례 구호만 외치고, 나머지는 모두 사회자가 진행하고 낭독하는 것으로 바뀌었다. 지금은 신고를 하더라도 실수할 일이 없어서 한결 마음이 편하다.

"화랑*! 신고합니다!

소위 박미영 등 ○○명은 2007년 6월 21일부로 제11기계화보병사단으로 전입을 명 받았습니다!

---

* 각 부대마다 고유의 경례구호가 있다. 해당 구호는 11사단의 경례구호이다. 공군과 해군의 모든 부대는 '필승'이라는 구호를 사용한다. 별도의 구호가 없는 육군부대는 '충성'이다. 지상작전사령부는 선봉, 5군단은 승진, 6군단은 진군, 7군단은 북진, 수기사는 맹호, 1사단은 전진, 3사단은 백골, 6사단은 청성, 8사단은 돌격, 9사단은 백마, 특전사·5사단·7사단은 단결, 15사단은 필승, 28사단은 태풍, 50사단은 강철, 51사단은 전승, 지금은 해체된 20사단과 26사단은 각각 결전과 공격, 역시 해체된 27사단은 그 유명한 이기자이다. 육군사관학교의 경례구호는 '충성'이다. 내가 입학하기 직전까지는 '통일'이었다가 현재 구호로 바뀌었다.

이에 신고합니다! 화랑!"

내가 처음 배치받은 부대는 11사단이었다. 각 병과학교 교육을 수료하고 약 70명 정도가 함께 전입을 하러 갔다. 같은 날 같은 부대로 여러 명이 전입 가는 경우는 대표자가 앞에서 신고 문구를 외치고 나머지는 처음과 끝의 경례구호만 같이 한다. 신고를 준비하던 대위(장교 인사관리 업무를 하던 장교였다)는 제일 선임자가 앞으로 나오라고 했다. 장교의 서열은 군인사법과 육군규정에 정해져 있고, 그 순서는 이렇다. 첫째는 계급이 높은 사람, 둘째는 진급 날짜가 빠른 사람, 셋째는 임관일이 빠른 사람, 넷째는 군번이 빠른 사람, 다섯째로 나이가 많은 사람 순이다. 육사 동기들을 포함하여 사단 전입자들은 모두 같은 계급이고 임관한 날짜가 같았기 때문에 군번이 가장 빨랐던 내가 제일 선임자였다. 그래서 내가 대표로 신고를 하려고 나서니, 나 말고 남자 동기를 가리키며 앞으로 나와서 신고를 하라고 하셨다. '어? 왜 내가 아니지?'라는 의문이 떠올랐지만, 긴장도 되고 나보다도 한참 선배 장교가 지시하니 그대로 따랐다. 나중에 선배 대위와는 같은 울타리 내에서 일하는 사이가 되어 전입신고 당일에 있었던 일에 대해 물어봤다.

"별 이유는 없는데? 여군이 대표로 신고한 적은 없어서. 통상 신고할 때는 남군들이 대표로 신고하니까 그냥 남군 시킨 거야."

전입해 오는 소위 중에 보병이 제일 많으니 대표자를 보병 인원 중 최선임자를 시켰다고 거짓말이라도 해 줬으면 좋았을 걸 그랬다. 이런 것에도 남녀 차이를 두는 건가 싶어서 순간 어이가 없었다. 이미 지나간 일이고 대표로 신고하는 거 누가 하든 큰 문제도 없다. 그런 걸로 괜히 "여군이 신고하는 게 뭐 어때서 그러셨습니까"라며 따져봐야 유난스럽다고 생각할까 봐 선배의 대답을 듣고 그냥 웃었다. 괜한 꼬리표가 붙으면 나만 손해 아닐까 하고 생각했다. 앞으로 '여군이라서', '여군이면', '여군이니까'라는 말을 들으면서 불편한 마음을 웃으며 넘겨야 하는 상황을 또 겪게 될지도 몰랐다. 이제 직장생활 1일 차다.

너 말고 행정병 바꿔!

임관해서 우리가 일하게 되는 공간에는 간부와 병이 함께 섞여 있다. 여기서 말하는 간부란 장교, 준사관, 부사관을 통합해서 지칭한다. 장교에 해당하는 계급은 소위 – 중위 – 대위 (이상 위관급 장교), 소령 – 중령 – 대령(이상 영관급 장교), 준장 – 소장 – 중장 – 대장(이상 장성급 장교, 보통 장군이라고 함)까지이다. 준사관 계급은 준위라는 단일계급으로 소위 계급장과 같은 모양이지만 색이 금색이며, 부사관은 하사 – 중사 – 상사 – 원사계급으로 되어 있다. 계급의 서열은 부사관 〈 준사관 〈 장교순이다. 장교들보다 군 생활을 더 오래 한 부사관, 준사관들이 많이 있다. 서열상으로 소위가 그들보다 상급자라고 해서, 함부로 하대하고 일방적으로 지시하면 겉으로 순응하더라도 진심을 얻기는 어렵다. 그들의 군 생활 기간과 나이를 존중해 주고, 군 생활 노하우에 대해 조언을 듣고 소통한다면 원활한 관계를 유지하는 것은 물론 훨씬 좋은 성과를 낼 수 있다.

전투병과는 소위로 임관하면 대부분 소대장 직책을 받는다. 그래서 대부분 시작 제대가 '소대*'이다. 지금은 인사병과로 임관하면 대대의 참모부에서 시작하지만 내가 임관할 당시 인사병과가 배치되는 최하 부대는 사단 참모부**였다. 같이 전입해 온 동기들은 나를 제외하고 모두 소대장으로 갔다. 그 동기들은 신고를 마치고 헤어지면서 상급부대에 있으니까 여건도 좋고 보장도 잘될 것 같다고 나를 부러워하면서 각자의 소대로 갔다. 확실히 상급부대일수록 여건(부대시설, 숙소 등)이 좋은 건 사실이다. 그런데 처음 일하면서 책임져야 하는 업무 영역이 사단 규모가 되는 거다. 동기들은 실수해도 소대 규모에만 영향을 줄 뿐인데 말이다. 내가 실수를 하

---

* 육군 부대 규모는 육군 〉 군사령부 〉 군단 〉 사단 〉 여단(연대) 〉 대대 〉 중대 〉 소대 〉 분대로 구분된다.

** 사단 참모부는 인사·정보·작전·군수·교육훈련참모부(일반참모부), 감찰·재정·통신·공보정훈·법무참모부(특별참모부)로 구성된다. 인사병과는 지금은 인사참모부에 속해 있지만, 내가 임관할 당시엔 부관병과로, 특별참모부 중 하나인 부관참모부로 독립적으로 운영됐다.

면 선배 장교들이 바로 잡아주셨지만, 업무에 적응할 때까지 실수하면 사단 전체에 피해를 줄 수 있다는 생각에 마음이 무거웠다.

사단 참모부는 사단장(2성 장군인 소장)을 보좌하는 부서이다. 난 그 부서에서 부서장을 보좌하는 실무자였다(사단장은 회장님, 중령 참모(부서장)는 부장님, 나는 대리나 사원 정도로 이해하면 되겠다). 실무를 나와 행정병들이 함께 하는데 간부들은 고유의 업무 영역에 대해서 본인이 책임지고 처리하고, 병사들은 보조적인 역할로 이들의 업무에 대해서도 담당 간부가 책임을 진다.

당시 일과는 8시부터 17시까지다(지금은 8시 30분부터 17시 30분까지다). 일과가 시작하기도 전인 7시 30분쯤이 되면 사무실의 전화기가 울리기 시작한다. 전화의 목적은 네 가지다.

첫째, 내가 처리한 일에 대한 확인을 위해서
둘째, 내가 처리한 일에 대한 수정 요구 및 질책을 위해서
셋째, 예하부대에서 내 업무 영역에 대해 물어보기 위해서
넷째, 같은 부서 내 다른 간부들의 업무에 대한 문의를 위해서

첫 번째와 두 번째 목적은 내가 이미 처리한 일에 대한 것이라 대답하기 어렵지 않다. 네 번째 목적은 해당 간부에게 전화를 돌리기만 하면 되니 가장 마음 편한 전화다. 세 번째 목적이 가장 어렵다. 전화벨이 울리면 정해진 전화 응답 문구로 친절하게 답한다.

"통신보안, 병인사관리장교 박미영 소위입니다. 무엇을 도와드립니까(다나까체를 쓰다 보면 이런 말투를 사용하게 된다)?"

이후에 상대방의 질문을 메모하면서 유심히 듣는다. 하지만 내가 하는 일을 완전히 파악하지 못한 상태고, 아직 해본 적 없는 일투성이라서 구체적으로 파고들어 물으면 당황스러웠다. 한 번이라도 처리해 본 내용이라면 척척 대답해 줄 수 있을 텐데, 해결 방법을 알려줄 능력이 부족하다. 결국 난 대부분의 전화에 이렇게 대답했다.

"제가 확인하고 다시 연락드리겠습니다."

난 혼자가 아니다! 내 옆엔 나의 업무파트너인 행정병이 있었다. 운이 좋게도 나의 첫 행정병은 입대 18개월이 넘은 베테랑 병장이었다. 그걸 전화 건 사람들도 알았다. 무엇을 도와드리냐는 나의 물음을 뒤로하고 마음 급한 사람들이 있었다.

"옆에 ○○○ 병장 있나요? ○○○ 병장 바꿔주십시오."

"너 말고 옆에 ○○○ 병장 바꿔봐!"

전화를 행정병에게 전달하면서 정말 급한 문제인가 보다 하며 애써 스스로 위안했지만 무력감과 패배감이 들었다. 행정병을 바꾸라는 그 말에 "그냥 저에게 말씀하시면 됩니다"라고 자신 있게 말하지 못하는 게 더 싫었다.

누구든 처음은 있다. 처음부터 잘하는 사람은 아무도 없다. 정말 똑똑하다는 대학병원 의사들도 인턴과 레지던트 때에는 실수를 밥 먹듯이 한다. 그렇다고 수술실에 못 들어오게 하고 환자들 처치도 못 하게 하면 실력이 좋아질까? 여유를 가질 수 있으면 좋겠다. 나도 시간이 흘러서 부서원으로 소위를 데리고 업무를 하기도 하고, 예하부대에서 소위들이 보고한 내용을 검토하기도 했다. 후배들이 일을 깔끔하게 끝낼 것이라고 기대하지 않기 때문에 실수하면 당연하다고 생각하고 넘긴다. 원숭이도 나무에 떨어질 때가 있다고 하는데, 처음 일을 할 때 망칠까 봐 너무 걱정하거나 두려워하지 않았으면 좋겠다. '너 말고 행정병!'을 외치던 그 사람들도 나처럼 허둥지둥하던 때가 분명히 있었다. 나 아니면 누가 하냐는 마음으로 기죽지 말고 일하자!

장교와 부사관

최종 장교로 임관하게 되면 병과 차이에 의한 경력 관리가 달라지는 것 외에 모집과정별 차이는 거의 없다. 육군사관학교를 졸업하고 임관하는 경우에만 임관과 동시에 장기복무가 결정되고, 나머지 과정은 별도의 선발 과정을 거쳐야 한다는 것이 가장 큰 차이점이다.

육군사관학교는 4년의 대학 생활을, 육군3사관학교는 2년의 대학 생활을 거치게 되는데, 이 기간 때문에 임관 시 급여의 차이가 생긴다. 두 과정을 제외한 나머지 모집과정으로 임관하는 경우 소위 1호봉의 급여로 시작하고, 육군3사관학교의 경우 수학 기간의 절반인 1년을 인정받아 소위 2호봉으로, 육군사관학교의 경우 수학 기간의 절반인 2년을 인정받아 소위 3호봉으로 시작한다. 그 외 다양한 보직에 대한 경험, 부대 배치 등에 대해서는 구분 없이 동일한 기회가 부여된다.

그러나 장교와 부사관은 몇 가지 차이점이 있다. 장교와 부사관은 모집과정에 대한 설명에서 볼 수 있듯이 임관 시 요구되는 학력이 다르다. 장교는 반드시 4년제 대학 졸업이 필요하고, 부사관의 경우 고등학교를 졸업하면 지원할 수 있다. 그래서 고등학교 졸업하자마자 부사관으로 임관하여 교육을 받으러 왔던 교육생을 만난 경험이 있다. 소위 1호봉이나, 하사 1호봉이나 거의 차이가 없다. 하지만 장교의 경우 소위로 임관하여 정확히 1년이 되는 날 대부분 중위로 진급하게 되는데(징계받을 일을 저지르지 않는 한 거의 100% 진급이 된다) 하사의 경우 1년 만에 중사로 진급하는 것은 불가능하다. 병과별로 차이는 있으나 평균적으로 장교는 부사관보다 인사이동이 자주 있다. 한 지역에서 좀 더 오래 머무르면서 근무하길 바란다면 부사관이 유리하다. 마지막으로 장교와 부사관은 계급이 다르기 때문에(조선시대 같은 계급사회는 아니지만 장교 또는 부사관으로 각각 임관하면 서로의 영역을 침범하는 것은 불가능하다) 진급의 한계가 다르다. 장교는 소위로 임관하여 최종 대장(4성 장군)까지 진급할 수 있으나, 부사관은 하사로 임관하여 최종 원사까지만 진급할 수 있다. 장교의 계급 단계는 10단계이고, 부사관은 총 4단계다. 부사관의 최종 계급인 원사라 하더라도 가장 낮은 장교인 소위 계급보다 아래다. 그래서 갓 임관한 소위들이 계급의 고하만을 따져서 부대의 원사 계급 부사관들과 마찰을 일으키는 경우가 종종 있다. 비록 계급으로는 원사가 소위보다 낮다고 하더라도 근무 기간과 나이, 경험, 연륜 등을 따진다면 상호 존중이 꼭 필요한 관계라고 볼 수 있다.

이런 불필요한 마찰을 줄이기 위해 생도 졸업 전에 학교에 있던 원사 분이 와서 함께 이야기하는 시간이 있었다. 그때는 군이 왜 이런 시간을 가져야 하는지 이해가 되지 않았다. 그러나 생활하다 보니 소위들이 부대에 오면 유독 많이 문제가 발생하는 것을 보고 괜한 시간이 아니었다고 생각했다.

전투병과로 임관하는 경우엔 본인이 지휘하는 부대원 중 병뿐 아니라 부사관들도 섞여 있다. 내가 속한 병과의 경우는 그런 지휘 관계에 있다기보다는 해당 부서에서 업무 분장에 의해 각각 맡은 실무가 있기 때문에 서로 돕는 관계이다. 처음에 배치받았던 부대도 그랬다. 부서원이 소령 참모 1명(부서장이다), 대위 1명, 소위 1명(나), 준사관 1명, 부사관 3명,

병 10명이었다. 업무의 지시는 부서장인 소령 참모가 했고, 그 외 간부들은 세부 업무를 담당하고 있었다. 내가 비록 계급으로는 부서에서 세 번째였지만 업무 숙달도는 병 10명보다도 부족한 상태였고, 준사관과 부사관 4명은 참모의 별도 지시가 없어도 실수 없이 업무를 진행할 수 있는 분들이었다. 심지어 이때 부서에 있던 부사관 중 1명은 차가 없던 내가 야근을 하기라도 하면 30분 정도를 걸어야 숙소로 갈 수 있었던 걸 알고 남아서 함께 야근을 해주셨다. 내 마음이 불편할까 봐, 본인도 할 일이 있어서 남아서 일하는 것이라고 말을 했지만 내가 업무를 마무리하면 항상 같이 퇴근했다. 그 마음이 정말 고마웠다. 게다가 나와 함께 업무를 진행하던 예하부대 업무 당당자들은 대부분 부사관이었는데, 해당 업무가 이제껏 어떤 식으로 진행되었는지, 우발상황이 생기면 어떤 식으로 조치했는지 알려주는 등 많은 도움을 주었다.

군 생활이 익숙해지고 나서도 부대별 특성을 알아야 업무를 매끄럽게 진행할 수 있는데, 장교들은 부사관들에 비해 상대적으로 부대이동이 잦다 보니 해당 부대에서 오래 근무한 부사관들의 조언이 도움이 될 때가 꽤 있다.

이렇게 좋은 관계로만 잘 지내면 참 좋을 텐데, 장교끼리든 부사관끼리든 장교 부사관끼리든 문제가 없는 인간관계란 없는 것 같다. 간혹 중사가 중위에게, 하사가 소위에게, 상사가 대위에게 참지 못하고 폭행이나 폭언을 하는 경우 등 '하극상'이라고 말하는 사고들이 일어나기도 한다. 장교와 부사관이라는 신분을 떠나서 상급자가 하급자를 존중하고, 하급자는 상급자를 신뢰하고 존경한다면 하극상 없이 서로 좋은 관계로 잘 지낼 수 있을 거라 생각한다. 운이 좋게도 나는 지금까지 함께 일했던 부사관들과 같이 일했던 부대를 떠나고 난 후에도 좋은 관계를 유지하고 있다.

실수는 나의 힘

실수는 수습 가능한 범위에서 저질러야 한다. 그래야 실수를 하더라도 이번 일을 통해 많이 배웠다며 아름답게 끝낼 수 있다.

인사병과에서 하는 일 중 실수를 했을 때 가장 눈에 띄면서, 수습하기 어려운 업무는 행사 업무이다. TV로 국군의 날 기념식 행사를 본 적이 있다면 이해하기 쉬울 것이다. 국군의 날 기념식은 대통령이 주관하는 초대형 행사이고, 부대에서도 이와 비슷한 다양한 행사를 하는데 인사병과는 이때 사회자로서 진행해야 한다. 행사 진행은 물론 행사 계획 및 시나리오 작성, 예행연습, 행사 주관자와 행사 병력의 동선 및 행동절차 확인, 행사 진행 간 우발상황 등을 모두 예상해서 관련된 부서 및 사람들과 협조하고 실제 행사가 매끄럽게 끝날 수 있도록 하는 것이다.

나는 6월에 사단으로 전입하였고, 8월에 첫 행사로 부사관 전역식 행사를 하게 되었다. 행사의 주관자는 사단 참모장(대령)이었다. 모든 부대 행사는 실수 없이 해내야 하지만, 사단 지휘부(사단장, 부사단장(대령), 참모장) 주관 행사는 더욱 주의를 기울여야 한다. 사단장 행사는 소령 참모님이 직접 진행하고, 나머지 행사는 대위 선배가 진행한다. 하지만 내가 근무하는 부대에서는 대위 선배 자리가 공석이어서 내가 준비하고 진행해야 하는 행사가 됐다. 행사 주관자이신 참모장님에게 행사 진행 절차에 대해 보고를 잘 끝냈고, 행사 진행에 필요한 시나리오 작성도 완료했다. 게다가 해당 부대의 행사 담당 실무자와 사전에 소통을 많이 해서 행사장 준비와 행사 예행연습도 여러 번 했다는 것을 확인했다. 첫 행사였지만 참모님은 실수하지 말고 잘 다녀오라고 말씀하시면서 걱정 없다는 표정으로 날 보내셨다.

행사장은 사무실에서 5분 거리에 있는 부대였다. 이제 직접 가서 눈으로 현장을 확인하고 예행연습만 한두 번 정도 하면 되겠다고 생각하며 긴장을 풀려고 노력했다. 그런데 도착해서 사열대(연병장을 내려다볼 수 있는 단상, 학교의 조회대를 생각하면 된다)를 보자마자 허점이 보였다. 기본적으로 사열대에 마이크 등의 통신장비가 설치되어 있어야 하는데 한창 작업 중이었다. 다행히 병력은 대형을 갖춰 서 있었다. 하지만 병력을 지휘할 대표자가 앞에 없었다. 부대 담당자에게 지휘자는 어디 갔냐고 물으니 아직 정해지지 않았다는 답을 했다. 답을 하는 담당자의 얼굴은 이미 행사 준비로 정신이 없는 얼굴이었다. 황당해진 나는 속으로 외쳤다.

'행사 예행연습을 했다고 하셨잖아요? 지휘자 없이 연습을 어찌했나요? 지휘자가 없다는 게 무슨 말인가요?!'

지휘자를 급하게 정하고 약식으로 행사 예행연습을 시작했다. 전역식 행사의 꽃은 '열병'이다. 국군의 날 기념식에서 대통령이 사열대에서 내려와 차량에 선 채로 탑승하여 경례를 받는 장면을 본 적이 있을 것이다. 그 장면이 바로 열병을 하는 모습이다.

열병을 할 때 차량은 그림의 화살표 방향대로 움직인다. 열병 시 차량이 각 제대의 앞을 통과하기 때문에 차량이 진입하기 전 제대의 우측으로 이동해야 해서 타이밍이 중요하다. 보통 행사는 장교들이 지휘자가 된다. 하지만 부사관 전역식의 경우 서열상 장교들이 상급자이기 때문에 이번 행사에는 모든 지휘자가 부사관으로 구성됐다. 열병을 지휘해 본

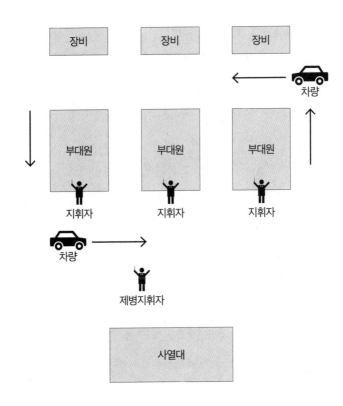

부사관들이 아무도 없었다. 열병은 자주 하는 행사 식순이 아니라 장교들이 지휘해도 타이밍을 맞추기 위해 여러 번 연습이 필요하다.

행사 시작은 10분도 채 남지 않았는데 행사를 이상 없이 끝낼 수 있을 거란 희망이 보이지 않았다. 기적같이 참모님이 나타나셨다. 하지만 참모님도 예정된 시간에 행사를 할 수 있는 상태가 아니라고 판단하셨고 결국 시작 시각을 미뤘다. 시간을 조정한 것 외에는 별 탈 없이 행사를 마쳤다. 군 생활 마지막 행사를 치른 전역식 당사자에게 엉망이 된 행사를 보여주지 않아서 다행이었다.

행사가 끝난 후 사무실로 복귀해서 당연히 참모님에게 혼났다. 명백히 내가 잘못한 일이라 억울하지도 않았다. 그저 감사한 마음뿐이었다. 내가 한 가장 큰 실수는 전화로만 확인하고 눈으로 직접 보지 않은 것이다. 행사 계획, 시나리오를 담당자와 모두 공유하고 확인했지만 충분한 게 아니었다. 현장은 반드시 직접 가봐야 했다.

또 다른 실수는 내가 알고 있는 것을 남도 똑같이 알고 행동할 거라고 착각한 것이다. 나는 생도 생활 4년 동안 열병이 포함된 행사를 매주 했다. 나에게 행사란 준비가 어렵지 행사 병력으로 제식동작을 하는 것은 전혀 어려운 것이 아니었다. 하지만 일반 부대의 부대원들이 나와 다르다는 것을 미처 이해하지 못했다. 내가 해야 하는 것만 생각하고 있었다.

마지막으로는 첫 행사였음에도 여유시간을 충분히 갖지 못한 것이었다. 급하면 판단을 제대로 할 수 없고 당황한다. 어떤 우발상황이든 내가 처음 겪는 일인데, 그것을 조치할 수 있는 시간에 대해서는 예측하지 못했다. 이유를 알 수 없지만, 준비를 했으니 문제없이 흘러갈 것이라고 낙관했다.

전역식 행사 이후로는 간단한 행사라고 해도 최소 1시간에서 1시간 반 전에는 해당 부대로 간다. 그래야 준비가 부족한 부대에서도 시간에 쫓기지 않고 필요한 준비를 할 수 있었다. 첫 행사에서 실수를 한 것에 감사한다. 소위 때 한 실수 덕분에 업무에 대한 자세를 배울 수 있었다.

보고 또 보고

군인은 명령에 살고 명령에 죽는다고 한다. 상관의 직무상 명령에 복종해야 한다고 군법에도 정해져 있다. 상관의 명령에 복종해야 한다면 그 명령이 올바른 판단 후에 내려져야 하지 않을까? 그래서 우리는 상관의 올바른 판단을 위해 '보고'해야 한다고 생각한다. 그래서 내가 맡은 일을 잘하는 것에는 보고를 잘하는 것이 포함된다. 일이 얼마나 진척됐는지, 막상 일을 하면서 제한되는 것은 무엇인지 등 하나의 일을 끝낼 때까지 여러 번의 보고를 거쳐야 한다. 강원국 작가는 《어른답게 말합니다》에서 보고의 정석에 대해 다음과 같이 말했다.

이 중에서도 1번, 2번, 3번, 6번은 꼭 기억했으면 좋겠다. 부서장 또는 중간관리자의 자리에 있으면서 부서원들이 어

시간을 아껴주는 보고의 정석

❶ 보고는 윗사람이 상황을 묻기 전에 먼저 하는 게 상책이다.

❷ 보고는 자주 할수록 좋다.

❸ 보고 시한을 넘기지 않는다.

❹ 보고하는 형식도 중요하다.

❺ 보고에서 내용 누락은 때로 치명적인 결과를 가져온다(어떤 사항이 중요한지 아닌지 판단하지 말자).

❻ 좋지 않은 내용일수록 보고해야 한다.

❼ 보고는 자신이 아는 것을 말하는 게 아니라, 상사가 알고 싶어 하는 것을 말해주는 자리다.

❽ 보고는 짧을수록 좋다.

❾ 보고할 때 표정도 염두에 둬야 한다.

❿ 신뢰 관계 구축이 중요하다(사람이 마음에 들면 보고 내용도 마음에 들게 마련이다).

《어른답게 말합니다》, 강원국, 웅진지식하우스, 2021.

떤 일을 하고 있는지 모두 기억하기는 쉽지 않다. 업무가 막힘없이 진행되어도, 중간에 문제가 생기더라도 열심히 찾아가서 보고해야만 한다. 그래야 보고를 받는 대상이 '아, 이 업무는 이만큼 진행되고 있고, 지금 문제는 이거구나' 하고 안심할 수 있다. 내가 중간관리자가 되어보니 별일이 없어도 틈날 때마다 본인이 어떤 일을 하고 있고 일이 어떻게 되어가고 있는지 말해주는 실무자가 참 고마웠다. 그렇게 생각하니 소위 때 참모님은 날 보면서 얼마나 답답하셨을까 싶다. 내 담당 업무에 대한 보고는커녕 내 몫의 업무라는 것조차도 잊어버리기 일쑤였다. 참다못해 참모님이 먼저 묻기 시작하셨다.

"미영아, 신병들 군사특기 판단은 다 끝났어?"

"박 소위, ○○월 ○○일에 ○○부대에서 행사 있잖아? 그거 계획 작성은 다 했어? 군악대 협조는 했고?"

"다음 주 표창심의는 대상자가 얼마나 종합됐니?"

질문을 들으면 '아차!' 하는 일이 많았다. 수첩에 적어두는데도 참모님의 물음에 '아, 맞다!'를 외치거나 이미 보고를 했다고 생각한 경우도 많았다. 참모님은 업무를 확인하면 그때마다 '아, 맞다!'를 연발하는 나를 보고 웃으면서 별명을 지어주셨다.

"박 소위, 네 이름은 이제부터 박미영 아니고 '아 맞다'다. 알았지?"

나도 믿음직한 실무자가 되고 싶었다. 참모님이 궁금해하시기 전에 착착 보고하고, 책상 위에 보고서를 올려두고 퇴근하는 모습이 내가 바라던 모습이다. 별명이 '아, 맞다'가 된 이후 여기서 벗어나기 위해 퇴근하기 전 내가 해야 하는 일을 적었다. 아침에 출근해서 할 일을 적기보다 퇴근 전에 내일 하루가 어찌 진행될지 미리 정리해 보는 것이 훨씬 도움이 된다고 생각했다. 아침 시간이 항상 바쁘기도 하고 새로운 하루가 시작하면 예상치 못한 일들로 정신없이 흘러가는 경우가 많았기 때문이다. 이렇게 했음에도 '아 맞다'라는 별명이 사라지기까지는 오랜 시간이 걸렸다.

초반에는 완전한 보고서를 작성하고 나서야 참모님께 보고했다. 맨손으로 들어가서 말로만 보고하는 것은 일을 제대로 하는 것이 아니라고 생각했기 때문에 완전한 보고서를 만드느라 시간이 오래 걸렸다. 그렇게 해서 겨우 보고한 내용엔 필요한 부분이 빠져 있는 경우가 다반사였다. 열심히 자료를 찾아서 작성한 내용이 정작 참모님이 의도한 방향과 달라서 소용없어진 경우도 있었다. 주어진 시간은 이미 다 써버렸는데, 새로 시작해야 할 때면 허둥지둥 쫓기듯 업무를 했다. 같은 일을 두 번 세 번 반복하지 않으려면 계속 얘기해야 한다. 보고는 그리 거창한 것이 아니다. 시간을 낭비하지 않고 좋은 결과물을 내기 위해서 서로 소통하는 것이다. 나는 그걸 몰랐다. 참모님의 판단과 결정이 필요한 부분이 분명히 있다. 그럼 작성 전에 미리 확인하고 보고서에 담는 것이 훨씬 경제적이다.

'시간을 아껴주는 보고의 정석' 1~2번을 잊지 않고 실천하면 3번은 자연스럽게 따라온다. 보고를 자주, 먼저 하면 상관의 판단과 결정을 적시에 받게 되니 그 업무의 보고 시한을 넘기는 것이 더 어렵다.

사람은 누구든 남에게 싫은 소리 듣는 것을 원하지 않는다. 싫은 소리를 하는 사람이 내 상관이면 더욱 그런 상황을 피하고 싶어진다. 지금도 내가 잘못한 사실을 알았을 때 상급자에게 바로 보고할지 말지 고민이 된다. 하지만 일단 일이 틀어진 것을 인지한 순간, 곧장 보고하는 것이 상책이다. 이제 갓 들어와서 일하게 됐다면 문제를 누가 수습할 수 있는지 판단할 능력이 안 된다. 괜히 스스로 수습해 보겠다고 나서는 순간 간단하게 처리할 일을 대형 사고로 만들 수 있다. 문제가 발생하면 보고받은 사람이 수습할 시간을 최대한 많이 확보해 주는 것이 가장 좋다. 그러니 곧장 보고하자. 혼나는 것이 걱정돼서 끙끙거리며 시간을 끌어봐야 문제는 악화될 뿐이다. 보고는 언제 터질지 모르는 폭탄을 넘겨주는 거다. 내가 들고 있다 터지면 나만 죽는다. 그러니 폭탄을 상관에게 넘긴다는 마음으로 보고하자. 죽어도 같이 죽는 게 낫다.

상급자에게 보고하는 일은 누구든 어렵다. 면접시험 준비하듯이 상급자가 할만한 예상 질문에 대한 대답을 준비한다. 질문에 제대로 답을 못하면 '다시' 보고해야 한다. 본인이 하는 업무인데 모르는 게 이상하다고 생각할 수 있지만 실무자와 보고받는 상급자는 일을 바라보는 관점이 서로 달라서 질문을 받을 때가 있다. 내 입장에서는 A, B만 알아도 된다고 생각해도 상관은 C, D 부분이 필요하거나 A~Z까지 다 필요하다고 생각할 수 있다. '다시' 보고하는 일이 많아지면 나에 대한 신뢰가 흔들릴 수 있다. 신뢰 관계가 무너지면 보고는 더 어려워진다.

그렇다고 상급자의 예상치 못한 질문에 제대로 확인되지 않은 사실을 대답하는 것은 더 좋지 않다. 당장은 그 상황을 모면할 수 있으나 그 대답이 사실과 다르면 잘못된 대답을 수정하는 보고가 더 어려워진다. 수정 보고를 하기도 전에 상급자가 그 대답이 잘못된 사실이라는 것을 알아차리게 되면 수습이 곤란해진다. 아는 척하지 말고 다시 확인하고 보고하는 편이 훨씬 더 현명하다.

두 번째 부대에서 일할 때였다. 30년 이상 군 생활을 한 과장님을 모시고 있었는데, 보고할 때마다 추가로 확인해서 보고하라고 지시하는 경우가 많으셨다. 보고를 한 번에 끝내지 못하고 일이 더해져서 돌아오니 보고하기 전 관련된 사항을 사소한 것이라도 모두 확인하고 가는 게 몸에 뱄다. 오늘은 한 번에 끝낼 수 있겠단 기대를 하면서 과장님 질문에 막힘없이 대답했다. 과장님은 기대와는 달리 내가 대답한 내용이 맞는지 확인해서 다시 보고하라고 하셨다. 나는 모두 확인한 사항이니 다시 확인하는 것은 불필요하다고 버텼다. 과장님은 한 번 더 확인하는 게 그렇게 어려운 일이냐며 펄쩍 뛰셨고, 난 물러났다. 궁금한 사항이 없도록 보고를 정확히 하는 것만 생각했지, 보고 태도에 대해서는 고려하지 못했다. 내가 옳다고 생각해서 상관이 지시할 때 버티는 것이 능사는 아니었다. 확실하다 해도 그 자리에서 물러났다가 다시 보고하는 것이 고수의 자세였다.

하루가 보고로 시작해서 보고로 끝난다. 이거 하나만 기억하자. 틈날 때마다 보고하기. 그럼 업무의 반 이상은 해결된다.

만남과 헤어짐

내 군 생활의 첫 부대였던 11사단에서 13개월을 근무했다. 의욕은 많았으나 실수투성이였던 내가 장교로 구색을 갖출 수 있게 해준 고마운 곳이다. 부대에서 지내는 동안 만났던 동료들이 모두 이 말을 했다.

"일이 힘드냐, 사람이 힘들지. 아무리 힘들어도 일은 버티면서 하다 보면 다 지나가. 그런데 사람은 정말 답이 없어."

함께 일하는 사람이 중요하다는 의미였을 거다. 나와 같은 사무실에서 함께 일했던 간부는 총 8명이었다. 소령 2명, 대위 1명, 준사관 2명, 부사관 3명. 13개월이 그리 긴 기간은 아닌데, 그 사이에 참모님도 바뀌고, 대위는 없다가 새로 왔고, 준사관은 1명이 전역하고, 새로운 사람이 왔고, 이동이 많지 않은 부사관도 1명이 다른 부대로 전출 갔다. 행정병들은 15명이 같이 근무했다. 11사단에 갔을 때가 23살이었는데, 병사들이 모두 내 또래였다. 일과 이후에 밥도 사주고, 고민이 있으면 얘기도 들어주면서 인간적으로도 가깝게 지냈다. 같은 사무실에서 일한 것은 아니지만 인사업무를 하던 예하부대 실무자들도 30명 정도 있었다. 가깝게는 5분, 멀게는 30분 정도 떨어진 부대에서 매일 사무실에 출근 도장을 찍으면서 일했는데, 사무실 식구들 외에 여러 인원과 교류할 수 있어서 좋았고, 어려운 일이 있을 때 도움을 요청할 사람들이 많아서 든든했다. 모르는 게 있을 때 〈장화 신은 고양이〉에 나오는 고양이 같은 눈으로 쳐다보면 바빠도 그냥 지나치지 못하고 항상 잘 도와주던 분들이다. 군 생활을 오래 할 생각으로 시작했어도 첫 부대에서 힘든 사람들을 만나면 다시 그런 사람들을 만날까 봐 포기하는 사람이 꽤 있다. 나는 운이 좋았다. 처음 만난 동료들이 모두 좋은 사람이었다. 떠나기 아쉬웠다.

다른 부대로 이동하는 건 보통 3개월 전에 공지가 된다. 하지만 11사단에서 떠날 때는 갑작스럽게 통보가 되어서 전출 가기 10일 전에 알게 됐다. 13개월이 그리 긴 시간은 아니지만 그동안 함께 지냈던 사람들과 하던 업무를 마무리할 시간이 충분하지 않았다. 결국 전출 신고를 하는 날 저녁에 부서 식구들과 예하부대 실무자 전체 회식을 하게 됐다(신고 전날이었으면 완벽했을 텐데! 대부분은 신고하는 날, 신고가 끝나면 바로 이동한다). 육사 졸업식 날에도 안 울었는데, 삼겹살에 소주를 먹으면서 눈물이 터졌다. '마지막'이라는 말엔 마음을 울컥하게 만드는 뭔가가 있다. 회식 내내 웃으면서 잘 버텼는데, 행정병들이 나 몰래 준비한 롤링 페이퍼와 선물을 전달하는 순간 더 참지 못했다. 회식 막판에 엉엉 우는 바람에 얼굴이 빨개져서 눈물 닦는 사진이 나도 모르는 새에 찍혀서 남아 있다. 정든 부대를 떠나면서 다짐했다.

'소령 진급하고 참모로 꼭 다시 와서 근무해야지!'

군인만큼 만남과 헤어짐에 무감각한 사람들이 또 있을까 싶다. 지금까지 부대를 열세 번이나 옮겼다. 군인이 된 지 16년이 넘었으니 1년에 한 번꼴로 이동한 거다. 장교, 부사관, 준사관을 비교해 보면 장교가 월등하게 이동이 잦다. 워낙 자주 부대를 옮겨 다니니 사람들과 만나고 헤어지는 데 무감각해졌다. 내가 부대에 남아 있더라도 새로운 사람이 오고 함께 있던 사람들이 가버리니 만남과 헤어짐은 일상이 됐고, 사람도 바뀌고 부대도 바뀌니 지루할 틈이 없다. 새로운 환경과 새로운 사람에 매번 적응해야 하는 것은 스트레스지만, 비슷한 일을 하더라도 새로운 느낌이 들어 기분 전환이 되기도 한다. 함께 일하는 사람들이 11사단 식구들처럼 좋을 때는 떠나야 하는 상황이 매우 아쉽지만, 반대로 함께 일하는 동료들과 관계가 썩 좋지 않을 때는 떠나는 게 다행이라는 생각이 들기도 한다. 부대들이 워낙 곳곳에 퍼져 있어서 한 번 헤어지면 다시 만나기 어렵다고 생각하지만, 신기하게도 돌고 돌아 또 만나는 경우가 꽤 있다. 11사단을 떠나면서 다짐했던 그대로 난 소령을 달고 다시 11사단에 가서 근무하게 되었고, 함께 일했던 동료가 몇 명 남아 있어서 다시 만났다. 똑같은 부대로 돌아왔음에도 그때와는 다른 부대여서 어색했지만 기억을 공유하는 동료를 만나니 좋았다.

지금까지 군 생활 중에 전출을 앞두고 딱 두 번 울었다. 공교롭게도 모두 11사단을 떠날 때였다. 소령으로 다시 11사단에서 근무하고 전출 회식 때 또 엉엉 울었다. 부서원들과 일도 운동도 즐겁게 함께해서 너무 좋았기 때문이다. 이때가 군 생활 13년 차, 열한 번째 부대였다. 부대 옮기는 게 처음도 아닌데 운다고 많이들 놀렸다. 열 번도 넘게 부대를 옮겼는데도 눈물이 나는 것은 그만큼 헤어지기 싫어서가 아니었을까 생각한다. 내가 아쉬운 만큼 함께 있던 그들에게도 내가 그런 사람이었기를 바란다.

만남과 헤어짐에 익숙하다고 해서, 그렇게 맺는 관계에 무심하다는 것은 아니다. 만남과 헤어짐이 반복되기 때문에 그 짧은 기간에 좀 더 충실하게 사람들과 관계를 맺고 업무를 한다. 다시 만나고 싶은 사람이 되기 위해.

여군을 대표하는 마음으로

각 군(육·해·공군)의 최상위부대는 각 군 본부라고 할 수 있고 각 군 본부는 계룡대에 자리하고 있다(국방부는 대통령의 명으로 군에 관련된 업무를 지휘 감독하는 정부 부처 중의 하나이므로 군부대로 분류하긴 어렵다). 규모가 큰 부대는 부대장의 계급이 높아서 부대장을 보좌하는 참모들의 계급도 덩달아 높아진다. 부대장의 결정과 판단을 돕기 위해서 비슷한 수준으로 고민하고 볼수 있는 시야를 가져야 하기 때문이다. 따라서 계급이 낮을수록 규모가 작은 부대에서 근무할 확률이 높다. 그런 의미에서 나의 두 번째 근무지가 육군본부가 있는 계룡대였다는 것은 행운이었다. 최상위부대로 온 만큼 시야도 넓어지고, 함께 일하는 사람들의 생각과 사고방식에 따라 나의 영역도 넓어질 기회였기 때문이다. 물론 어려운 점도 있었다. 상급 부대다 보니 업무를 협조하거나 물어봐야 하는 실무자들이 이전에 겪었던 대상보다 모두 계급이 높았다(11사단 참모님(소령)보다 높은 중령이었다). 전화하기가 겁났다.

　이상하게도 나는 중·고등학생 때부터 모르는 사람과 전화하는 것에 울렁증이 심해서 가족들이 없으면 배달 음식도 시켜 먹을 수 없는 정도였다. 문제는 임관하고 나서 일을 할 때도 그랬다는 것이다. 업무를 처리할 때 궁금한 사항이 있으면 확인을 해야 하는데 전화 울렁증 때문에 미루고 미루다가 전화를 했다. 전화멘트를 모두 적어두고 전화를 해도 상대방이 "통신보안, ○○ 장교입니다. 무엇을 도와드릴까요?"라고 말하는 순간 입이 굳는다. 오 마이 갓! 누구도 나 대신 업무 관련 전화를 해주지 않으니 울렁증을 부여잡고 전화, 전화, 전화. 두 번째 부대를 떠날 때는 전화 울렁증은 완전히 해결했다.

　새로운 부대로 전입 신고하기 전날에 이사를 마치고, 숙소에서 부대까지 길을 익히면서 시간을 계산했다. 집에서 계룡으로 운전하는 차 안에서 새로운 부대에 대한 묘한 기대감 때문에 가는 길이 다 예쁘게 느껴졌다. 계룡대는 과연 3군의 중심이라 할 만했다. 11사단 사령부는 사단 중에서도 아담한 규모였고 계룡대는 사단과는 비교할 수 없을 만큼 컸다. 위병소를 통과해서 본부 건물까지 최소 15~20분은 걸어야 하는 거리였다(총 3개의 위병소가 있는데 외부인이 가장 많이 드나드는 곳은 2정문 위병소다). 계룡대 안은 작은 도시 같다. 2차선 도로가 사방으로 펼쳐져 있고 가운데는 각 군 본부가 모여 있는 팔각형 본청 건물이 있다. 본청 주변엔 여러 개의 분청과 지원부대들이 펼쳐져 있다. 나의 전임자가 위병소로 마중 나오지 않았으면 위병소를 통과하자마자 길을 잃을 뻔했다. 건물 외곽에 어떤 부대인지 표시도 되어 있지 않고, 길은 사방에 있지만 지나다니는 사람이 없어서 물어볼 수도 없었다. 계룡대 안 부대 위치, 본청 구조를 익히는 데만 두 달이 걸렸다.

전임자의 차를 타고 본청으로 이동하는데 잔디가 예쁘게 자란 계룡대 대연병장이 보였다. 대연병장에서 생도 4학년 때 국군의 날 기념행사를 했다. 행사 연습과 본 행사를 위해 한 달 정도 있었던 곳이었음에도 당시엔 관심 없이 다녀서 미처 몰랐는데, 다시 보니 여기가 그 행사장이었다는 게 떠올랐다. 반가운 마음도 잠시, 전임자의 안내로 본청 건물에 들어서는데 군사경찰 병사들이 제복을 갖춰 입고 출입구를 지키고 있었다. 승인되지 않은 사람들은 출입을 할 수 없었다. 각 군 서열 1위인 참모총장들이 모두 본청 건물에 있다고 생각하니 이렇게 경계 수준이 높을 수밖에 없다는 걸 이해했다.

13개월 정도 실무도 했고, 소위에서 중위로 진급도 해서 이제 초보 딱지는 뗐다는 자신감이 있었는데, 새로운 곳에 오니 환경도 사람도 모두 바뀌어서 다시 백지상태가 되었다. 업무도 지금까지 했던 걸 할 줄 알았는데, 모두 새로운 일이었다. 내가 11사단에서 해본 업무는 병 인사관리와 상훈, 그리고 행사업무가 전부였다. 새로운 부대에서는 장교·부사관 인사관리 및 군무원 인사관리와 안전업무, 수당업무까지 인사업무 거의 전 분야를 담당해야 했다. 전임자는 일주일 정도만 나와 근무하고 잘할 수 있을 거라는 말을 남긴 채 전출을 가버렸다. 11사단에 처음 가서 어떻게 업무를 익히고 적응했었는지 전혀 기억나지 않았다. 전날 느꼈던 기대감은 어느새 걱정으로 변했다.

부서의 분위기는 사단 참모부와는 또 달랐다. 사단은 부서원이 모두 군인이다. 병사도 있고 부사관도 있고 장교도 있지만 모두 군인이었다. 하지만 이곳은 절반은 부사관과 장교이고 절반은 군무원이었다. 또 그 군무원 중에 절반은 여자였다. 생도 때부터 지금까지 여성 인력을 한 공간에서 이렇게 많이 본 적이 없었다. 11사단에서 경험 많은 부사관들에게 도움을 받았던 것처럼 여기에서는 군무원들에게 도움을 많이 받았다. 군무원들은 부대 이동을 거의 하지 않아서 부대의 일들을 잘 알고 있었고, 특히 부대 인원들의 부서 이동 이력을 잘 알려줘서 앞뒤 맥락을 이해하고 인사관리를 하는데 도움이 됐다.

상급 부대로 갈수록 한 사람의 업무 영역이 작은 단위로 쪼개지고 하급 부대로 갈수록 한 사람의 업무 영역이 광범위해진다. 다시 말하면 상급 부대에서는 인사업무 A, B, C에 대한 담당자가 모두 다르다고 한다면 하급 부대에서는 A+B+C를 한 사람이 담당한다는 뜻이다. 인사업무는 매우 다양하지만 A+B+C를 모두 담당하는 부대만 경험한 사람은 세 가지가 구분된 분야라고 생각도 못 한다. 운이 좋게도 난 최상위부대에서 일을 할 수 있게 됐고, 덕분에 인사업무 분야가 어떻게 나뉘는지, 어떤 부서가 어떤 업무를 담당하는지를 임관하고 2년 차에 파악할 수 있게 됐다. 군 생활 초기에 알게 된 인사 세부 분야는 이후에 업무 처리할 때 두고두고 도움이 되었다. 업무가 내려왔을 때 어느 부서에서 처리하는지만 알아도 수고를 덜 수 있다. 고객센터 상담 전화와 똑같다. 잘못된 부서로 전화하면 담당자를 찾는 전화 뺑뺑이를 돌다가 지친다. 어느 곳에서 일해도 얻는 것은 있다. 곧바로 제일 상위 부대로 오게 되면서 전화 울렁증도 고쳤고, 업무 세부 분야도 일찍 깨우칠 수 있었다.

　새로운 부대에서 내 능력치를 가장 많이 끌어올려 주신 분은 우리 과의 과장님이었다. 20개월 근무하는 동안 보고서 쓰는 법, 보고의 타이밍, 업무 추진 방법 및 처리 속도 등 앞으로의 군 생활에 기본기가 되는 부분을 단련시켜 주셨다. 매우 감사하다. 어디서도 쉽게 얻지 못할 가르침이다.

　내가 오기 3~4년 전만 해도 부대의 인사업무를 통신병과 장교들이 했었다(이 부대는 통신업무 부대여서 통신 장교들밖엔 없었다). 통신업무만 하던 중위가 인사업무를 하니 업무처리에 오류가 많았다고 한다. 그래서 인사업무는 인사병과가 하는 것이 좋겠다고 판단하여 우리 병과 인원들이 보직되기 시작했고, 난 이 부대의 세 번째 인사병과 장교였다. 내가 전입 가기로 결정된 후에야 과장님은 내가 여군이라는 것을 알게 되셨다. 인사업무를 할 인사병과 장교면 된다고 했지만 내가 여군인 것이 걸림돌이 되었다. 인사병과가 필요한 것은 맞지만 여군은 필요 없으니 남군으로 보내달라고 요구했다고 한다(전임자가 전출 전 알려줬다). 그런 요구사항까지는 들어줄 수 없고 분류 가능한 인원이 나뿐이니 내가 아니면 인원 보충은 불가능하다고 하여 내가 보직된 것이었다. 이 말을 듣고 11사단 전입 신고 시 대표자로 지목되지 못한 것과는 차원이 다른 불쾌감을 느꼈다. 성별이 전혀 관계없는 병과임에도 여자라서 거부했다는 말은 도무지 이해할 수 없었다. 나의 업무 능력, 품성, 태도 등이 부족하다고 생각해서 거부했다면 납득하려고 노력이라도 했을 텐데 성별이 끼어들 필요가 없는 순간에도 불쑥 이런 상황에 놓이니 어떻게 반응해야 할지 몰랐다. 덕분에 20개월간 조금만 실수해도 '이래서 여군은 안 된다고 했는데'란 소리를 들을까 봐 전전긍긍하며 지냈다.

이제는 여군과 일해본 적 없는 사람을 찾기가 어려울 정도로 부대별로 여군들이 근무하고 있다. 그만큼 여군 비율이 많이 늘어났다. 2007~2008년에는 여군과 함께 일한 적이 있는 군인이 드물었고, 함께 근무한 여군이 내가 처음이라고 한 선배 장교들, 부사관들이 꽤 있었다. 첫인상은 오래 남는다. 함께 일한 첫 여군인 내가 잘 해내면 여군과 남군을 구분하지 않을 것이고, 반대라면 다시는 여군과 근무하고 싶지 않다는 마음이 생길 것이다. 실제로 여군과 함께 근무하고 싶지 않다고 하는 남군들에게 이유를 물어보면 여군과 좋지 않은 일이 있었다거나 업무를 못 하는 여군과 근무한 적 있는 이들이 많았다.

성별을 떠나서 업무를 잘하는 사람이 있고 미흡한 사람도 있기 마련이다. 그런데 상대적으로 소수인 집단은 평가에서 불리할 수밖에 없다. 일을 못하는 남군과 근무하고 나서 남군과 절대 같이 근무하지 않겠다고 생각하는 사람은 없다. 단지 그 사람과 다시 근무하고 싶지 않을 뿐이다. 내가 엄청난 사명감과 명예심을 갖고 임관한 것은 아니다. 하지만 과장님의 이야기를 듣고 나서 나 때문에 후배 여군 장교들이 어떤 자리에 갈 기회조차 얻지 못하게 하는 일은 절대 없도록 하겠다고 다짐했다. 그렇지만 혹시 내가 잘 못 하더라도 나 때문에 여군 전체가 비난받는 일은 없었으면 좋겠다는 생각도 있었다. 나를 그저 군인 한 사람으로만 대해줬으면 바라기도 했다.

여군이 소수이기 때문에 겪는 불편은 편견뿐 아니라 현실적인 부분에서도 드러난다. 내가 14년도에 근무할 때의 일이다. 나는 서울에 있는 부대에서 장교 인사관리와 상훈업무를 맡았다. 이때 부대장 집무실과 각 참모부 사무실이 있는 2층짜리 건물에서 근무했다. 해당 건물에 여성 근무자들은 4명이었고, 남성 근무자들은 몇십 명이 있었다. 화장실은 1, 2층에 모두 있었으나, 우리가 사용할 수 있는 화장실은 단 한 칸뿐이었고, 심지어 2층 남자화장실 문을 열고 들어가서 써야만 했다. 화장실을 이용하거나 점심 식사 후에 양치질을 하려면 무조건 들어가야 했는데, 들어가는 우리나 남자 화장실을 사용하는 남성 근무자들이나 모두 얼굴 붉히는 일이 일어날 수밖에 없는 환경이었다. 1층 화장실을 여성용으로 바꾸려고 해도 사용하는 인원수의 차이가 너무 났기 때문에 그럴 수 없었고 대안도 없어서 그 부대를 떠날 때까지 그렇게 화장실을 이용했다. 내가 떠나고 2년 후에 여성 편의시설(화장실 및 샤워실, 휴게실)을 만들었다는 얘기를 들었다.

화장실 문제는 둘째치고, 간부들이 출퇴근할 때 항상 전투복(근무복장)을 입지는 않는다. 공간 부족으로 별도 탈의실을 만들 수 없어서 사무실에서 갈아입어야 하는데, 남성들로만 이루어진 곳에서는 별문제 없으나 섞여서 근무하는 사무실인 경우는 탈의 공간을 만드는 일도 문제였다. 옷을 갈아입을 때마다 화장실로 가야 했다.

다행히 현재는 군무원의 채용 증가 등으로 여성 근무자들이 매우 많아져서 부대 여성 근무자들 편의시설이 없는 경우는 없다.

지금 영어 공부하러 갑니다

중학교 때부터 대학 때까지 영어 공부만 10년을 했다. 중·고등학교 때는 입시를 위해서, 육사에 와서는 교양과목으로 영어가 필수이기도 하고, 졸업 기준인 TEPS 600점이라는 산을 넘기 위해서 공부했다. 졸업 후에는 내가 외국군과 함께 일할 것도 아니고 해외에서 근무할 것도 아니니 영어에서 해방이라고 생각했다. 그런데 군인은 잘 싸우기만 하면 되는 게 아니었다. 공부하고, 연구하고, 실험하는 군인도 많다. 그런 군인이 되는 기회는 영어를 잘하는 사람에게 먼저 돌아갔다 (영어가 절대적 기준은 아니다).

영어를 잘하면 얻을 기회가 많으니 육사에서 공부할 때보다 오히려 더 의지가 생겼다. 그중 꼭 얻고 싶었던 기회는 군사영어반 교육에 선발되는 것이다. 군사영어반 교육은 중위 ~소령을 대상으로 6개월간 영어 집중 교육을 통해서 군사영어 실력을 갖춘 인원들을 길러내는 과정이다(지금은 3개월, 6개월 과정 두 가지로 나누어 선발한다). 영어를 잘하는 인원은 교육이 필요 없으니 선발되지 않고, 또 영어가 너무 부족한 인원도 선발되지 못한다. 6개월이란 기간 동안 최대의 효과를 낼 수 있는 범위의 인원들을 선발하기 때문이다. 영어 교육할 대상을 선발하는데 영어 필기시험 점수가 필요한 상황은 아이러니하긴 하다. 첫 부대에서 영어 공부를 할 새는 없었지만 기회가 되면 한 번씩 버스를 타고 춘천까지 가서 영어 시험을 봤고(공부는 안 하고 점수는 얻으려 했던 나의 오만함), 계룡으로 와서는 온라인 수업, 토익학원도 다니면서 영어의 끈을 놓지 않으려고 노력했다. 그동안 애쓴 것에 대한 보답이었는지 계룡에서 근무한 지 17개월쯤 되었을 때 군사영어반 합격자 명단에 내 이름이 있었다. 내가 지원할 당시(2010년 교육기수)는 장교와 부사관 모두 합쳐서 100명을 선발했고, 장교가 70% 정도였다. 장교는 다시 병과별로 선발하는 인원수가 나뉘었는데 우리 병과는 1명만 뽑았다. 3년 정도 부대 업무를 하다가 6개월 정도 휴식 같은 교육을 받을 수 있다는 사실에 마냥 행복했다.

군사영어반 과정은 육군 정보학교(지금은 국방어학원)에서 밟는다. 외국어 과정은 영어뿐만 아니라 일본어, 중국어, 독일어, 스페인어, 인니어 등의 제2외국어 교육과정도 있다. 총 100명을 선발하여 수준별로 반마다 10명씩 10개 반으로 나누어서 교육하고 각 반은 한국인 담임 교관들과 원어민 강사들이 배정됐다. 반 편성은 교육 시작하는 첫날 원어민 강사들에 의한 말하기 평가 이후에 정해진다. 10년을 공부했지만 말하기는 또 다른 영역. 입이 굳어서 말이 안 나왔다. 우리 반은 육군 인원 7명(그중 부사관 1명)과 공군 2명, 해군 1명으로 배정됐는데, 타군의 인원들과 함께 할 수 있어 좋았다. 해군 인원은 같은 해 임관한 해군사관학교 동기로 생도 4학년 때 만나고 임관한 후엔 처음 만난 거라 무척 반가웠다.

영어반의 하루 수업은 원어민 수업이 4~6시간 정도를 차지하고 군사영어 수업이 2~4시간을 차지한다. 그리고 저녁을 먹고 난 후 야간 2시간 자습이 의무이다. 2주에 한 번씩 금요일에 원어민 강사에 의한 말하기 평가가 있다. 10개 반 모두 동일하게 진행된다. 1, 2, 3반의 담임 교관은 한 분이 담당했는데 영어 교육에 대한 의지가 대단하셨다. 처음 소개할 때 이전 과정 교육생들도 초기에 과제로 매우 힘들어했으나, 수료할 때는 모두 감사하다고 하고 나갔다고 했다.

우리도 교관을 믿고 따라가면 수료할 때는 본인의 실력 향상에 만족하고 교관에게 감사함을 느끼게 될 것이라고 했다. 그러니 매일 부여되는 과제를 열심히 해 달라고 당부하셨다. 과제를 얼마나 주길래 첫 소개부터 과제 때문에 힘들 거라고 경고를 하나 했는데, 상상 이상이긴 했다. 게다가 이 과제들은 1, 2, 3반 교육생에게만 부여되는 별도 과제였다.

1. CNN과 BBC 신문기사 1개(1~2장)씩 직독직해 레코딩 하기
2. Korea Herald 신문 오피니언 또는 사설란 1개씩 독해하기(노트에 영어 문장을 옮겨쓰고 해석하기)

주말은 토요일과 일요일 과제가 별도로 있고 레코딩 파일을 보내야 하는 마감 시간도 각각 정해져 있었다. 평일 과제보다 양은 두 배 더 많았다. 6개월의 휴식이라 생각하고 교육에 들어가서 그런지 주말에도 과제를 어마어마하게 주시니 너무하다 싶었다. 주말 과제를 처음 할 때는 금요일 밤 9시부터 새벽 3시까지 하고도 결국 끝내지 못해서 토요일에 마저 했던 기억이 난다.

담임 교관님은 교육기간 내내 영어로만 대화하도록 지시

했다(교육기간 내내 이렇게 하는 것이 원칙이긴 하다). 한국말로 대화하다가 발각되면 추가 숙제를 주었다. 한국말을 쓰다가 몇 번을 걸렸나 모르겠다. 이게 끝이 아니다. 주말마다 외박을 나가기 위한 조건이 붙었다. 월요일 첫 시간에 1분~1분 30초 정도 되는 대여섯 문장으로 구성된 CNN 뉴스 기사를 들었다. 짧은 시간에 많은 정보를 전달해야 하니 아나운서의 말하는 속도가 굉장히 빠르다. 처음 들으면 한두 단어 정도 들리고 무슨 내용인지 감도 안 잡힌다. 일주일 동안 아나운서의 말하는 속도와 발음과 최대한 비슷하게 외워서 말하기를 통과해야 외박을 나갈 수 있었다. 금요일 점심시간까지 통과하지 못하면 외박 신고 후에라도 통과해야 나갈 수 있었다.

사람은 적응의 동물이라고 했다. 한 달 정도 지나니 과제를 처리하는 속도가 빨라졌다. 빨리 끝내고 토익 시험공부를 할 수 있는 시간도 생겼다(군사영어반에서는 토익과 텝스와 같은 필기시험용 영어를 가르치지 않는다. 철저하게 말하기와 군사영어에 집중한다). 단 시간에 영어에만 이렇게 노출되어서 공부한 적이 없었던 것 같다. 육사에서도 1학년 때 6주 동안 영어 수업만 하는 영어 집중 교육 주가 있는데, 그 기간에도 이만큼 집중해서 공부하진 않았다. 교육에 들어와서 대부분의 시간을 군사영어 수업 공부와 담임 교관님이 준 과제 해결에 썼는데 신기하게도 토익 점수가 올랐다. 영어 필기시험 성적이 나의 영어 능력을 판단하는 절대적인 기준은 아니지만 성과가 눈으로 보이니 공부에 의욕이 생겼다.

영어반 기간에 두 번 정도 반 편성을 바꿨지만 끝까지 1, 2, 3반에 남을 수 있어서 6개월을 과제와 함께했다. 중간에 포기한 교육생도 있었지만 대부분은 끝까지 해냈다. 한 달 정도 지나서 익숙해지니 교관님은 귀신같이 알아채고 과제 량을 점점 늘렸지만 우리는 그것마저도 해낼 수 있게 됐다. 교관님이 첫날 선언하신 대로 우리 모두는 교관님에게 감사 함을 느꼈다. 어떤 식으로 영어 공부를 해야 하는지도 어렴 풋이 알게 된 것 같다.

교육을 마친 후 일부 인원들은 미군과 일할 수 있는 부대 로 분류되어 이동했고, 일부는 이때 다진 영어 실력을 발판 으로 해외로 학위과정을 나가기도 했다. 아쉽게도 나는 그런 기회를 얻진 못했다. 하지만 군대에서 이렇게 치열하게 영어 공부를 할 수 있는 기회를 갖게 되어 감사했고, 다른 교육생 처럼 이 교육 덕분에 분명히 또 다른 기회가 올 것이라고 믿 는다.

부모의 마음

금요일 저녁, 가다 서기를 반복하는 도로를 뚫고 집에 도착하니 뉴스가 한창이었다. 엄마는 내가 집에 온 것도 모르고 뉴스만 뚫어져라 보고 계셨다. 첫 외박을 나간 그날은 2010년 3월 26일이었다. 맞다. 천안함 피격사건이 있던 날이다. 천안함에 승함한 군인들의 명단이 뉴스 내내 자막으로 방송되었고, 사망이 확인된 인원도 계속 늘어났다. 엄마는 뉴스를 보면서 어린 애들이 많이 죽었다며 안타까워하셨다. 그러면서 "저런 거 보면 네가 생각나서 마음이 안 좋다"고 말씀하셨다.

이런 사건이 처음 있는 일도 아니다. 2002년 제2연평해전,

2010년 천안함 피격 사건과 연평도 포격 도발 사건, 2015년 목함지뢰 사건과 서부전선 포격 사건 등 크고 작은 군사적 대치 상황이 계속 일어나고 있다. 2007년 임관하면서 내가 군인이 됨과 동시에 부모님도 군인 가족이 되셨다. 설마 전쟁이 터질 거라는 생각까진 하지 않으셔도 북한의 도발이 발생할 때마다 딸에게 갈 영향을 아시니 걱정되셨을 것 같다. 이런 일들이 발생하면 부대는 비상 대기 상태가 돼서 내가 바쁘고 힘들어지는 것만 생각했는데, 부모님이 어떤 마음이실지는 미처 헤아리지 못했다. 나는 내가 선택한 일을 감당하는 것이지만 부모님은 딸의 선택 때문에 안 해도 될 마음고생을 하고 계신 건 아닌가 해서 죄송한 마음이 든다. 부모님을 생각하면 직접 싸우는 전투병과 말고 인사병과를 선택한 것이 잘한 거 아닌가 하는 마음도 어쩌다 든다.

부모님이 끝까지 반대하신 육사 입학을 내 의지로 관철한 죄로 학교에서 힘들었던 것에 대해 한 번도 집에 말한 적이 없었다. 힘들다고 하는 순간 한 치의 망설임 없이 그만두고 돌아오라고 하실 것 같았다. 내가 힘들다는 말을 하지 않았다고 모르셨을까. 모른 척하길 바라는 마음을 아시고 그저 묵묵히 지켜만 보고 계셨던 것 같다.

교육이 끝나고 첫 부대에 가서 적응하느라 나만 생각하고 있을 때도 그랬다. 가끔 늦은 밤 전화하실 때마다 난 사무실에 있었고, 주말에도 사무실에서 전화를 받는 경우가 많았다. 부모님께서 전화로 묻는 것은 항상 같았다. 저녁은 먹었는지, 퇴근은 언제 하는지, 맨날 그렇게 할 일이 많은 것인지. 이런 질문을 하는 시간마저 딸이 더 늦게 퇴근하게 만들까 봐 서둘러 전화를 끊으셨다.

부대에 전입 가고 추석 명절 연휴가 되었다. 연휴가 5일이나 됐는데 하루건너 하루 단위로 당직근무가 편성되는 바람에 집에 가지 못했다. 내가 가지 못하니 부모님께서 내가 지내는 숙소로 오셨다. 때는 9월 말이었는데 이 기간은 난방이 되지 않는다. 그렇지만 이미 공기는 많이 차가워졌고, 냉수로 씻기에는 추웠다. 관리인 아저씨가 일정 시간에 난방을 돌려 주셨는데, 명절 기간에 이분도 명절을 쉬러 가셨다. 난방이 되지 않으니 온수가 나올 리 만무했고, 당직근무 후 퇴근해서 발을 동동 구르면서 냉수로 씻어야 했다. 아침 출근할 때도 손이 시려 물에 손을 넣었다 뺐다 하면서 겨우 머리를 감을 수 있었는데, 이걸 부모님이 모두 보셨다.

"부대도 너무한다. 본인들은 이런 차가운 물에 씻어봤다니? 난방을 돌릴 사람이 없어서 여기에 남아 있는 애들이 냉수로 씻어야 하는 게 말이 되니?"

요즘 세상에 난방을 마음대로 할 수 없는 데가 있다는 사실에 놀라시고, 또 그런 곳에서 딸이 지낸다는 것이 안쓰러우셨던 것 같다(물론 지금은 개별난방이 당연해져서 이럴 일은 없다).

중·고등학교 생활을 할 때도 학교에서 어떤 일이 있었는지 집에서 얘기를 거의 안 했다. 학부모 상담 때 선생님께 물어보고 나서야 전해 듣곤 하셨는데 지금도 부대에서 있던 일들에 대해서는 거의 얘기하지 않는다. 그래서 그런지 16년 넘게 군인 부모로 지내셨지만 군에 대해서 잘 모르신다. 임관하고 초반에 오셔서 봤던 모습만 기억하고 계신다. 거기에 지금은 내가 아이를 키우면서 일을 하고 있으니 걱정이 배로 느껴졌다. 개인적인 일보다는 부대 임무가 우선인 군인으로 살고 있으니 위급한 순간에 손주의 육아까지 맡아서 하셔야 할 때가 있다. 최후의 순간엔 도움을 요청할 데라곤 부모님뿐이니 말이다. 내가 군인으로 잘 지낼 수 있었던 건 부모님 덕분이다.

보통의 날

평범한 일상. 보통의 날들. 밋밋한 하루가 지나고 나면 왜 나의 일상에는 특별한 일이 없는지 아쉬울 때가 가끔 있다. 하지만 새로운 일이 가득한 하루를 보내고 나면 보통의 하루가 그립다. 일상은 평범함을 그리워하다가 특별함을 그리워하는 일의 반복인 것 같다. 내가 겪었던 이 하루는 어떤 날보다 특별했다. 겪을 거라고 생각도 못 했고, 다시는 겪고 싶지 않은 특별한 날이었다. 그냥 보통의 날이라 그런 하루가 있었는지 기억도 안 나면 좋을, 그런 하루였다.

군에서 여군은 아직도 소수다. 내가 위관장교 생활을 할 때는 지금보다 더 소수였다. 남군보다 적고, 약자다 보니 여군들이 소통할 창구가 필요하다고 판단했던 것 같다. 그래서 부대별로 최선임 여군을 부대 고충상담관으로 임명했다. 주기적으로 여군들을 모아서 교육도 하고, 얘기도 하고, 어떤 문제가 발생했을 때 신고를 받을 수 있도록 활용하는 것이다. 아무래도 실제 사고가 나면 남군보다는 여군에게 말하는 것이 좀 더 쉬울 테니까.

군사영어반을 마치고 나는 학교기관에서 근무하게 되었다. 이 부대에서 나는 여군 중에 계급상 최선임자라는 이유로(임관하고 겨우 4년 차였고, 결혼도 하기 전이었지만), 부대의 여성고충상담관 역할을 해야 했다. 이 부대에서는 매주 부대의 여군들 한 명 한 명에게 문제가 없는지 확인하고 특이사항을 보고했다. '나한테 문제가 생기면 내 입으로 보고해야 하나? 어떻게 해야 하지?'라는 의문이 들었으나 그리 중요한 문제는 아닐 거라 생각해서 그냥 넘겼다.

내 직책에서 해야 하는 업무 외에 고충상담관으로서 부대 내 여군들의 생활에 대해 확인하고 보고하는 일을 기계적으로 했다. 전입간 지 8개월 정도 됐던 2011년 4월까지 별문제 없이 지냈다.

그날은 부서 회식이 있었다. 부대에서 운영하는 부대 회관(음식도 팔고 객실도 있다)에서 식사를 했고 여세를 몰아 회관에서 운영하는 노래방까지 갔다. 다 같이 술도 꽤 마신 상태였다. 우리는 부대 앞에 있는 아파트 또는 부대 안의 독신자 숙소에서 살았고, 회식이 끝나고 뿔뿔이 흩어졌다. 부장과 나는 숙소 방향이 같아서 함께 걸어가게 되었다(그래봐야 회관과 아파트 사이의 거리는 5분도 채 되지 않는다). 이 부대는 당시 6개 홀이 있는 골프장을 끼고 있는 부대라 부대 - 아파트 - 회관 사이에 골프장 필드가 있었고 울타리가 없어서 출입이 가능했다. 회관에서 아파트로 걸어가면서 행정부장은 술도 좀 깰 겸 골프장을 한 바퀴 걷고 가자고 했다. 다음 날은 주말이니 출근에 대한 부담도 없었고, 술이 깨고 잠이 들면 더 나을 것 같아서 동의했다. 필드 가운데쯤에서 바닥에 털썩 앉아서 얘기를 했다. 아파트와는 멀어졌고 가로등 빛도 멀어졌다. 금요일 밤이었고, 사람들이 다닐 시간도 한참 지나 있었다.

부장이 나한테 다가오더니 어깨를 잡고 입맞춤을 했다. 몸이 얼었고 사고가 멈췄다. 입을 꽉 다물고 있는 것 말고는 어떤 반응도 할 수 없었다. 그런 순간 내 가슴을 만지는 느낌이 났다. 가까스로 그 사람을 밀쳤다. 무슨 짓이냐는 말 한마디를 겨우 내뱉고 뒤돌아서 도망치듯 아파트로 돌아왔다. 내가 무슨 짓을 당한 건지 제대로 생각할 수가 없었다. 그 밤이 어떻게 지나갔는지 기억이 나지 않는다. 다행이었던 것은 다음 날은 주말이었고 출근하지 않아도 된다는 사실이었다.

주말 동안 부장에게서는 어떤 연락도 오지 않았다. 어떻게 대처해야 하는지 전혀 생각나지 않았고, 그렇다고 누구에게 물어볼 수도 없었다. 내가 부대 여성 고충상담관이었는데도 발만 동동 굴렀다. 내가 이 문제를 입 밖으로 꺼낸 후 벌어질 일들이 떠올랐다.

'나만 입 다물면 조용히 지나갈 수 있지 않나?'

'비슷한 사고들을 보니 관련자들 신상정보가 다 퍼지던데 계속 군 생활을 할 수 있을까?'

'보고한다 해도 문제 처리에 시간이 걸릴 텐데 그동안 나는 어쩌지?'

기억하고 싶지 않은 일만 머리에서 무한 반복됐고, 결국 결론을 내지 못하고 월요일이 됐다. 마주치고 싶지 않았는데 부대 행사 때문에 준비 상태를 확인하고 부장에게 보고해야 했다. 원래는 대면보고를 하는 사항이었지만 유선으로 보고 했다. 부장은 보고를 받고 나서 본인 사무실로 잠깐 오라고 했다. 내가 거부할 방법은 없었다. 사무실로 찾아가니 부장은 잠시 주저하다 말을 꺼냈다.

"평소에 내가 너를 딸처럼 아끼고 가깝게 대한 것을 사람들이 다 알고 있다. 하루아침에 너를 멀리 대하고 다르게 대하면 다들 이상하게 생각할 거다. 나는 평소처럼, 지금까지와 같이 너를 대할 거다. 그러니까 너도 그렇게 지내면 좋겠다. 그렇게 할 수 있겠지?"

이 사람이 지금 대체 무슨 말을 한 거지? 생각이 멈춰서 말이 나오지 않았다. 아직 난 아무것도 정리가 되지 않았는데 본인은 전부 해결된 것처럼 혼자 결론을 내리고 상관이 부하에게 일을 지시하듯 통보했다. 사과를 해도 부족한 상황에 너무 당당했다. 주말 동안 어떤 일도 일어나지 않으니 내가 조용히 지나가리라 생각한 것일까? 점점 더 마음이 답답해졌다. 하필 월요일은 당직근무까지 서야 해서 부대에 계속 있어야만 했는데, 부장은 치킨 한 마리를 사 와서는 "근무 잘 서고 앞으로 편하게 다시 잘 지내보자"는 말을 남기고 가버렸다. 편하게 다시 잘 지내자는 말을 가해자가 먼저 한다는 사실을 도무지 납득할 수 없었다. 밤새 근무를 서고 퇴근했는데도 밤에 잠을 잘 수가 없었다. 출구를 찾지 못해 같은 곳을 뱅뱅 도는 기분이었다. 이대로 시간이 지나가 버리면 그 사람은 아무 일 없다는 듯 군 생활을 하고 나만 미쳐버릴 것 같았다. 새벽인 줄도 모르고 나는 무의식적으로 부모님께 전화를 걸었다. 떨리는 목소리로 지난 금요일에 있던 일을 모두 말했다. 수화기 너머에서 아무 소리도 들리지 않았다. 잠시 뒤 아빠는 일단 너무 늦었으니 자라고 하면서 전화를 끊으셨다. 사고 당일에도 주말에도 흐르지 않던 눈물이 그제서야 쏟아졌다. 아빠는 당시 육군 감찰로 근무하시던 작은아버지에게 바로 전화를 거셨다고 했다. 육군 감찰은 국민들이 군부대를 대상으로 넣는 민원을 해결하고, 부대 내 부조리한 일을 조사하고 감독하는 일, 부대원들의 고충을 해결하는 일을 한다. 작은아버지는 아빠에게 국민신문고를 통해서 해당 내용에 대해 민원을 넣으라고 조언하셨다고 했다. 국민신문고를 통해 접수된 민원은 해당 부대로 내용이 이첩되어 민원인이 요구하는 내용에 대해 기한 내 반드시 답변을 하도록 되어 있다. 하지만 이런 방법을 통해서는 현역인 내가 정당한 보고체계를 거치지 않아서 피해를 받을 수도 있으니 나는 나대로 정상적인 보고계통을 거쳐서 보고하라고 말씀해 주셨다. 부장은 내 직속상관이었기 때문에 부대 내의 사람에게 보고하긴 어렵다고 판단했다. 결국 우리 부대의 상급부대(교육사령부)의 여성 고충상담관에게 보고했다. 부대로 돌아가서 기다리면 필요한 조치를 해주겠단 답을 듣고 복귀했다. 아빠가 국민신문고를 통해 접수한 민원은 육군본부의 감찰실로 넘어갔다. 접수하고 나서 며칠 뒤 육군 감찰실장(2성 장군)이 직접 내 휴대폰으로 전화를 해서 육군에 아직 이런 장교가 있다는 사실이 미안하다며 신속하게 처리해 주겠다고 했다.

장군이 대위에게 직접 전화해서 이렇게 말할 정도면 문제를 그냥 덮어버리진 않겠다는 생각을 했다.

결국 아빠가 민원을 접수하고 내가 상급부대 여성 고충상담관에게 보고한 후에야 나는 내 지휘관인 학교장에게 보고했다. 부대장은 부장과 같은 병과였고 오랫동안 함께 근무한 인연이 있어서 중간에 문제 자체를 덮어버릴 수도 있지 않을까 하는 걱정이 들어서 내가 할 수 있는 일을 모두 하고 나서야 보고를 했던 것이다. 학교장님은 내 보고를 모두 듣고는 일을 해결하는 데 최대한 도움을 주겠다고 하셨고, 다음 날부터는 출근하지 않아도 된다고 해주셨다.

그 후 사건 조사를 위해 곧바로 수사관들이 찾아왔다. 내가 여군이기 때문에 여군 수사관이 함께 참석한 상태에서 모든 것이 진행됐다. 사건 조사를 하려면 사실관계를 명확히 해야 하기에, 내 진술은 당연히 필요하다. 하지만 내가 겪어야 하는 일은 최악이었다. 우선 자필 진술서를 쓰고, 녹화·녹취가 되는 장소에서 수사관이 당시의 상황을 매우 세밀하게 묻는다. 다양한 질문을 하지만 결국은 같은 대답을 요구하는 내용인데, 대답하기 위해서는 덮어두고 싶은 기억을 다시 자세히 떠올려야 한다. 내가 잘못했다고 뭐라고 하는 사람은 아무도 없었지만 처음 보는 수사관들 앞에서 내가 당한 일을 사진으로 보듯 설명해야 한다는 것 자체로 굉장한 수치심을 느꼈다.

가해자와 피해자를 분리해야 하는 것이 원칙이고, 나도 그걸 원했기 때문에 난 그 후로 부대에 출근하지 않았다. 하지만 갑작스러운 인사이동이었기 때문에 내가 갈 수 있는 부대가 곧바로 정해지지 않았다. 열흘 정도를 꼬박 부모님 집에서 기다렸다. 대기하는 사이 부장이 집으로 찾아왔고, 그 사람 아내도 찾아왔다. 제발 고소만 취하해 달라고 했다. 그렇게만 해주면 본인이 스스로 전역하겠다고 했다. 아빠도 완강히 버티시다가 내가 군 생활을 계속할 거라면 문제를 오래 끌어봐야 좋을 것이 없을 것 같으니 이쯤에서 그만하자고 하셨다. 결국 고소는 취하했고 난 새로운 부대로 발령됐다. 고소를 취하했어도 징계 처분은 별개의 문제여서 내 사건은 수사부서에서 징계를 처리하는 법무부서로 이첩됐다. 최악이라고 생각했던 사건 진술을 한 번 더 해야 했다. 아직도 사건 진술을 왜 두 번이나 해야 했는지 모르겠다.

사고 자체로도 상처를 많이 받았지만, 그 이후에 일어난 일로 인해서 내가 제대로 대처한 것이 맞는지 계속해서 의심하게 되었다. 새 부대에 출근해서 이메일을 확인하니 그 부대의 사람들이 보낸 이메일이 꽤 있었고, 나를 탓하는 내용으로 채워져 있었다.

'그분은 존경하는 내 지휘관이었다. 아랫사람의 말을 잘 들어
줬고, 계급과 맞지 않게 생각이 유연하고 부하들과 함께 어울
리길 좋아하신 분이다. 실수였을 거다. 굳이 그렇게까지 해야
하는 건가.'
'잘나가던 대령이 여군한테 잘못 걸려서 군 생활을 완전히 망
쳤다.'

나와 친했던 사람들은 내 잘못이 아니라고, 힘을 내라고
격려해 줬는데 어떤 일인지 알지도 못하는 사람들이 피해자
인 나에게 저런 말들을 당당하게 한다는 사실이 충격이었다.
자신의 아내나 딸이 같은 일을 겪었다면 어떨까? 내가 한 행
동이 지나쳤다고 한 것처럼 말할 수 있을까?

"일을 이렇게까지 해야 하나? 평소에는 잘해주셨잖아. 처자
식도 있는데 선처할 생각은 없나? 다시 한번 생각해 봐라."

떠나올 때 부대의 과장이 나에게 했던 말이다. 위로를 바
랐던 것은 아니었지만 내가 잘못했다는 듯한 말을 들을 줄은

몰랐다. 처자식이 있다는 사실은 그 사람이 나에게 그런 행동을 절대 하면 안 되는 이유이지, 내가 그 사람의 잘못을 이해해야 하는 이유가 아니다.

이 일을 보고하겠다고 마음먹었을 때, 난 군 생활을 그만해야겠다고 결심했다. 인사 부서에서 업무를 하니 비슷한 일들을 겪는 여군들의 인사이동을 처리한 적이 많았고 고충상담관을 하면서 보고받는 경우도 있었다. 대부분 가해자에 대해 적절한 처벌을 요구하는 경우는 많지 않았고 그저 조용히 지나가기만을 바란다. 그 사람과 마주치지 않도록 부서 또는 부대를 조정해 주기만 원하고 피해 사실을 묻어두는 경우가 훨씬 많다. 대부분의 가해자는 피해자의 인사고과를 결정하는 자리에 있거나, 장기복무와 진급 선발을 할 때 결정적 의견을 낼 수 있는 위치에 있는 경우가 많아서 나처럼 군 생활을 그만두겠다는 마음을 먹지 않는 한 피해 사실을 공개하기가 쉽지 않다. 처벌을 요구하더라도 사건이 처리되기까지 시일이 걸리고 그동안 다른 동료들의 시선을 감당하는 것은 오로지 피해자의 몫이다.

한 번이 어렵지 두 번째부터는 괜찮다는 말을 많이 한다. 하지만 이런 일은 한 번 신고한 적이 있다고 해서 두 번째는 쉽다고 할 수 없다. 이런 경험은 한 번도 겪지 않는 것이 제일이고 한 번 겪었다면 이런 문제와는 다시 엮이고 싶지 않은 것이 당연하다.

나 역시 선배 장교의 성희롱 문제를 보았지만 못 본 척한 적이 있다. 그 후 선배는 대대장이 됐고, 결국 그 부대에서 문제가 발생했다. 술을 먹고 여군 부하들의 집 앞으로 찾아가고 사적인 만남을 요구했다. 여군들은 일이 커지길 바라지 않아서 쉬쉬하면서 사건을 묻었지만, 부대의 용기 있는 여군 중위가 총대를 메고 신고했다. 조사과정에서 모든 일이 밝혀져서 결국 선배는 자리에서 물러났다. 그 이야기를 듣고 내가 못 본 척하지 않았다면 추가적인 피해는 막을 수 있지 않았을까 하는 자책을 많이 했다.

가해자에게 받은 인사고과는 불공정 평가의 가능성 때문에 이미 받은 평가라 하더라도 해당 내용은 제외된다. 하지만 그 이후에 만나는 상급자가 가해자와 가까운 사이였거나, 사고로 인해 피해자에게 편견을 갖게 된 경우, 불공정 평가가 될 수 있음에도 그 부분까지는 구제받을 수 없다. 실제로 후배 중에 부서장에게 성희롱을 당해서 이를 신고했고, 해당 인원은 징계 처분 중에 강등(계급이 한 단계 강제 하향됨)이라는 처벌을 받았다. 그때 받은 평가는 무효화되었으나 그 이후에 온 부서장에 의한 평가는 그대로 후배의 장기복무 선발에 영향을 미쳤다.

내가 직접 겪어보니, 성폭력 사고는 피해자가 어떤 행동을 해서 발생하는 것이 아니었다. 성폭력 사고는 100% 가해자의 잘못이다. 절대 착각하지 않았으면 좋겠다. 보고하기 전까지 내가 제일 많이 했던 것은 자책이다.

'나한테 왜 이런 행동을 했지?'

'나한테 왜 이런 일이 일어난 거지?'

'그런 짓을 해도 내가 가만히 있을 거라고 생각했나?'

'대체 왜지? 내가 뭘 잘못한 거지?'

당신의 잘못이 아니다. 이런 일을 겪은 사람이 주위에 있다면 제발 부탁하는데, '가해자에게 처자식이 있으니 선처해 달라' 같은 말도 안 되는 말을 하지 말자. 경험하지 않으면 절대 알 수 없다. 당사자가 아니면 그 심정을 알 수 없다. 짐작만 할 수 있을 뿐이다. 괜한 말로 상처 주지 말고, 알지 못하는 일을 다른 사람한테 전달하지도 말자.

내가 사고를 겪고 난 4~5년 뒤까지도 성폭력 사고 관련 내용이 각 부대로 퍼지면 관련자가 누군지 찾아보고 그에 대해 이렇다 저렇다 이야기를 아무렇지도 않게 했다. 이런 상황이었기 때문에 대부분의 피해자는 일을 키우지 않고 사건이 조용히 묻히길 희망했다. 지금은 이것을 2차 피해라고 해서 사고를 전파하지 않고 지휘관들이 부대원들에게 교육할 때도 사례를 들지 못하도록 한다. 사고가 터지면 며칠 내에 관련자가 누군지 함께 근무하지 않아도 알게 됐던 이전과는 많이 달라진 모습이다. 모든 군인은 매년 성인지 교육을 받아야 한다. 교육을 의무화하는 것에서 나아가서 교육을 받지 않은 인원들은 장기복무 및 진급 선발 등에서 무조건 선발이 되지 못하도록 하고 있다. 또한 14년 7월 이후부터 성폭력과 관련된 사고로 징계 또는 형사처벌을 받은 인원 역시 선발에서 제외하고 있다.

성인지 교육 의무화에도 불구하고 피해자가 계속 발생하고 있는 것은 안타까운 일이지만, 오히려 피해자가 전전긍긍해야 하는 분위기에서는 벗어난 것은 다행이라 생각한다. 또한 부대의 최선임 여군이 고충상담관으로 역할을 수행했었는데, 실제 사건이 발생했을 때 어떻게 대처해야 하는지 모르는 경우가 많았다. 지금은 부대별로 양성평등상담관이 보직되어 있어 훨씬 전문적인 대처가 가능해졌다.

사고를 없애기 위한 이런 모든 노력에도 불구하고 혹시라도 옆에 성 군기 사고와 관련된 피해자가 있다면 조용히 응원해 주면 좋겠다. 피해자에게 다시 보통의 날이 올 수 있도록.

전역할까?

육사를 졸업해서 장교가 되면 5년 차에 군을 떠날 기회가 한 번 있고, 이 기회를 놓치면 만 10년이 될 때까지 의무적으로 복무해야 한다. 그 이후부터는 본인의 의사에 따라 계속 군에 남아도 되고, 전역해서 다른 길을 가도 된다. 생각지 못한 사건이 발생하면서 전역을 해야겠다고 마음먹었지만, 5년도 일하지 않은 상태였기 때문에 곧바로 나갈 수는 없었다. 내가 근무할 부대가 결정되기 전까지 열흘 정도 대기했고 드디어 새로운 곳이 정해졌다. 부대가 결정되고 전입신고하는 첫날, 가슴이 두근거렸다. 나에게 일어난 일을 전부 다 알고 있는 것이 아닐까, 내가 피해자이긴 하지만 꼬리표를 달고 가는 것이어서 흔쾌히 나를 반겨줄까 하는 생각이 계속 떠올라서 걱정이 됐다. 전입신고를 마치고 사무실에 들어가자마자 참모님이 사무실로 나를 부르셨다.

"우리 부대에 온 걸 환영한다. 너에 관한 일은 부대에서 딱 3명밖에 모른다. 나랑 인사참모님, 그리고 사단장님까지. 마음 아픈 거 다 털어버리고 즐겁게 잘 지내보자."

생각지도 못한 격려의 말을 들어서인지, 아니면 있는 그대로의 나를 봐주실 것 같은 기대감 때문이었는지는 모르겠지만 마음이 진정됐다. 하지만 그것과는 별개로 모두가 함께 있던 사무실에서 벗어나면 기분이 가라앉는 걸 느꼈다. 퇴근해서 숙소 앞에 주차하고 한 시간이고 두 시간이고 라디오를 들었다. 차 안에서 조용히 흘러나오는 음악을 듣는 것이 좋았다. 그냥 위로가 되었다. 사건 이후에 나 혼자 있던 적이 없었다. 집에서도 부모님과 함께 있었고 여기에 와서도 그랬다. 유일하게 완전히 혼자가 된 시간을 포기하기 어려웠다.

부대 업무 때문에 육군본부를 방문했고, 거기서 병과의 선배 장교들을 만났는데 만나는 분마다 표정이 약간 어두워지면서 본인들 사무실에서 차를 마시고 가라며 나를 잡았다. 직접적인 이야기를 하지는 않았지만 나한테 일어난 일을 모두 알고 있는 느낌이었다. 업무를 마치고 다시 부대로 복귀하는데, '아, 진짜 그만하고 다른 일을 해야겠다'고 생각했다.

이 상태로 내가 여기에 남아 있어야 하는지 계속 의문이 들었다.

전역을 하고 싶어도 의무복무 10년이 끝나려면 6년 이상이 남았다. 하지만 군에는 5년 차 전역이라는 제도가 있어서 5년을 근무한 시점에 딱 한 번 전역할 기회가 있다. 다행히 나에겐 5년 차 전역을 신청할 기회가 남아 있었고, 그렇다면 다음 해 바로 전역이 가능했다(5년 차 전역을 지원해도 무조건 전역을 할 수 있는 것은 아니다. 내가 속한 병과의 인력 수준이 부족하면 전역 승인이 되지 않을 수 있다. 하지만 그땐 몰랐다). 아직 내가 미혼이고 20대일 때 나가야 기회가 있을 거란 생각도 들었다.

전역하면 어떤 일을 하고 살아야 할지 5개월 넘게 고민했다. 부모님께 의탁해서 살 수는 없으니 취직을 해야 하는데 현실적인 벽에 부딪혔다. 회사 입장에서 2~3년 안에 결혼, 임신, 출산이 예정된 결혼적령기 여자보다는 남자를 선호할 것 같다는 생각이 들었다. 전역해서 내가 군에 있을 때만큼 잘할 거란 확신도 없었다. 그러다 보니 전역하면 안 되는 이유가 자꾸 생겨났다. 사고 이후 사람이 어찌 이럴 수 있을까 싶을 정도로 나쁜 사람들도 있었지만, 어려운 시기에 아무 말 없이 나를 지지해 주던 선배, 동기들이 떠올랐다. 이전 부대에 있을 때 같은 과에서 함께 근무했던 14년 선배는 내

일에 대해 가장 먼저 알게 되셨고, 내가 부대를 떠난 날부터 하루도 빠지지 않고 전화를 하셨다. 특별히 목적이 있는 전화는 아니었다. 하루는 어땠는지, 힘든 일은 없었는지 안부를 묻거나 그저 농담이나 즐거운 에피소드를 얘기하기도 했다. 완전히 그 일에서 벗어난 뒤 통화하던 기억을 떠올리니 그 선배는 큰일을 겪은 후배가 혹여나 안 좋은 생각을 할까 봐 적응하는 걸 도와주려고 매일 전화를 한 거였다는 생각이 들었다. 친한 친구라도 바쁜 일상에 매일 전화하기가 어려운데, 선배가 나를 위해 마음을 써준 거라 생각하니 가슴 한켠이 뭉클했다. 또 다른 선배는 부대 배치를 기다리는 동안 집에만 있지 말고 자기 부대로 여행 오라고 초대해서는 맛있는 음식을 사주고, 좋은 풍경도 보여주면서 기분 전환을 시켜줬다. 함께 해서 좋은 사람들, 나를 생각해 주는 사람들이 많은 여기서 좀 더 있어도 괜찮지 않을까 하는 마음이 조금씩 생겨났다.

새로운 길에서도 잘 할 수 있다고 용기를 내지는 못했지만, 주위에 좋은 사람들이 없었다면 남는 것을 결정하기가 어려웠을 것 같다. 나쁜 사람들과 애써 잘 지내려고 하지 말고 좋은 사람들과 잘 지내면서 즐겁게 일하는 것이 남는 거다. 관계에 대해서 아등바등할 필요가 없다. 내가 준비되었을 때 미련 두지 말고 그때 홀홀 털고 떠나면 그만이다.

안 된다고 말하기 전에

드라마나 영화를 보다 보면 꼭 얄미운 사람이 1명씩은 등장한다. 상사들에게 찰싹 달라붙어서 간이고 쓸개고 모두 내줄 것처럼 구는 사람들. 나의 부귀영화, 권력을 위해서는 나보다 약한 사람에게는 가차 없이 칼을 휘두르거나 함정에 빠뜨리는 사람들 말이다. 현실에서 이 정도로 나쁜 사람을 많이 만나보지는 못했다. 하지만 상사에게 말할 때와 동료나 후배에게 말할 때 태도가 다른 사람들을 만나는 것은 아주 쉽다. 난 그런 사람들이 앞에서 말한 드라마나 영화의 나쁜 사람들과 그다지 다르지 않다는 생각이 든다.

진급을 위한 인사평가는 상급자들에 의해서 이뤄지다 보니 눈치를 볼 수밖에 없다. 사회생활을 하면서 어찌 내가 하고 싶은 대로 행동하고, 말하고 싶은 대로 말하면서 지낼 수 있을까. 특히 상관의 명령엔 절대 복종하는 것이 군의 규율이다. 그러다 보니 군 조직은 일반 회사보다 자기 목소리를 내기 어려운 집단이라 생각한다. 괜히 '안 되면 되게 하라'라는 말이 나오는 게 아닌 것 같다. 상관이 어떤 내용을 지시하면 어떻게든 결과물을 가져와야 한다. 억울하게도 상관의 지시가 무리한지 아닌지는 중요하지 않다. 그저 가져오는 결과물에 따라 유능한 사람과 무능한 사람이 갈릴 뿐이다. 그런 현실에서 '불가능합니다.', '제한됩니다'라고 말하는 건 스스로 능력 없음을 인정하는 것 같다. 그래서 무리한 요구라고 생각하면서도 꾸역꾸역 결과를 만든다. 그리고 그런 본인의 모습에 스스로 놀란다. '내가 이런 걸 할 수 있잖아!'

문제는 나보다 약자 입장에 있는 사람들이 요구할 때다. 내가 해야 하는 일은 이미 잔뜩 있다. 그 외에 요구하는 일을 해결해 주기엔 24시간이 모자라다. 배려와 친절은 항상 장착되어 있어야 하지만 여유가 사라지면 베풀기 어렵다. 특히 약자에게는 더 그렇다. 상급자가 요구하면 반드시 해결해야 하는 문제가, 약자가 요구하면 해도 되고 안 해도 되는 선택의 문제가 된다. 나도 모르게 내가 그렇게 싫어하던 모습을 닮아가고 있었나 보다. 상급자와 하급자, 동료를 대하는 모습이 다른 사람 말이다. 그런 나의 모습을 깨닫고, 상·하급자, 상·하 부대들과 얽혀 일하는 태도에 대한 깨달음을 얻은 날이 있다.

내가 일하는 사무실은 참모실이 조립식 벽으로 나누어진 별도 방 하나와 나머지 부서원들이 사무실 전체를 공유하고 있는 구조이다. 가벽으로 만들어진 공간이니 참모실 안에 들어가 있어도 사무실에서 하는 말은 전부 들린다.

그날도 어김없이 나는 예하부대에서 온 전화를 받고 있었다. 그전까지 나는 나름대로 예하부대 실무자들에게 친절하게 업무를 공유하면서 알려주고 있다고 자평하고 있었다. 소위 시절부터 달고 있던 전화 울렁증으로 전화에 대한 두려움이 많았기 때문이다. 그래서 예하부대에서 실무자들의 전화를 받을 때는 이 사람들이 얼마나 많이 고민하다가 전화한 걸까 하는 생각이 들어서 최대한 잘 들어주자는 주의였다.

당시 내가 담당하고 있던 업무는 상훈업무였다. 말 그대로 업무에 공적이 있는 사람들에게 표창장을 발행하는 업무이다. 상훈업무 중에 행정안전부와 연결되는 정부포상 업무가 있다. 이것은 정부에서 발행하는 포상이라는 말인데, 포장과 훈장, 대통령 표창, 국무총리 표창 등의 포상을 말한다. 군인들이 받는 대부분의 정부포상은 국군의 날 포상과 장기근속한 후 전역할 때 받는 전역자 정부포상이다. 사단을 거쳐서 행정안전부에 이르기까지 여러 단계를 거쳐 포상대상자의 인적사항과 공적 내용이 보고되기 때문에 보고일자를 꼭 맞춰서 진행해야 한다. 전역자 정부포상의 경우는 시기를 놓치면 에누리 없이 다음 달로 넘어가게 된다. 공적 내용은 2,000자 이상을 작성해야 하는데, 전역자 정부포상을 받아야 하는 대상자들은 전역을 앞둔 인원들이라 부대로 출근하지 않는다(전직지원교육기간에 해당한다. 복무 기간별로 상이하지만 최소 1개월 ~ 12개월까지 사회로 나가기 전 교육기간을 보장한다). 포상대상자 본인이 직접 공적 내용을 작성해야 하지만 후배들에게 다시 써달라고 요청하는 경우가 많다. 이 때문에 기한을 놓치기 일쑤인데, 이번 전화도 공적 내용 보고시간을 늦춰달라는 요청이었다. 나는 "절대 안 돼"를 외쳤고(늦추면 당사자 전역일자에 포상을 수여할 수 없다) 예하부대 실무자의 경우는 하루라도 시간을 벌려고 물러나지 않아 목소리가 높아졌다. 사무실에서 내가 무슨 일로 통화하고 있는지 모두 알 정도가 되었을 때 통화를 마쳤다. 그때 참모실에서 날 부르는 목소리가 들렸다. 순간 '무슨 일이 있으신가?' 하는 생각을 하면서 참모실로 들어갔다.

"통화 끝났어? 무슨 일이야? 누가 전화한 거지?"

"네, 참모님. ○○○ 대대 인사실무자가 전화했습니다. 전역자 정부포상 추천대상이 있는데, 공적조서 작성이 늦어져서 기한을 늦출 수 없는지 문의하는 내용이었습니다."

"그래서?"

"참모님도 아시다시피, 전역자 정부포상은 기한을 제 마음대로 조정할 수 있는 부분이 아니라 어떻게든 기한을 맞춰서 보내라고 말했습니다."

"미영아, 참모도 그 내용은 잘 알고 있어. 그런데 네가 안 된다고 했잖아? 그거 사단장님이 말해도 안 되는 거지?"

"네?"

"네가 실무자로서 뭔가를 요구받았을 때, 안 된다고 말하려면 어떤 누가 요구한 것이라도 안 되는 것이어야 해. 만약 너보다 높은 나나 참모장님, 사단장님이 해달라고 해도 안 되는 것이어야 진짜 네가 할 수 없는 일인 거야. 네가 안 된다고 한 건 그분들이 하라고 해도 안 되는 일이라고 판단한 거지? 그러면 됐다. 확인하기 귀찮고 힘들어서 안 된다고 하는 것은 앞으로 없었으면 좋겠다. 알았지?"

그렇게 참모님 말씀을 듣고 자리로 돌아와서 방금 전 통화를 떠올렸다. 기한을 늦추는 게 진짜 안 되는 일이었을까?

상급부대 실무자랑 통화는 한 번 해볼 수 있었던 건 아닐까? 확인해 보고 연락 준다고 할 수도 있는 일인데 너무 성급한 대답을 한 것은 아닐까?

일을 하면서 이런 일들은 셀 수 없이 많다. 상급자가 지시하는 일은 불가능해 보이더라도 그 자리에서 안 된다고 말하지 않는다. 혹시나 하는 마음에 확인하고 보고드리겠다고 말하는 경우가 많다. 예하부대나 하급자가 요청하는 일에도 그런 자세가 필요하다는 사실을 깨달았다.

그날 이후로 말도 안 되는 요구나 지시라는 생각이 들어도 '안 된다', '불가능하다'고 말하기 전에 마지막까지 속으로 생각한다. '이건 어떤 누가 와서 요청해도 할 수 없는 일인가?' 이 질문에 '네'라고 대답할 수 있을 때만 안 된다고 하려고 노력 중이다. 처음에는 업무를 보는데 호구가 되는 것은 아닌가 걱정했는데 오히려 신뢰가 쌓이기 시작하니 내가 하는 'NO'에 힘이 실렸다. '저 사람이 안 된다는 것은 진짜 안 되는 거다'라는 인식이 생긴 것 같다. 오늘도 나는 안 된다고 말하기 전에, 말을 꺼낸 이의 계급과 부대에 따라 차별하고 있는 것은 아닌지 고민한다.

군복 입은 회사원?

군인이라고 하면 얼룩무늬 전투복을 입은 채 소총을 들고 산으로 들로 열심히 뛰어다니면서 훈련하는 모습이 자연스레 떠오른다. 앞에서도 말했듯이 나는 군인들의 인사관리 및 관련 행정을 하는 병과를 선택했다. 5년 정도 그렇게 생활하다 보니 내가 군인인지 아니면 군복만 입은 회사원인지 하는 의문이 자꾸 들었다. 머리 아프게 컴퓨터 앞에서 행정서류에 치이며 일하다 보니 총 들고 훈련해야 진짜 군인이 아닌가 하는 생각이 드는 것이다. 물론 나도 훈련을 하고(야외에서 뛰어다니면서 하는 훈련은 아니다) 비상이 걸리면 바로 소집되어 들어올 수 있도록 부대의 일정 거리 내에 대기해야 하는 등 군인다운 제약사항이 있다. 하지만 내 의지로 인사병과를 선택했음에도, 가끔은 이렇게 서류 업무만 볼 거면 일반 회사랑 뭐가 다를까, 그 어려운 생도 생활을 왜 했나 싶기도 했다. 아무래도 군인으로 생활하기 힘들어서 이런 생각이 들었던 것 같다.

그러던 중 부대에서 3주간 야외로 훈련을 나가게 되었다. 야외로 훈련을 나가도 일하는 장소만 사무실에서 야외 텐트 안의 책상으로 바뀐 것뿐 하는 일이 크게 다르지는 않았다. 훈련은 보통 일주일, 길어야 2주일이면 끝이었는데, 이번 훈련은 다른 지역으로 이동해서 하는 훈련이라 평소보다 길었다. 지금까지도 3주 이상 길게 훈련을 나가본 적은 없다. 그리고 보통 훈련에서 하는 업무와 다른 일을 해본 적이 이때뿐이라 기억에 많이 남는다.

훈련은 사단 전체가 나갔다. 모든 부대가 같은 장소에서 지낼 수 없기 때문에 대대 단위로 3주간 생활도 하고 훈련도 할 수 있는 장소를 찾아서(이걸 지형정찰이라고 한다) 주둔지(베이스캠프라고 생각하면 된다)를 정했다. 대부분은 아무 건물도 없는 야지에 주둔지가 정해진다. 그곳에 텐트를 쳐서 잠잘 공간을 만들고 훈련용 장비를 갖다 둔다. 산과 나무, 땅만 있는 곳이라 각 부대의 주둔지는 당연히 내비게이션에 표시되지 않는다(원래 부대 위치도 보안상의 이유로 내비게이션에 나오지 않는다). 다행히 사단 사령부가 주둔지로 결정한 곳은 타 부대 울타리 내의 연병장이었다. 기존 부대의 건물이 있었기 때문에 간단히 씻을 수 있었고, 이동식 화장실보다 훨씬 깨끗한 화장실도 사용할 수 있었다. 잠은 텐트에서 잤지만 훈련 중 가장 불편한 세 가지(샤워, 화장실, 잠) 중 두 가지나 해결된 채로 지낼 수 있어서 만세를 불렀다.

훈련은 3주였지만 처음 1주간은 훈련장으로 이동해서 2주간 이상 없이 훈련할 수 있는 상태를 만들며 보냈다. 모든 부대가 한 번에 이동하면 장비와 훈련물자를 운반하는데, 도로를 거의 점령하다시피 해야 한다. 그래서 시간 차를 두고 이동했고 훈련 준비도 시간 차를 두고 완료했다. 사단장님은 먼저 도착한 부대를 중심으로 군악대 공연을 하라고 지시하셨다. 여기서 기존의 훈련에서 겪어보지 못한 업무를 하나 경험하게 됐다.

훈련에는 군악대를 운용하지 않는다. 훈련을 나가서 군악대 연주를 들을 새가 없으니 군악대가 훈련에 참여하지 않는 것이 당연하다고 생각했다. 그러나 사단장님은 실제 전쟁을 한다면 군악대도 부대 사기 고양 등의 활동을 해야 하니 함께 가는 것이 맞는다고 하셨다. 평소 부대 행사나 민간 행사 지원만 하면 된다고 생각했던 군악대에겐 날벼락 같은 일이긴 했지만 말이다.

〈님은 먼 곳에〉란 영화를 보면 주인공인 순이(수애 분)가 위문공연단 보컬로 베트남전에 참전한 부대를 순회공연 하면서 소식이 끊긴 남편을 찾는다. 영화 속의 위문공연단 활동처럼 군악대 인원들이 훈련 준비를 마친 부대를 돌면서 소조 밴드 공연을 했다. 별 관심 없이 텐트 안에서 누워만 있을 것 같았던 병사들이 대부분 나와서 공연장을 채웠다. 무대와 관객석의 구분이 없는 하늘뷰 야외공연장에서 '사기 고양 활동'을 무사히 마쳤고, 공연을 보고 난 후 병사들은 신이 난 표정으로 노래를 흥얼거리며 각자의 텐트로 돌아갔다. 5개 부대 주둔지를 돌면서 공연을 했고 다섯 번의 공연 모두 성공적이었다. 간부인 나도 3주 훈련이 싫은데 병사들은 오죽했을까. 기대감 없이 공연을 보던 병사들의 눈이 즐거움으로 채워진 걸 확인하고 나니 내가 공연을 한 것도 아닌데 기분이 좋았다. 군악대 인원들도 훈련에서 군악 연주는커녕 작업만 하다가 복귀할 거라고 생각했다가 본인들의 전공으로 부대원들에게 응원과 격려를 선물해 줄 수 있어서 만족해했다. 사단장님의 의도대로 부대원들에게 훈련 전 사기를 높일 수 있는 활동을 통해 부대원, 나, 군악대 모두가 좋은 기운을 얻을 수 있었다.

일주일의 준비시간이 지나고 본 훈련이 시작됐다. 매번 훈련을 하는 이유는 부대마다 세워둔 계획에 따라 실제로 움직였을 때 미흡하거나 수정이 필요한 부분을 발견하여 최적화하기 위함이다. 실제 전쟁은 누가 이길지 모르는 위험한 일이지만 훈련은 모의 전쟁이므로 미흡한 부분은 있어도 패배는 없다. 훈련이나 전쟁 모두 한번 시작하면 중단없이 내내 전투를 할 듯하지만 그럴 수가 없다. 전쟁영화를 보면 전쟁을 하면서도 잠을 자고 밥도 먹고 연회도 한다. 전쟁은 끝나지 않았지만 전투와 전투 사이엔 틈이 있다. 이 틈을 이용하여 다친 사람은 병원으로 후송하고, 부족한 탄약과 기름을 채우고, 죽거나 다친 사람들 자리를 새로운 사람들로 채운다. 피로가 높은 부대는 잠시 휴식을 주고 전투에서 공을 많이 세운 인원에게는 훈장 수여도 하며 특별 진급도 시켜준다. 보통의 훈련에서 나는 이런 일들은 그저 행정적으로 처리하기만 했다. 하지만 이번 훈련에서 기존의 훈련과 달랐던 또 하나를 경험하게 됐다.

계획에 맞는 단계별로 훈련을 진행했고, 전투와 전투 사이 틈이 생겼다. 방금 전 치른 작전은 승리했다. 승리를 축하하며 사단장님께서는 화상회의를 통해 승리에 기여한 예하부대 지휘관들의 노력을 치하하더니 갑자기 우리 참모님을 불렀다.

"부관참모! 작전을 성공리에 마쳤는데 직접 현장에 가서 표창 수여를 할 수 있겠나? 이번 작전 승리에 공이 많은 인원을 선별해서 표창을 수여하면 좋겠네."

통상 부대에서 훈련을 하면 훈련이 모두 끝난 후 훈련 기간 동안 공적이 있는 인원을 종합하여 심의를 통해 결정하고, 훈련에 대한 성과 분석을 할 때 표창 수여를 한다. 이번에도 그럴 것이라고 예상하다가 갑자기 표창을 수여하라는 지시를 하셔서 부랴부랴 표창을 만들어 해당 부대 주둔지로 갔다(표창장 문구를 대충 만드는 것 같지만 실제 작전할 때 표창받는 사람이 잘한 일을 작성한다. 문구를 짜는 것도 우리 일이다). 훈련 중이라 모두 얼굴에 위장크림을 바른 채로 나타나 표창을 받았다. 군악대도 함께 출동하여 군악 연주를 배경음악으로 깔고 해당 부대의 지휘관이 직접 수여했다.

난 옆에서 수상 보조만 했는데, 뭔가 뭉클한 감정이 같이 올라왔다. 작전이 다 끝난 다음이라 해는 이미 졌고, 얼굴을 구분하기도 어려운 어둠 속에서 부대 차량의 라이트를 비춰 표창을 주는 모습은 경건한 마음마저 들게 했다. 훈련 성과 분석은 훈련이 끝나고 시간이 흐른 다음에 하다 보니 표창을 받아도 내가 잘한 것에 대해 준다는 느낌이 덜하다. 하나의

작전이 끝나고 느낌이 생생하게 남아 있을 때 상까지 받으면 그 기쁨이 더할 것 같다. 그렇게 작전이 끝날 때마다 유공자에게 표창을 수여하라는 지시가 떨어졌고, 군악대와 나는 실제 현장으로 달려가 표창을 전달했다.

내가 하는 일이 군인의 일이 맞는지 헷갈릴 때쯤 평소와는 전혀 다른 업무를 지시한 지휘관 덕분에 직접 전투를 하지 않아도 군인으로서 훈련(전쟁)에 참여하는 일 자체가 충분히 필요한 일이라는 것을 느낄 수 있었다. 행정적으로만 처리하던 일을 직접 몸을 움직이고 눈으로 보면서 현장감을 느끼니, 똑같은 일이라도 새롭게 보였다. 행정병과를 선택해서 일하고 있는 군인들이 나와 같은 고민을 한 번씩은 하지 않을까. 하지만 컴퓨터 없이 일할 수 없고, 사무실에 있는 시간이 많아도 난 군복 입은 회사원이 아니라 군인이었다.

공부하기 싫어서 군대 간다고?

육사에 합격하고 나는 더 이상 공부로 스트레스받을 일은 없으리라 생각했다. 하지만 웬걸? 육사 졸업까지 하루하루가 공부로 스트레스였다. 성적이 미달이면 여름·겨울 휴가도 일부 반납하고 재시험을 봐야 했으니까. 나의 온전한 휴식을 위해서라도 최소한의 공부는 필요했다. 육사도 대학교의 한 종류니까 졸업을 그냥 할 수 있는 것은 아니었다. 육사 4년간의 성적은 차곡차곡 쌓여서 군번에 남았다. 군번은 주민등록번호처럼 모든 군인에게 부여되는 고유번호다. 군 생활을 하는 동안은 주민등록번호보다는 군번으로 내가 누구인지 식별된다. 군번은 임관연도-5자리 일련번호(부사관은 6자리이고, 병사는 8자리이다)로 부여된다. 같은 해에 임관하는 장교의 군번은 최초 10001번부터 육사 장교, 그 뒤를 이어서 간호사관학교 장교, 육군3사관학교 장교, 학군장교, 학사장교 순으로 부여된다. 내가 임관할 때는 양성과정 동안 누적된 성적순으로 군번을 부여했다. 육사를 졸업하고 임관한 장교면 군번만 보고도 내가 몇 등으로 졸업했는지 알 수 있는 것이다. 그래서 다들 군번이 확정됐을 때 좀 더 열심히 공부했어야 했다고 후회했다. 육사 졸업 성적이 군 생활에 영향을 미치는 것은 아니다. 단지 군 생활 내내 따라다니는 군번에 남아 있을 뿐이다. 군번이라고 하니 예전 드라마가 생각난다. 2016년도에 KBS에서 방영한 〈태양의 후예〉라는 드라마에서 주인공인 유시진 대위는 육사를 졸업한 엘리트 군인으로 나온다. 그런데 유 대위가 여주인공을 구하러 가기 전 군번줄을 꺼내보는 장면에서 아주 큰 옥에 티가 있다. 군번줄에 적힌 유시진 대위의 군번은 육사 장교면 절대 나올 수 없는 숫자였다. 드라마 속 최대 위기의 순간이라 가슴 졸이며 보다가 그 장면을 보고 몰입이 깨졌던 기억이 난다.

　17년도 임관한 후배들부터는 임관유형별(육사, 3사, 학군, 학사 등), 이름 가나다순으로 군번이 부여되고 있다. 후배들은 좋겠다. 성적과 관계없이 이름순으로 군번을 받으니 공부하는 게 덜 부담스러울 것 같다.

'졸업도 했고, 장교 임관도 했으니 훈련이랑 일만 잘하면 되겠지!'라고 생각했으나 그것도 아니었다. 이래서 인생은 예측할 수 없다고 하나 보다. 앞서 소개했듯이 임관하자마자 신임장교 지휘참모과정 보수교육을 받았는데 그것도 1등부터 꼴찌까지 등수를 매긴다(지금은 합격, 불합격으로만 평가한다). 심지어 결과가 개인 인사 자력에 남아 군 생활이 끝날 때까지 따라다닌다. 이게 끝이 아니다. 대위 진급하고는 대위 지휘참모과정 교육을 받아야 하고, 이 성적도 개인 인사 자력에 남는다. 여기에 더해서 교육성적으로 인사평가(근무평정)를 받는다. 함께 교육받는 인원 중 30% 안에 들지 않으면 교육평정 '상' 등급 받기가 어렵다. 평정은 상위 계급으로 진급할 때 매우 중요한 평가 요소 중에 하나다. 즉, 교육과정에서 공부하는 것도 진급과 연결되니 매우 열심히 해야 한다는 의미다.

그러면 여기서 끝이냐? 아니다. 매 계급 진급하면 무조건 그 계급에 맞는 보수교육을 받아야 한다. 필수 교육이기 때문이다. 대위까지 했으니 그다음은? 소령이다. 소령이 되면 역시 여기에 맞는 소령 지휘참모과정 교육을 받아야 한다. 육군대학에서 소령들을 모아서 교육한다. 소령쯤 되면 대부분 결혼해서 자녀들이 있고 한 가정의 가장으로서 집안을 책임져야 하는 위치다. 소령 과정도 상위 30% 안에 들지 않으면 대위 교육과 마찬가지로 교육평정 '상' 등급을 받기 어렵다. 교육평정을 못 받으면 진급도 어려워진다는 의미이기 때문에 치열할 수밖에 없다. 공부에 관심이 없던 사람도 열심히 하게 되는 게 소령 교육과정이다.

신임장교 과정과 대위 교육과정을 받다가 죽었다는 소식은 들어본 적이 없다. 하지만 소령 교육과정에서 과로로 사망했다는 소식은 종종 전파된다. 공부로 인한 과로사라니! 난 2020년도 1기 과정으로 소령 교육과정을 마쳤다. 교육에 입교하니 매일 아침 건강 이상 유무를 확인했는데, 이건 절대 형식적으로 하는 일이 아니었다. 건강 이상 유무는 생사를 확인하는 것으로, 굉장히 중요한 일과 중의 하나였다. 소령 교육과정 동안 다양한 과목을 배우는데, 각 과목 수업이 끝나면 하루 동안(8시간) 모든 과목의 성취도 평가를 본다. 성적에 영향을 크게 미치는 시험이다 보니 밤낮 할 것 없이 다들 열심히 준비한다. 그렇게 종합평가를 마친 다음 날, 같은 반 동료들과 쉬는 시간에 PX에 갔다. 다른 반 교육생이 물건을 사고 나가다가 그대로 쓰러졌다. 눈앞에서 사람이 쓰러지는 모습을 본 것은 처음이었다. 소령 과정 중에 사망사고가 괜히 일어나는 것이 아니라고 생각했다.

군에서는 계급별 필수 보수교육과정 외에도 직무 수행을

위한 보수교육이 굉장히 다양하게 이루어진다. 해당 교육들은 각 병과학교에서 이루어지고 필요하면 민간에 위탁해서 받는 경우도 있다. 그중에는 전문 학위과정도 포함된다. 군 안에서는 해당 내용을 교육할 수 없기 때문에 민간 대학과 국방부가 협력하여 군인들이 위탁교육을 받을 수 있도록 하는 것이다. 매년 위탁교육 계획이 하달되면 희망자를 종합하여 선발심사를 통해 인원을 선발한다(해당 교육은 장기복무자들만 지원이 가능하다). 국방부 장관 추천서를 받아 각 대학의 정원 외 입학자로 들어가게 되지만 본인이 희망하는 대학과 학과의 입학시험을 통과해야 최종적으로 학위과정을 이수할 수 있다. 국내 과정도 있고 국외 과정도 있다. 국외 과정의 경우는 입학 시까지 준비해야 할 것이 더 많다. 국외 대학으로 학위과정을 밟게 되는 경우엔 해당 국가에서 체류하는 비용, 학비가 지원되고 매월 급여도 받는다. 국내 과정도 마찬가지로 학비가 모두 지원되고 급여는 별도로 지급된다. 학위과정에 선발되면 석사는 2년, 박사는 3년 안에 학위를 취득해야 하고, 그 기간 동안은 공부하는 것이 임무가 된다. 이렇게 위탁교육을 받으면 국내 교육은 수학 기간만큼, 국외 교육은 수학 기간의 두 배만큼 추가로 의무복무를 해야 하는 조건이 생긴다. 학위과정을 마친 뒤에는 교육을 받은 전공과 연관된 부대와 직책으로 분류되어 공부한 지식을 군에 다시 환원해야 한다.

　장기복무자라면 군 생활 중에 학위과정을 가는 것이 괜찮은 선택인 것 같았다. 그래서 중위 때부터 위탁교육 계획이 공지되면 유심히 봤다. 앞서 말했듯이 지원하려면 기본적으로 토익이든 텝스든 영어 필기점수가 필요하기 때문에 졸업하고도 영어는 손을 놓을 수 없었다. 위탁교육의 선발 절차는 1차는 서류전형, 2차는 면접평가다. 서류전형에서 영어 성적과 근무평정(군내의 각종 선발 시에는 근무평정 항목이 모두 들어간다) 등을 보고 걸러낸다. 그렇게 1차를 통과하면 육군사관학교에서 면접평가가 이루어진다. 나의 첫 번째 시도는 2009년이었다. 결과는 실패. 1차 서류전형은 통과했으나 병과와 지원학과가 맞지 않아서 면접까지 보고 떨어졌다. 두 번째 시도는 2011년. 내가 지원한 과정이 예산 문제로 국방부 최종 승인을 받지 못했다. 세 번째 시도는 2015년. 아이를 낳고 14년도에 복직을 했다. 복직하자마자 위탁교육에 도전하려고 토익시험 접수부터 했다. 이전과 달리 지원과정이 국방부 승인을 획득했고, 선발 가능성이 높다고 생각했던 해였다. 하지만 결과는 결국 또 실패. 학위과정을 가기 위해서 대위 지휘참모과정을 마쳐야 한다는 조건이 있었다. 난 그해 후반기에 대위 과정 교육을 입교했다. 조건을 충족하지 못해서 서류전형조차 통과하지 못하고 접어야 했다. 네 번째 시도는 2016년도. 나에게는 마지막 기회였다. 소령이 되면 석사학위 과정 지원 기회가 없다. 2017년도가 대위의 마지막이었기 때문에 이번에 선발되지 못하면 영영 기회는 없어지는 것이었다.

당시 부대의 과장님은 나보고 위탁교육을 가지 말라고 권유하셨다. 만약 선발된다면 대위→소령 진급심사가 들어가는 2017년에 학교를 다니게 되는데, 진급심사 시 그 부분이 부정적으로 작용할 수 있다는 이유였다. 진급심사 시 야전에서 일하는 인원들이 고생한다는 분위기가 형성되어 위탁교육을 받는 인원에게 상대적으로 불리하게 적용된 적이 있었다. 그러나 진급 선발이 되지 못하더라도 난 2년간 민간 대학의 학위과정을 이수하는 것이 좋은 경험이 될 거라고 생각했다.

우리 병과 업무와 연관된 학위과정인 '기록학 석사' 과정에 나를 포함하여 총 11명이 지원했다. 모두 나보다 후배들이었다. 이미 나는 학위과정에 선발되는 적기에서 벗어나 있었다. 그래서 면접 때 실수한 건 없었단 생각이 들었지만 선발은 어려울 것 같았다. 결과 발표가 나고 내 이름을 확인했을 때 사무실 떠나가라 소리를 질렀다. 역시 뭐든 끝까지 해봐야 알 수 있는 법이다. 순수하게 기뻤다. 드디어 학위과정에 가는구나!

새 학기가 되면 학교에 입학해서 공부만 하면 된다고 생각했지만 착각이었다. 선발은 시작일 뿐이었다. 어느 학교로 갈지 고민하고 해당 학교 입학에 필요한 자격은 무엇인지 다시 확인해서 준비해야 했다. 이전의 위탁교육을 나갔던 인원들에게 한 번도 들어본 적이 없다. 국방부 추천서는 학기당 한 번만 받을 수 있어서, 지원한 민간 대학에 비선되면 학위과정에 갈 수 없는 상황에 놓이게 된다. 서울대 기록학과로 지원하려 했으나 텝스 점수가 없어서 부랴부랴 다시 텝스 시험을 쳤다. 면접 시에는 전공과 관련된 질문을 교수님들이 확인한다고 해서 벼락치기로 공부도 했다. 면접이 영어로 진행되지 않아 천만다행이었다(일부 전공은 면접을 영어로 진행했다). 정말로 모든 입학 과정이 끝나고 공부하는 것만 남았다. 알고 보니 매년 선배 장교들이 학위를 취득하고 졸업했는데 2010년 이후 군 위탁생이 끊어졌다가 7년 만에 내가 다시 입학하게 된 것이었다.

2년간 나는 학교를 즐겁게 다녔다. 물론 공부한 지 오래됐고, 육사 생도 때 전공한 무기공학과는 전혀 관계없는 전공으로 새로 공부해야 해서 어려웠지만 그래도 재밌었다. 단, 주의할 점은 1년 차 1·2학기 성적에 의해서 2년간의 근무평정 점수가 좌우된다는 사실이다. 전 과목 A-이상의 점수를 받지 못하면 근무평정 '상' 등급을 받지 못한다. 그리고 석사학위 취득을 하지 못하면 인사상의 불이익(징계까지 받을 수 있다)이 매우 크기 때문에 반드시 석사학위는 취득해야 한다. 이렇게 성적 스트레스가 있긴 했지만 군대가 아닌 전혀 새로운 환경에서 군인이 아닌 사람들과 교류할 기회가 생긴 것이 나에게 좋은 자극이 됐다. 고등학교 졸업과 동시 군과 관련된 환경에서만 지냈기 때문에 더 그랬다. 내가 당연하다고 여긴 것들이 당연하지 않을 수 있다는 것, 군인과는 다른 사고방식을 가진 사람들을 직접 알게 되어 좋았다. 또한 부대에 매여 있어서 하고 싶었던 공부가 있어도 시도를 하지 못했는데, 위탁교육 기간 동안 해낼 수 있었다. 내가 평소 관심도 없고 시도하지 않을 분야라고 생각했던 과목이 수업에 편성되어서 듣게 되었는데, 교수님을 정말 잘 만났고 공부하다 보니 흥미도 생겨서 제법 나랑 잘 맞았다. 결국 그 분야로 논문까지 쓰게 되었다.

위탁교육은 새로운 도전의 연속이었다. 그저 도전만으로 끝나지 않고 새로운 것을 얻게 해줬다. 나도 잘 몰랐던 나를 알게 될 기회를 얻었다. 논문을 쓰면서 글을 쓰는 법도 조금 알게 되었다. 2년 동안 가족과 시간도 많이 보냈다. 거기에 대학의 캠퍼스 라이프가 어떤 것인지 느낄 수 있었고, 자유롭게 하고 싶은 공부도 할 수 있었다. 얻은 것이 정말 많다. 군에서 소수의 사람만이 얻을 수 있는 기회다. 난 운이 좋았다. 후배들에게 진심으로 말한다. 꼭 나가보라고. 새로운 환경에서 새로운 시각을 가질 수 있다. 무엇보다도 나의 새로운 면을 만날 수 있다. 그리고 언제 또 일하면서 3개월의 방학을 4번이나 받아볼 수 있을까! 그러니 차근히 준비해서 꼭 기회를 잡을 수 있길.

계급의 무게

학교 다닐 때는 1년만 지나면 자연스럽게 학년이 올라갔다. 시간이 지나면 후배들이 생기고, 졸업하는 것이 너무 당연했다. 사회에 나오니 사정이 달랐다. 1인 기업을 운영하고 있는 것이 아니라면 상하 계급(직급)이 나뉜 조직 안에서 제일 밑에서부터 하나씩 올라가야 한다. 1년이 지났다고 '당연히' 다음 단계로 올라가지 않는다. 성과를 내고, 실적을 쌓아서 내가 성취하는 것이다. 물론 학교에서도 경쟁은 있었다. 친구들과 나의 성취도를 평가하여 등수를 매기니까. 하지만 사회에 나와서의 경쟁은 합·불이 갈리는 일이었다. 그래서 그런지 군대든 회사든 '승진', '진급'이라는 말을 들으면 그냥 기분이 좋아진다. 경쟁에서 살아남아 합격했다는 뜻이니까.

회사와 군의 가장 큰 차이는 회사와 달리 군에서는 군인의 계급을 바로 알아차릴 수 있다는 거다. 전투복 또는 정복, 근무복 등 정해진 옷에 모두 계급장을 달아야 한다. 병사에서 장군까지 예외는 없다. 처음 만나는 상대방이 어떤 사람인지는 몰라도 그 사람의 계급이 뭔지는 바로 알 수 있다. 소위 때는 어깨 위에 놓인 다이아몬드 1개가 어찌나 힘없고 외로워 보이는지, 약한 바람에도 그냥 날아갈 것 같은 느낌이 들었다. 소위 시절 처한 상황을 계급장이 그대로 보여주는 것 같았다. 다이아몬드의 개수가 1개에서 2개로 바뀌자 나의 말에 힘이 생기는 것 같았고, 스스로에게 좀 더 자신감도 생겼다. 소위에서 중위로 계급장만 바꿔 단다고 내 능력이 드라마틱하게 좋아지는 것도 아니었는데 말이다. '박 중위' 소리만 들어도 기분이 좋았다.

중·소위 때 선배들이 가장 많이 했던 말은 '대위만 달아도 살만해져'였다. 급여가 넉넉해지고, 업무를 추진할 때도 대위들이 제일 많아서 협조하기 좋아지고, 존중받는 느낌도 많아진다고 했다. 내가 대위 선배들을 봐도 뭔가 여유 넘쳐 보이고 해당 분야 전문가 느낌이 물씬 나서, 모르는 걸 물어보면 뭐든 척척 해결해 줄 것만 같았다. 그렇게 시간이 흘러서 대위로 진급하는 날이 됐다. 드디어 나도 여유 넘치고 척척박

사처럼 문제를 해결해 주는 대위가 된 것이다. 그러나 어제까지 중위였던 내가 오늘 대위가 되었다고 당장 바뀌는 것은 없었다. 중위가 됐을 때보다 부담감만 더 생겼다.

중·소위 때는 모든 선배가 우리를 '초급' 장교로 본다. 큰 기대가 없기도 하고, 언제든 실수를 할 수 있는 사람으로 본다. 정말 수습하기 어려운 실수가 아닌 이상 도움을 받을 수 있다. 혼은 나겠지만 '그럴 수도 있지'라고 생각해 준다. 그러나 '대위'를 바라보는 기준은 다르다. 어떤 일이든 맡기면 중간 이상은 해내야 한다고 본다. 막상 대위가 되고 보니 기분 좋은 것은 진급 신고하는 날 하루뿐, 바로 걱정이 되기 시작했다.

'어제까지 중위였는데 이제 대위네? 난 대위처럼 일할 준비가 되어 있나?'

하루아침에 내가 바뀌는 것이 아니다. 대위 진급하기 전 중위 기간에 그에 맞는 실력과 마음가짐을 갖추기 위해 준비해야 하는 것이었다. 하루하루 살아내기 급급해서 이리저리 끌려다니다 보니 알맹이 없이 껍데기만 바뀐 기분이었다.

가끔 일하면서 '대체 저 위치에서 왜 저렇게밖에는 못하는 걸까' 하고 한숨짓게 만드는 상급자들을 본다. 이들을 통해 계급에 맞게 생각하고 실력을 갖춰 행동해야 진짜 상급자라는 것을 깨달았다. 나이만 먹는다고 다 어른이 아니듯이 계급만 높다고 다 상급자는 아니다.

위관장교에서 영관장교가 된다는 것은 벽을 하나 넘어선 것과 비슷하다. 위관장교는 보통은 실무자다. 대위 때 중대장이라는 지휘관 직책에 있는 것이 아니라면, 대부분 개인별로 고유 업무 영역이 있고 그 안에서 일만 열심히 하면 되는 실무자로 지낸다. 영관장교 역시 실무자로 근무할 때도 있지만 회사의 과장, 부장처럼 팀원들을 관리하는 중간관리자 역할을 수행해야 한다. 시간이 흘러서 나도 어느새 소령 진급을 눈앞에 두고 있었다. 서울대로 주간 위탁을 나가 있을 때였다. 부대의 일과는 거리를 두고 일반 학생처럼 1년 반째 지내고 있었다. 진급 신고를 했음에도 계급장을 단 옷을 입고 근무하지 않아서 실감이 나지 않았다. 내가 영관장교가 되다니!

무사히 학위과정을 마친 2019년 2월, 소령 계급장을 달고 첫 보직을 받아서 근무하게 됐다. 임관하고 처음으로 배치됐던 11사단으로 분류되어, 위관장교로 시작한 곳에서 영관장교 시작도 하게 됐다. 학위과정 2년 동안 난 군인답게 지냈다고 생각했었는데, 내 생각과 달리 군인 물이 많이 빠져 있었다. 반사적으로 하던 경례와 관등성명도 안 되고, 그사이 변경된 규정과 지침은 전혀 알 수가 없어서 일부 업무에 까막눈이 되어 있었다. 가장 적응하기 어려웠던 부분은 바로 내가 담당하는 실무영역 없이 중간관리자 역할만 하게 됐다는 것이다. 위탁교육 전까지는 실무만 하는 직책에서 근무했다. 일을 해야 하는 물리적인 시간은 부족하고 하루하루가 빡빡했다. 365일이 맨날 바빴던 것은 아니지만 여유 있는 하루를 갖기는 어려웠던 것 같다. 관련 분야에 대해 궁금한 것이 많은 부대원과 인사실무자들이 있어서 전화기는 항상 시끄러웠다. 소령이 되자 옛날과는 다른 상황이 펼쳐졌다. 출근하기 무섭게 할 일이 몰아치던 것과 달리 17시 30분 일과가 끝날 때까지 너무 여유로웠다. 시간이 너무 안 가서 안절부절못할 정도였다. 바쁘게 전화 받고, 업무하느라 키보드 두드리는 소리가 사무실을 가득 채우고 있는데 나만 놀고 있었다. 밥값도 못하는 잉여 인간이 된 듯하여 기분이 별로였다. 처음엔 내가 아직 적응을 못 해서 일이 없는 건가 싶었다. 내가 여기에 왜 있는지, 여기서 내가 해야 하는 일이 뭔지 계속 고민했다. 그렇게 한 달이 훌쩍 지나고 나서야 나는 홀가분해졌다. 관리자라는 말만 많이 들었지 그 역할에 대해서는 글자로만 이해했던 것 같다. 고민 끝에 나는 내가 해야 할 일은 우리 과 인원들의 업무를 전체적으로 확인하고 돕는 일이라는 결론을 내렸다. 나무에만 매달리면 숲을 보기가 어렵다. 관리자가 자기 업무를 하느라 바쁘다면 부서원들이 어떤 어려움이 있는지, 해결할 부분은 뭔지, 타 부서와 협조할 부분은 뭔지 살펴볼 여유가 없을 것이다. 1개 분기 정도에 부서의 자리 하나가 공석이 되어 해당 업무를 내가 맡아서 한 적이 있다. 그 기간엔 나도 정신이 없고 확인할 게 많다 보니 과 인원들 업무 진행 상황을 점검하기가 어려웠다. 나만 놀고 있는 것 같던 때에는 야근이 많은 과원들 업무를 분담해서 내가 처리해 주는 게 맞지 않나 하는 생각도 했었다. 하지만 과원들도 나도 모두 그건 내가 할 일은 아니라고 암묵적으로 합의했던 것 같다. 그렇게 결론을 내린 뒤로는 과원들이 해결하기 어려워하는 부분에만 개입했다. 결정이 필요한 부분은 내가 상급자에게 확인해서 방향을 잡았다. 타 부서와 문제가 생기면 가서 대신 싸웠다. 해야 할 것은 하되 불필요한 일을 떠맡는 일이 생기지 않도록 신경 썼다. 과원들이 업무처리가 수월해졌다고 말하고, 문제가 생기면 별 고민 없이 와서 바로 보고해 주니 서로 의사소통도 잘 되고, 신뢰가 쌓인다는 확신이 생겼다. 그리고 함께 일하는 게 즐거웠다(과원들도 그러했을 거라 굳게 믿는다). 내가 할 일을 제대로 찾았다고 생각했다.

곰곰이 생각해 보니 위관장교 때 나도 참모님, 과장님, 보좌관님(이분들이 중간관리자였다!)들한테 '왜 나만 일이 이렇게 많은 거야? 저분들은 여유가 넘치는데? 나 좀 도와주지. 억울해!'라고 푸념했던 적은 없었다. 단지 딱 두 가지만 바랐다. 명확한 업무 지시와 부서원 보호. 본인들이 결정하여 지시한 부분에 대해서 책임지고 보호막을 쳐줄 것. 그게 다였다.

앞으로 남은 군 생활에서 실무자가 되는 경우도 있을 것이고, 관리자가 되는 경우도 있을 거다. 내가 어떤 역할을 맡았는지 이해하고 그에 맞게 일할 수 있는 사람이 되어야 한다. 실무자라면 업무에 정통해서 실수가 없도록 해야 할 것이고, 관리자라면 감독과 보호를 잘할 수 있어야 한다. 관리자면서 실무자들의 업무를 일일이 참견하느라 정작 해야 할 역할을 하지 못해서 부서 전체가 산으로 가는 경우도 많이 봤다. 내가 달고 있는 계급과 맡은 소임에 맞게 잘 해낼 수 있는 사람이고 싶다. 그런 사람이 되라고 국가가 내 어깨에 이 계급장을 달아준 거라 생각한다.

PART 4

☆

엄마,
그리고 군인

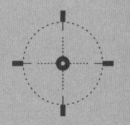

초대받지 않은 손님

임관해서 4년이 지나고 육군 대위가 되자, 중·소위 때는 보이지 않던 것들이 보이기 시작했다. 똥인지 된장인지 조금씩 구분되기 시작하니 하고 싶은 일이 많아졌다. 일을 적당히 처리하는 것 말고 제대로 '잘'해서 인정도 받고 싶었다. 이런 마음이 폭발했던 시기가 사고 이후 전입 간 부대(26사단, 지금은 해체되어 없어졌다)였다. 좋지 않은 일로 왔지만 업무처리 능력에 문제가 있는 걸로 보이고 싶지 않았다. 그래서 더 이악물고 일을 했고 그렇게 자리를 잡을 수 있었다. 26사단에서 2년이 되어 가는 시점이었다. 다른 곳으로 이동해야 하는 시기가 되었고 새로운 업무를 배울 수 있는 자리로 가서 다른 일을 경험해 보고 싶었다. 내가 해낸 것보다는 새롭게 겪어야 할 업무가 더 많았고, 다양한 경험이 쌓여서 나의 능력이 될 것이라고 믿었다. 그런 생각을 하고 있을 즈음, 귀가 솔깃한 제안이 들어왔다. 육본을 제외하고 제일 상급부대인 군사령부 부관과로 올 수 있겠냐는 제안이었다. 대위 중에서도 경험이 많고 나보다 선배인 사람들이 가는 자리였다. 난 당시 대위로 진급한 지 2년도 채 되지 않았을 때여서 지금 갈수 있을 거라고는 한 번도 생각해 보지 않았다. 그 자리로 누가 갈지 모두 관심 있게 보고 있을 거라 부담이 됐지만 뭔가 인정받았다는 생각에 입꼬리가 올라가는 것은 막을 수가 없었다. 보는 사람이 없어도 묵묵히, 그리고 열심히 하고 있으면 기회가 오는 거라 생각했다. 거부하고 말고 할 제안도 아니었다. 제안을 듣자마자 "감사합니다. 불러주시면 열심히 하겠습니다"를 외쳤다. 지금 이곳은 내가 다시 힘을 낼 수 있도록 해준 고마운 부대지만 겪어보지 못했던 부대에서 새로운 업무를 하고 싶다는 마음이 스멀스멀 생겨나기 시작했기에 이동해야 하는 연말을 기다렸다.

그러나 역시 계획대로 흘러가지 않아야 인생인 것 같다. 육사에 입학하고 한 학기 정도 멈췄던 생리가 정상으로 돌아온 후 예정일에서 일주일 이상 벗어난 적이 없었는데, 이상하게 일주일이 지났는데도 소식이 없었다. 불안한 마음을 안고 테스트를 해본 결과, 너무나 선명한 두 줄.

　소식을 들은 사람들은 축하해 주기 바빴다. 솔직히 너무 당황스러웠다. 계획에도 없었고, 전혀 예상하지 못한 상황이었다. 아이에겐 미안했지만, 난 전혀 기쁘지 않았다. 3달 뒤면 이동해야 하는데, 어찌해야 할지 전혀 계산이 되지 않았다. 아무 생각 없이 잘됐다고 기뻐하는 사람들을 발로 차버리고 싶었다. 예정일을 계산해 보니 6월이었다. 연말에 새로운 보직으로 옮기게 되면 반년도 채 일하지 못하고 출산을 하러 가야 했다. 12개월도 채우지 못하고 다른 사람으로 바뀌어야 한다면 해당 부대에 엄청 폐가 되는 것이었다. 결론은 '갈 수 없다'였다. 이런 상황을 만든 나 자신(혼자 벌인 일이 아님에도 남편은 전혀 영향을 받지 않는데)에게 화가 났고, 무언가는 포기해야 하는 상황이 된 것이 억울했다. 영화 〈82년생 김지영〉을 보면서 여자주인공의 마음과 내 마음이 싱크로율 100%가 되면서 펑펑 울었던 장면이 있다.

　　대현 "애 하나 생긴다고 크게 달라지겠어?"
　　지영 "과연 그럴까?"
　　대현 "제가 잘 도와드리겠습니다."
　　지영 "나는 너무 많은 게 변할 것 같은데 오빠는 변하는 게 뭐야?"

대현 "나? 어우, 나도 변하지. 일찍 들어와야 하고, 술도 못 먹고, 친구들도 못 만나."

〈82년생 김지영〉, (2019), 각본: 유영아, 감독: 김도영

갑자기 찾아온 아이로 혼란스러울 때 나는 극 중 지영(정유미 분)과 똑같은 생각을 했다. 여자가 더 고생하고 남자는 아니다, 이런 얘기를 하고 싶은 것은 아니다. 남군이든 여군이든 주어진 임무는 같고, 경력관리도 동일하게 이뤄진다. 당연히 평가도 동일한 잣대를 갖고 한다. 하지만 임신에서부터 출산 후 최소 3개월은 몸 관리를 해야 하니 업무에서 배제되어야 한다. 그동안의 리스크는 온전히 내가 안고 가야 하는 상황이 싫었다. 개인마다 중요하다고 생각하는 가치가 다르지만 일을 통해 인정받기를 원하는 욕구가 더 강하다면 좌절감이 크게 느껴지지 않을까 생각한다.

돌이켜보면 생각하지도 않은 때에 아이가 생기지 않았다면 아이를 갖기 어렵지 않았을까 생각한다. 부대 상황, 나의 경력관리, 평가 시기 등 임신을 계획할 수 없는 상황은 매번 찾아왔을 테고, 나는 그 순간마다 경력관리에 유리한 선택을 했을 것이다. 신분을 떠나 모든 여군은 임신을 하기 전에 앞

서 말한 것들을 고민할 수밖에 없다. 임신, 출산, 육아, 군 생활까지. 이 모든 상황을 내가 감당해야 하기 때문이다. 사람은 적응의 동물이라고 했다. 어떤 선택을 할 때 고려 대상이 오직 '나'뿐이었다가, '배우자'가 추가됐고, 다시 '아이'가 더해졌다. 일을 그만둘 것이 아니었기 때문에 나, 배우자, 아이 셋 모두가 잘 지낼 수 있는 상황에 적응해야만 하는 시기가 됐다.

외로워도 슬퍼도 군인은 안 울어

'군인' 하면 제일 먼저 떠오르는 모습은 어떤 것인가? 나는 땀이 흐르는 얼굴에 시커멓게 위장크림을 칠하고 전투복을 입은 채 수풀 속에서 자세를 낮춰 총을 들고 헤쳐나가는 모습이 떠오른다. 위기의 순간에 물러서지 않고 끝까지 버텨내는 그런 이미지. 그렇다. 군인이라면 아파도 참고, 힘들어도 참고, 어려움이 닥치고 몸이 지쳐도 이 악물고 전부 이겨내는 그런 강인함을 갖고 있을 거라고 생각한다. 군인인 나조차 내가 생각하는 군인과 비슷한 군인을 만난 적이 없음에도 이런 이미지가 좀처럼 바뀌지 않는다. 전쟁영화를 너무 봤나 보다. 영화는 영화일 뿐이라고 되뇌어 봐도 그 이미지가 쉽게 사라지지 않는다. TV 프로그램에 뭐든 해낼 수 있는 철인들만 모아두고 하는 방송이 있었는데 군인에게 요구되는 모습이 그런 강인함인 것 같다.

그런데 직접 전투에 참여하는 군인도 있지만, 나처럼 사무실 책상에 앉아서 직접 싸우는 군인을 지원하는 군인도 있다. 하지만 어디 가서 "제가 군인인데요"라고 말하는 게 약간 꺼려진다. 내가 군인이라는 걸 듣는 순간 뭔가 기대하는 눈으로 날 바라보기 때문이다. 그 눈빛이 부담스럽다.

때는 위탁교육 중이었다. 군에서 잠시 벗어나 생활한 지 1년쯤 되자 운동을 별도로 하는 게 아니고 부대에 있을 때처럼 강제로 시키는 환경도 아니라 체력관리가 되지 않았다. 이래서는 안 되겠다 싶어서 개인 PT를 등록해서 운동을 다녔다. 운동을 왜 하려고 하냐는 트레이너의 물음에 군인인데 체력이 떨어진 것 같고 살도 쪄서 관리하러 왔다고 대답했다. 직업을 밝히고 싶지 않았지만, 나태해질 수 있는 나를 단련시키는 데 도움이 되지 않을까 해서 털어놓았다. 아니나 다를까. 운동 시작 첫날, 트레이너가 나에게 했던 말이 잊히지 않는다.

"미영 회원님, 스쿼트 겨우 이거 했다고 벌써 힘들어하시면 안 되는데?"

"아니 벌써 이렇게 힘들어하시면 어떡해요. 아직 시작도 안 했는데? 군인이잖아요. 더 할 수 있어요!"

조금 부끄러웠다. 군인이라고 했는데, 부실한 체력으로 와서 평균도 안 되는 기량을 보여준 것 같아서. 괜히 처음부터 군인인 걸 밝혔다.

병원은 더하다. 아파서 갔는데, 아픈 걸 표현도 못 하고 참아야 한다. 누가 시킨 것도 아닌데 그런 압박감을 느낀다. 임신하고 다닌 산부인과에서는 군인이라고 밝히지 않았다. 임신 초반엔 단순 검진만 하니까 내 직업을 말하지 않고 다닐 수 있었다. 문제는 처음 다녔던 병원에서 출산까지 할 수 없게 되면서 발생했다. 나는 결혼하고 임신해서도 남편과 같이 살지 못했다. 같은 집에서 살면서 각자의 부대로 출근할 수 있을 만큼 거리가 가깝지 않았기 때문이다. 그래서 남편이 있는 곳과 가까운 산부인과로 다녔는데, 출산이 가까워지니 친정 근처의 병원으로 옮기게 되었다. 옮겨야 하는 사정을 말하다 보니 군인이라는 걸 밝힐 수밖에 없었는데 하필 지금 내 담당의가 옮겨갈 병원의 담당의와 선후배 사이라는 게 아닌가! 많고 많은 산부인과 의사 중에 왜 아는 사이인 거야? 새로 옮긴 병원 의사도 자연스럽게 내 직업을 알게 됐다.

병원에서는 아이가 임신 주 수에 비해서 크다고 했다. 아이가 뱃속에서 더 크면 자연분만이 힘들어질 수 있으니, 예정일보다 5일 빠른 월요일에 유도분만을 하자고 했다. 날이 밝으면 월요일인데, 양수가 먼저 터지는 바람에 일요일 새벽 급히 병원으로 갔다. 병원에 도착해서 3~4시간이 지나서야 진통이 오기 시작했던 것 같다. 초반엔 참을 만했다. 참기 어려운 정도가 될 때쯤 무표정한 간호사들이 무통 주사를 희망하는지 물었다. 생각보다는 참을 만해서 고민하고 있으니 시기가 지나가면 놔달라고 해도 못 놔주니까 빨리 결정하란다. 결국 무통 주사를 맞았다. 주사를 맞으면 분명 무통 천국이 온다고 했는데 나한텐 오지 않았다. 점점 진통의 강도가 세지고 지속시간이 길어지니 참기 어려워졌다. 소리치는 건 도움이 안 되는 것 같은데, 또 아무 소리를 내지 않고는 버틸 수가 없었다. 간호사들의 무표정한 얼굴에서조차 '당신은 군인이라면서요, 조용히 버틸 수 있죠?'라는 말이 들리는 것 같았다. 너무 아파서 절로 신음이 새어 나왔다. 간호사들의 무언의 압박감에 이를 꽉 깨물며 버텼다.

그렇게 14시간 진통 끝에 드디어 아이와 만났다. 군인도 아프고, 슬프고, 지치고, 두렵다.

아! 군인이지만 출산은 정말 무서웠습니다.

Come back

공식적으로 임신과 출산을 위해 쓸 수 있는 제도는 출산휴가와 육아휴직이다. 출산휴가는 최대 90일까지 가능한데, 꼭 출산 후에만 쓸 수 있는 것은 아니다. 출산 후 최소 45일을 보장하면 출산 전부터도 출산휴가를 쓸 수 있다. 예정일에 딱 맞춰 아이가 태어나는 것은 아니라 보통은 출산한 날부터 출산휴가를 쓴다. 육아휴직도 임신 증명이 되는 서류만 제출하면 출산 전에 쓸 수 있다. 임신 중일 때 나는 친정에서도 시댁에서도 먼 부대에서 근무하고 있었고, 심지어 남편도 나와 2시간은 떨어진 부대에서 근무하고 있었다. 급박한 상황이 발생했을 때 주위에 도와줄 사람이 없어서 고민 끝에 임신 7개월이 되었을 때 육아휴직을 썼다.

아이가 태어나서 1년간 정말 정신없이 지냈다. 육아휴직이 말 그대로 육아를 위한 휴직이라는 걸 실감했다. 하루하루 커가는 아이를 보는 것은 굉장히 보람차고 기쁜 일이었다. 동시에 제대로 말이 통하지 않는 아이를 종일 혼자서 돌봐야 하는 것은 정말 힘든 일이었다. 남편은 나와 다른 부대에서 근무하고 있어서 같이 살지 못했다. 부모님도 일을 하시니 친정엄마가 퇴근하는 시간만 보면서 매일 간신히 버텼다. 잠도 잘 못 자고 쉬지도 못하고 누굴 만나러 갈 수도 없었다. 스트레스를 잘 받지 않는 나도 이쯤 되니 버티기 힘들었다. 부대에서 일할 때는 야근에 치를 떨었는데, 휴직 기간 내내 하루에도 몇 번씩 출근해서 미친 듯이 일하고 싶었다.

아이가 태어나고 딱 1년 만에 부대로 복귀했다. 복직한 날이 아이의 첫 번째 생일이었다. 휴직은 아이 하나당 3년까지 쓸 수 있지만 최초 1년 동안만 육아휴직 수당이 나온다. 게다가 진급심사에 들어갈 때 1년만 정상 근무한 기간으로 인정해 줘서 동기들과 같은 해에 심사가 진행되려면 첫째 아이는 휴직을 딱 1년만 하고 돌아와야 한다. 그 이유로 대부분은 1년 만에 복직한다. 그래서 나도 1년만 육아휴직을 신청했다. 복직하고도 아이를 매일 보면서 일하기에 좋은 부대로 가려면, 계획보다 한 달 빨리 복직해야 했다. 한 달을 앞당겨 오지 않으면 나 말고 다른 사람을 보직하겠다고 했다. 덕분에 시댁 근처 부대로 배치를 받을 수 있었다. 휴직 한 달을 포기하고 최소 12개월 동안 아이를 매일매일 볼 수 있는 방법을 택한 것이 훨씬 현명했다.

군인이면서 엄마인 사람들, 특히 장교인 엄마 중에 아이를 직접 키우면서 부대에 다니는 사람들은 드물다. 출근도 빠르고 퇴근은 기약이 없을 때가 많고, 1~2주 되는 훈련도 가야 한다. 도움을 주는 사람이 없으면 일과 육아를 병행하기가 어렵다. 도우미를 쓰거나 친정 또는 시댁에 아이를 맡겨야 한다. 이동이 잦은 직업이라 매번 도우미를 구하기가 어렵고, 코로나19와 같은 사태라도 터지면 그마저도 힘들다. 친정과 시댁은 부대와 떨어져 있을 확률이 높아서 주말에만 아이를 만날 수 있다. 상황 대기에 걸리거나 당직근무에 편성되면 그마저도 볼 수가 없다. 한 달에 한 번 볼 수 있으면 다행인 상황이다. 업무로 인정받고 싶은 마음은 여전했지만 아이를 낳고 나니 그게 다 무슨 소용인가 싶은 생각도 절로 들었다. 가족이 모두 행복하게 살고 싶어서 이렇게 아등바등 지내고 있는데, 갓난쟁이를 모질게 떼어놓고 '이렇게까지 일을 해야 하나' 하는 자괴감이 마구 생겨났다. 복직하고 아이도 나도 시어머니도 모두 적응 중이었다. 하루 종일 엄마가 보이지 않으니 아이가 밥 먹는 것을 거부했다. 좋아하는 요거트를 줘도, 과일을 줘도 입에 대지 않았다. 내가 퇴근해서 집에 오면 그제야 허겁지겁 밥을 먹고 잠이 들었다. 그런 아이의 모습을 보면서 많이 울었고, 그런 모습을 보면서도 다음 날 아침이 되면 어김없이 부대로 향했다.

그래도 나는 운이 좋은 편이었다. 시댁에서 아이를 맡아줬으니 말이다. 친정도 시댁도 모두 아이를 키워줄 수 없는 상황이면 복직을 할 수가 없다. 아니면 도우미를 찾든지 어린이집을 알아봐야 하는데, 말도 못 하는 돌쟁이를 남의 손에 맡기고 출근하면 일에 집중할 수 없을 것 같았다. 그럼 남은 선택지는 남편이 육아휴직을 이어서 쓰든지, 아니면 동기들과 동시에 진급심사에 들어가는 것을 포기하고 육아휴직을 최대치로 쓰는 것이다. 아이가 말을 하고 어린이집에 보내도 괜찮아지는 때가 되면 혼자 아이를 돌보면서 일하는 생활을 하기도 하지만 쉴 틈 없이 바쁘다. 내내 시간에 쫓겨 다니는 신세다. 일하는 엄마의 1차 위기이지 싶다.

내 군 생활 2막은 이제 막 시작했다. 모든 생활의 중심이 아이가 되었다. 아이와 함께하는 생활의 첫 시작은 힘들었지만 그래도 나쁘지 않았다. 앞으로의 일은 내가 겪어보지 못한 일들의 연속일 것이다. 그때그때 또 잘 해결하려 한다.

두 마리 토끼

'두 마리 토끼를 동시에 잡으려다 둘 다 놓친다.'

백 마리도 아니고 겨우 두 마리도 잡기가 어렵다니 슬픈 현실이다. 하나에 집중해야 성공 확률이 높아진다는 건 나도 알고 너도 알고 모두 알고 있다. 그런데도 두 마리 토끼를 쫓게 되는 이유가 뭘까. 둘 다 포기할 수 없기 때문이다. 일하면서 아이를 낳고 다시 업무에 복귀하니 딱 그 상황이다. 둘 다 포기할 수 없었다. 좋은 엄마와 유능한 일꾼! 두 마리 토끼를 이제 쫓기 시작했는데 처음부터 하나를 포기하기엔 둘 다 나에게 너무 중요한 목표였다. 그렇게 둘을 모두 가지기 위한 나의 노력이 시작되었다.

다행히 시어머니가 도와주셔서 이른 출근과 약간(?)의 야근에도 아이는 할머니와 함께 있을 수 있었다. 출근은 7시 30분까지, 퇴근은 늦어도 오후 8시. 오후 8시에는 퇴근해서 아이를 시댁에서 집으로 데려와야 9시 정도에 재울 수 있었다. 눈을 떠서 아이를 재울 때까지 틈이 없었다. 그래도 불평하면 안 된다고 생각했다. 복직하는 시기에 남편도 인사이동을 하게 되면서(같은 부대 소속은 아니었다) 세 가족이 겨우 같이 살 수 있게 되었다. 군인 부부가 아이와 함께 같은 집에서 사는 것 자체가 어려운 일이다. 엄마 따로, 아빠 따로, 아이 따로 사는 세 집 살림 가족들이 많다. 아이를 믿고 맡길 곳이 있고 가족이 한집에서 살 수 있는 것으로 복을 다 끌어다 쓴 것이니 더 바라면 욕심이었다.

눈을 떠서 아이가 잘 때까지 난 쉴 틈 없이 일하는 셈이었지만 부대 사람들에게 내가 집에서 하는 일은 고려 대상이 아니다. 오로지 내가 부대에서 성과를 내는지 아닌지가 중요하다. 당연히 공적인 일에 사적인 상황을 이해해 주길 바라진 않았다. '아이가 있는 여군은 일을 소홀히 한다'라고 생각하는 다른 군인들의 편견을 깨고 싶었다. 아무도 그렇게 보고 있지 않아도 나 스스로 그런 압박을 느꼈던 것 같기도 하다. 아이가 있기 전과 후, 내가 일하는 방식과 성과는 변함없다고 스스로 납득하고 싶었다. '전 원래 잘할 수 있지만 아이를 돌보느라 이번엔 부족했습니다', '아이가 아파서 집중을 못 했습니다' 같은 변명을 대고 싶지 않았다. 비겁해지지 않으려면 내가 만족할 만큼 업무를 해내야 했다. 그러기 위해서 야근도 불사하면서 일하고 싶었다. 하지만 아이가 잠들기전에 얼굴이라도 보려면 8시는 넘길 수가 없었다. 그러니 매일 마음이 바빴다. 점심시간에도 밥만 먹고 곧바로 다시 일했고 차 한 잔도 맘 편히 마실 수 없었다.

전입 간 지 한 달 정도 되어 당직근무를 서는 날이었다. 밤 10시가 조금 넘은 시간이었다. 내가 일하는 부서의 부서장인 참모님이 밖에서 반주를 드시고 당직실에 들렀다. 나보고 잠깐 얘기 좀 하자며 앉으란다. 술이 약간 오른 붉어진 얼굴로 참모님이 진지하게 말씀하셨다.

"난 사실 너를 우리 부서에 받고 싶지 않았다. 여군이라는 소리를 듣고는 함께 일하고 싶은 생각이 없었다. 너 말고 다른 후임자에 대한 검토를 마친 상태였다. 그런데 여단장님(부대 최고 지휘관)께서 너를 받으라고 해서 받았다. 덕분에 여기에서 일할 수 있게 되었으니 여단장님께 가서 감사하다고 인사드려라."

참모님이 굳이 이런 말을 한 것은 아마도 당시 여단장님이 나에게 근무할 기회를 주셨으니 감사 인사를 하는 게 좋겠다는 의도였을 거다. 하지만 난 여군이란 걸 알고 함께 일하고 싶지 않았다고 하는 첫 마디를 듣고 나니 이어지는 말은 제대로 들리지도 않았다. 1년의 공백으로 현장 감각이 떨어져 있으니 빨리 적응해서 예전처럼 일해야겠다고 다짐하고 있을 때 이런 말을 들으니, 책잡히지 말고 실수 없이 똑바로 잘해야겠다는 목표 의식이 생겼다.

테트리스 게임을 해본 사람이라면 알 것이다. 위에서 무작위로 블록이 내려오고 블록을 없애서 쌓이지 않도록 해야 게임을 오래 할 수 있다. 블록이 쌓여가면 고민할 시간이 줄어들기 때문에 마음이 급해진다. 나는 일할 때마다 블록이 잔뜩 쌓여 있는 판에서 테트리스를 하는 기분이었다. 매 순간 시간이 없다고 느끼면서 일하는 게 스트레스였을까? 스트레스를 받고 있다는 생각은 하지 않았는데 복직하고 나서 자꾸 아팠다. 평소 가벼운 감기도 잘 걸리지 않는 건강 체질이었다. 소리를 고래고래 질러도 목이 쉰 적도 없다. 그러나 어느 순간 말을 하기 어려울 정도로 목이 쉬고 몸살에 출근이 힘든 날이 반복됐다. 증상이 자주 나타나니 동료들이 어디 큰병 있는 거 아닌지 검사를 좀 받아봐야 하는 거 아니냐고 물어봤다. 거기에 더해서 살이 계속 빠졌다. 생도 시절 이후 최저 몸무게를 뚫고 내려갔다. 도저히 일을 할 수 있는 몸 상태

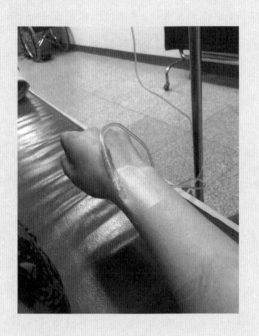

가 아니었지만 미룰 수 없는 일이 남아 있어 퇴근할 수도 없었다. 아프면 병원을 갔지 부대 의무실에 가서 도움을 청한 적이 없었다. 그러나 이날은 부대 의무실을 찾아가지 않을 수 없었다. 에너지를 빠르게 충전하기 위해 의무실에서 수액을 맞고 다시 사무실에 복귀해서 일했다. 그렇게까지 할 필요가 없는 순간에도 여유가 없었던 것 같다. 엄마가 돼서 일하는 것은 처음이라 어떻게 균형을 맞춰야 할지 전혀 알 수가 없었다. 할 수 있는 것을 무조건 열심히 하는 것 말고는 방법을 몰랐다.

1년 정도 그렇게 지내다가 대위 때 꼭 받아야 하는 6개월 짜리 교육에 입교해야 했다. 교육기간 동안은 평일에 아이를 볼 수 없었고, 주말에만 겨우 만날 수 있었다. 교육성적이 진급심사에도 반영돼서 무작정 미룰 수도 없었다. 결국 아이와 처음으로 떨어져 지내야 하는 상황이 되었다. 처음엔 아이 없이 지내는 일상이 어색했다. 옆에 항상 있던 아이가 없으니 혼자 지내는 방도 너무 적막했다. 이번에도 엄마가 없다고 밥도 안 먹고 버티는 건 아닐지, 밤에 잠은 잘 자는지 걱정도 됐다.

그런 걱정에도 교육은 시작됐고, 동료들이랑 운동을 하고, 술도 마시고, 수다도 떨 시간이 생겼다. 하지만 아이랑 떨어져 있는 시간에 혼자 먹고 놀고 즐기는 게 불편했다. '엄마가 애도 못 만나는데, 이렇게 즐거워도 되나?' 하는 죄책감이 자꾸 생겼다. 걱정한다고 달라지는 것도 없는데 괜한 죄책감으로 아이도 불행하고 나도 불행한 시간으로 만드느니 차라리 이 시간을 나한테만이라도 의미 있게 만들자고 마음먹었다. 그렇게 마음을 고쳐먹으니 바닥을 쳤던 몸 상태가 돌아오기 시작했다. 신기하게도 그렇게 아팠던 몸이 교육이 끝날 때까지 한 번을 안 아팠다. 그 이후에는 다시 감기도 잘 안 걸리는 건강 체질로 돌아와 지내고 있다. 만병의 근원은 스트레스다. 강제로 아이와 분리되면서 앞뒤를 생각할 여유가 생기니 내 마음을 정리할 수 있었다. 좋은 엄마와 유능한 일꾼이 되려는 마음을 조금 내려놓게 됐다. 6개월 주말 엄마를 하다 보니 자연스럽게 내가 할 수 없는 것이 있다는 걸 깨달았다. 너무 당연한 사실인데, 워킹맘이 되는 순간 내가 전부 해내야 한다고 스스로를 다그치고 있었다. 그걸 못하면 엄마도 실패, 일도 실패라는 압박감이 들었다. 내가 할 수 있는 것이 정해져 있는데, 그 이상을 하려고 무리했다. 그렇게 정신적으로 힘드니 몸도 아픈 거였다.

아이가 생기기 전까지는 '어쩔 수 없다'라는 말이 그렇게 싫었다. 그렇게 말하는 사람들이 무능해 보였다. 하지만 나에게 정말 '어쩔 수 없는' 상황이 생기자 생각이 달라졌다. 대신 '그래, 그럴 수 있지'라는 마음을 갖게 되었다. '흘러가게 놓아 두자. 지나가면 또 뭔가 할 수 있는 순간이 오겠지'라고 심호흡을 하게 되었다. 이게 6개월의 교육 동안 내가 얻은 가장 큰 교훈이다. '그럴 수 있다'고 생각하는 마음을 갖지 못했다면 지금도 나는 좋은 엄마와 유능한 일꾼이라는 두 마리 토끼를 놓치지 않으려고 아등바등하고 있었을 것 같다. 힘들지 않은 것은 아니지만, 그래도 지금은 적당한 타협점을 둔다.

모든 것을 다 가질 수는 없다. 모든 것을 가지려는 것은 아무것도 갖지 않겠다는 것과 같다는 말을 조금이나마 이해하게 되었다. 좋은 엄마와 유능한 일꾼이라는 것은 둘 다 잡아야 하는 토끼가 아니었다. 이 둘은 목적지까지 무사히 갈 수 있도록 갈아타는 말이라고 생각한다. 좋은 엄마라는 말을 타다가, 유능한 일꾼이라는 말도 타고, 다시 또 좋은 엄마라는 말을 타는 것. 두 마리 말을 잘 갈아타는 기술을 연마하는 것이 아이도 나도 행복해지는 길인 것 같다.

같이 살자

아이와 같이 살면서 일을 병행하기 위한 노력은 계속되었다. 아마 모든 워킹맘이 그럴 거다. 군인 엄마라서 조금 다른 점은 부대를 계속 옮겨 다니다 보니 정해진 루틴이 자꾸 깨진다는 것 정도다. 적응해서 지낼 만하면 새로운 부대로 옮기는 일의 반복이다(부사관의 경우는 장교보다 부대 이동이 훨씬 덜해서 사정이 좀 낫다). 아이를 낳고 지금까지 일곱 번의 부대 이동을 했다. 시댁의 도움을 받으며 출근하고 있었기 때문에 시댁 근처 부대로 가기 위해 엄청 노력했다. 다행히 네 번째까지는 같은 집에서 생활했고, 아이도 매일 볼 수 있었다. 한 번은 2년 동안 석사과정을 밟는 것으로 대신할 수 있었다. 어떤 시기보다도 석사과정 2년은 부대 출근할 때보다 아이와 많은 시간을 함께할 수 있어서 좋았다. 그러나 아무리 좋아도 석사과정은 딱 2년이었고, 졸업하는 시기에 맞춰 다시 부대로 돌아와야 했다. 시댁 근처에서 버틸 수 있는 마지막 카드가 석사과정이었고, 그것마저 끝나가고 있었다. 선택을 해야 했다. 아이와 함께 살기 위해서 혼자서 아이를 돌보면서 일을 할 것인지, 주말에만 만나고 평일엔 시댁에 그냥 둬야 하는 것인지. 6살짜리 아이를 혼자 키우면서 일을 하려고 하니 자신이 없었다. 시댁에서 흔쾌히 아이를 맡아주시겠다고도 했고 일하기에 좀 더 편한 선택지를 골랐다. 환경이 바뀌고 적응하는 데 아이가 힘들 것 같다는 핑계를 대면서 말이다. 아이에게도 마음의 준비를 할 시간이 필요했다. 6살이 되어가는 시기라 밥을 거부할 일은 없겠지만, 그래도 마음의 충격은 있을 것 같았다. 아이한테도 공부가 끝나가서 다시 부대에 갈 때가 되었다고, 이제 한동안은 매일 엄마를 볼 수 없다고 말해주었다.

"엄마는 이제 공부가 끝나가. 그럼 다시 부대로 돌아간다? 근데 부대가 멀리 있어서 같이 살 수는 없어. 이제 토요일, 일요일에만 볼 수 있어. 울지 말고 엄마 잘 기다릴 수 있지?"

"(잠시 생각하다가) 엄마, 계속 공부하면 안 돼? 그러면 나랑 같이 있을 수 있잖아."

학기는 끝났고, 난 강원도 홍천의 부대로 발령이 났다. 아이는 엄마와 떨어져 지내야 한다는 걸 이해하진 못했으나 그래도 6개월 교육받았던 시기보다는 현실을 잘 받아들였다. 아이가 왜 떨어져 살아야 하냐고 울고불고 보채도 난감했겠지만, 담담히 받아들이는 모습도 썩 보기 좋진 않았다. 아이가 너무 일찍 체념하는 법을 배운 것은 아닐까 생각했다.

생도 때 교수님 중에 지금 나와 똑같은 상황이었던 분이 있었다. 심리학 교수님이었는데, 그때 여자 동기가 질문한 적이 있다.

"교수님, 아이를 매일 볼 수 없으면 아이와의 관계가 소원해질까 봐 걱정됩니다. 저희도 임관하고 나면 그런 상황이 될 텐데, 문제가 없습니까?"

"엄마와 365일, 24시간 붙어 있다고 해서 문제가 없을까? 그런 상황에서도 문제는 발생해. 같이 있는 물리적 시간보다 짧아도 함께 지내는 시간의 질이 좋아야 의미 있어."

상황은 내가 바꿀 수 없었다. 최소 1년은 주말에만 만나야 하니까. 그 시간에라도 아이와 집중해서 잘 있어주면 괜찮을 거라고 10년 전 교수님의 말씀을 생각하며 위안 삼을 수밖에 없었다.

최소 1년이라고 생각했던 기간이 3년까지 길어졌다. 그 사이에 아이는 초등학교에 입학을 했고, 이사도 했다. 친구들과 헤어지기 싫어서 나와 함께 갈 수 없다고 하던 아이가 떨어져 산 지 3년이 되어가니 친구를 새로 사귀어도 좋으니 나와 함께 살고 싶다고 했다. 고민 끝에 지금은 함께 살고 있다. 아침 출근 시간에 아슬아슬하게 들어가고 야근도 거의 할 수 없어서 아이를 재워 놓고 밤에 못다 한 일을 처리한다. 그럼에도 아이가 매일 생활하는 모습을 옆에서 볼 수 있어 좋다. 상황이 변해서 다시 떨어져 살게 되면 내 안의 수많은 내가 전쟁을 치를 것이다. 아이와 일을 저울질하고 있는 자신에게 화가 날 수도 있다.

'이렇게 해서라도 난 일을 하고 싶은가?'

'내가 일하는 것이 아이와 함께하는 시간과 바꿀 만큼 가치 있는가?'

질문에 대한 답은 그래도 내가 일하는 것이었다. 사실 '일하지 않는 것'은 내 선택지에 없었던 것 같다. 아이가 크면 일하는 엄마인 나를 보면서 자랑스러워할 것이라고 생각했다. 그리고 아이가 커서 나와 같은 상황이 되었을 때 엄마인 나를 떠올리면서 본인의 일을 포기하지 않고 힘을 내는 기준이 될 수 있다고 생각했다.

오늘 아침도 아이 등교 준비를 하고, 정신없이 출근한다.

아이를 안아주면서 "사랑해, 오늘도 좋은 하루 보내"라고 말해주고 돌아서는데 등 뒤로 "엄마도 좋은 하루 보내~"라는 답이 돌아온다. 힘들어도 같이 사는 보람을 느낀다.

때로는 흘러가는 대로

고등학생 때 처음으로 성격유형MBTI 검사를 했다. 내가 어떤 사람인지 스스로도 잘 몰랐는데 검사지에 적힌 질문에 답을 하면 내가 어떤 유형인지 가려주니까 굉장히 신선했다. 단순히 태어난 연도와 일자에 따라 나뉘는 별자리나 띠랑은 달리 내가 생각하고 행동하는 것에 따라 유형이 구분되니 뭔가 신뢰가 갔다. 검사 결과 난 극단적인 ESTJ형이었다. 네 가지 특징의 수치가 모두 높았다. 심지어 T와 J는 만점에 가까운 점수였다. T는 논리적이고, 이성적인 판단을 한다는 뜻이고, J는 계획적이고 체계적으로 일 처리를 한다는 뜻이다. 이게 내 생활에 엄청난 스트레스를 받게 하는 요소가 될 거라고는 생각도 못했다. 논리적이고 이성적인 판단을 통해서 계획적이고 체계적으로 일하는 사람이라서 좋은 일꾼이라 꼽힐 만하지만, 이런 성향이 스스로에겐 스트레스가 됐다.

소위 시절 내 별명이 '아 맞다'이긴 했지만 연차가 쌓이면서는 일일, 주간, 월간, 분기 단위로 해결해야 할 일은 미리 계산해서 준비할 줄 알게 되었다. 갑자기 생겨난 일이 아니면 일을 급하게 하지 않도록 조절도 할 수 있게 됐다. 성격유형 결과에서 보여주듯이 나는 원래 닥쳐서 일을 해결하는 스타일이 아니다. 나와 관련된 일이면 예상 범주 안에 있어야 좋았다. 계획대로 착착 진행될 때 굉장히 편안함을 느낀다. 그러다 보니 계획된 일이 아니고 예상한 일이 아니면 다른 사람들에 비해 훨씬 더 스트레스를 받았다. 고3 수험생 때도 수능 일자에 맞춰서 과목별 공부계획표를 일일-주간 단위로 세워서 그대로 실천했다. 공부계획표를 어기지 않으려고 못다 한 하루 공부를 마칠 수 있는 예비시간도 반영해 놨다. 공부하는 것보다 매일 정해둔 공부 목표량을 지키지 않는 것이 더 싫었다. 공부가 아니라 계획을 지키는 것에 강박을 가진 게 아닌지 스스로 의심이 들었을 정도로 계획 안에서 모든 일이 이루어지는 것에 집착했다.

임관해서 일을 하니 계획대로 되지 않는 일이 더 많았다. 부대에서 예기치 못한 일이 생기면 일의 우선순위가 바뀌니 계획이 조정되어야 해서 발생하는 후폭풍이었다. 반대로 개인적인 일은 갑자기 일어날 일이 없었다. 부대에서는 좌충우돌 매일 전쟁하듯이 지나가긴 했지만 개인적으로는 평온함을 유지할 수 있었다.

그러나 아이가 생기고 나서는 언제 터질지 모르는 시한폭탄을 안고 있는 날의 연속이었다. '언제 터질지 모르는 시한폭탄'보다 이 상황을 잘 설명할 수 있는 말은 없는 것 같다. 복직하는 시기부터 그랬다. 분명 휴직은 1년을 신청했고 복직할 시기는 정해졌는데 이게 고정된 날이 아니었던 거다. 함께 근무했던 참모님이 부대 분류를 담당하는 직책에서 일하고 계셨다. 자리가 비어 있는 곳은 많은데, 보충할 사람이 없으니 조금 일찍 복직해 주면 좋겠다는 연락을 하셨다. 복직할 때 나의 관심사는 매일 아이를 볼 수 있는 곳으로 가는 것이었다. 참모님께서 제안한 자리는 시댁과 거리가 멀지도 가깝지도 않은 부대여서 정말 많은 고민 끝에 결국 거절했다. 결과적으로는 그때의 제안보다 훨씬 더 가까운 부대로 복직했지만, 당시엔 그걸 알 수 없는 상황이라 선택하기가 어려웠다. 선택의 주체는 나지만 예상할 수 없는 일들이 자꾸 일어났다. 위탁교육에 선발되면서 아이를 아침에 어린이집에 데려다주고 오후에 다시 데리고 오는 하루를 상상했다. 그런데 이게 웬걸! 난 분명 주간 위탁교육에 선발되어 학교에 다녔지만 대부분의 수업이 저녁 시간대에 있었다. 정작 엄마가 필요한 하원 이후의 시간에 난 학교에서 수업을 들어야 했다. 수업이 이렇게 편성될 거라고는 아무도 상상하지 못했다.

소소하게는 이런 일도 있었다. 강풍을 동반한 태풍으로 피해가 예상되어 휴교령, 등원 금지가 된 적이 있다. 아이를 돌봐줄 사람은 없고 출근은 해야 하고 진퇴양난. 간신히 휴가를 써서 해결했지만, 이런 예상치 못한 크고 작은 일들이 계속 일어난다. 코로나19사태만 해도 그렇다. 등하교 도우미를 써서 출퇴근 시간을 보장받았는데 코로나 사태로 당장 출퇴근 자체가 어려워진 상황도 있었다.

아이가 생기고 나서부터는 예측 가능한 범위에서 준비한 대로 일이 흘러간 적이 한 번도 없었다. 액션 영화에서 배우들이 사전에 합을 맞춰서 장면을 완성하듯이 이후에 발생할 상황에 대해서 머릿속으로 시뮬레이션을 수없이 해봐도 소용없었다. 일은 전혀 예상하지 못한 방향으로 흘러갔다. 계획을 세워도 그대로 진행될 확률이 지극히 낮아서 예측해서 대응할 방법을 고민하는 게 부질없어졌다. 물론 업무를 처리할 때 일이 다 터지고 수습하는 것은 하수들의 방식이다. 그러나 아이에 관해서는 하수의 방법이라고 생각했던 것이 고수의 방법이었다. 예측할 수 없는 일이 시시각각 일어났고 결국 그때그때 일을 해결하는 법을 배워야 했다.

아무리 준비해도 예상과 다른 상황이 펼쳐질 뿐이라면 상황이 벌어지고 그걸 해결하는 데 집중하는 것이 효율적이다. 어찌 됐든 답은 있다. 미리 문제를 풀어놔도 새로운 문제가 생긴다면 미리 고민해 봐야 헛일인 거다. 그러니 때로는 조금 느긋하게 생각할 줄 아는 것도 필요하다. 특히 나같이 극단적으로 계획적인 J 성향을 가진 사람이라면 과감하게 '어떻게든 되겠지'란 태도가 필요하다. 너무 완벽해지려고 하지 말자. 예측할 수 없는 게 당연하다. 생각지 못한 일에 대해 너무 스트레스받지 말자.

PART 5

★

가지 않은 길을
가려는
그대에게

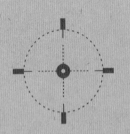

이것만은

군인으로 일하면서 도움이 되는 능력은 무엇인지 고민해 봤다. 육사에서 4년, 임관해서 16년. 20년이 넘는 기간 동안 정말 필요한 건 뭐였을까. 능력은 많으면 많을수록 좋지만 내가 생각했을 때 딱 세 가지를 잘 관리하면 생활하면서 어디에서든 쓸모있는 사람이 될 수 있지 않을까 한다. 아니, 쓸모를떠나서 스스로 자신감을 갖고 일할 수 있다고 생각한다. 물론업무능력이 기본적으로 갖춰져야 한다는 전제다. 중심이 부족하면서 양념으로 핵심을 가리려고 하면 오래갈 수 없다. 금방 들통나니까 기본 업무능력을 보유하는 것이 우선이다.

체력관리

기본 업무능력을 제외하고 첫 번째로 필요한 것은 누가 뭐라 해도 체력이다. 어떤 일이든 에너지가 있어야 할 수 있다. 체력은 달리고, 걷고, 운동할 때뿐 아니라 앉아서 일하는 데에도 필요하다. 육사에 다닐 때는 체력이 절대적인 요소였다. 잘못해서 혼나면 얼차려를 받아야 했고, 매일 체육수업이 끝나고 저녁을 먹기 전 학교 한 바퀴(5km)를 뛰어야 했다. 그렇게 일과를 마치고 야간에는 다음 날 수업 준비와 과제, 시험을 위해 새벽까지 버틸 수 있어야 했다. 체력이 약하면 공부도 할 수 없다. 앉아서 공부만 시작하면 졸음이 쏟아지는 건 체력이 부족하니 잠으로 에너지를 채우라는 몸의 신호다. 체력도 내 성적의 일부였다.

임관하고도 체력을 유지해야 했다. 내가 전투병과인지 행정병과인지 상관없이 체력은 나를 평가하는 한 부분이 되었다. 심지어 객관적으로 개인의 능력이 가장 쉽게 드러나는 부분이 매년 실시하는 체력검정 등급이다. 팔굽혀펴기, 윗몸일으키기, 3km 달리기 결과로 3급부터 특급까지 등급이 정해진다. 타고난 체력이 좋은 사람들은 연습을 별로 하지 않아도 좋은 등급을 받기도 하지만, 그래도 본인의 노력 여부에 따라 특급을 받을 수 있다. 평소 관리가 안 되면 벼락치기로 절대 좋은 등급을 받을 수 없는 것이 체력검정이다. 실제로 각종 선발을 위해 심의를 하면 체력검정 결과가 평가 요소로 들어가는데, 매번 3급, 불합격 수준을 오가는 사람은 좋은 평가를 받기 어렵다. 초급장교일수록 더 크게 작용한다. 내가 근무했던 부대의 지휘관은 군인의 체력에 대해서 매우 중요하게 생각했다. 체력검정 급수가 '특급'이 아니면 다른 능력이 아무리 뛰어나더라도 표창 심의, 장기 선발심의, 진급 추천 심의 등 각종 심의 간에 절대 선발될 수 없었다.

또한 초급장교 때는 일이 숙달되지 않아 야근이 잦다. 초급장교가 아니라도 일이 많으면 야근을 해서라도 마무리를 지어야 한다. 야근을 얼마나 하든 상관없이 다음날 어김없이 출근해야 하는 것도 당연하다. 이걸 버티게 해주는 게 체력이다. 잠을 적게 자고도 버틸 수 있는 이유는 그동안 쌓아둔 에너지가 많기 때문이다. 이 에너지는 운동을 잘하고 못 하고와는 전혀 상관없다. 잘 먹는 것으로, 또는 꾸준한 운동으로 차근히 다지는 것만이 체력을 늘릴 수 있는 방법이다. 체력을 쌓고 늘리는 방법이 즐거운 일만은 아니다. 어렵고 귀찮고 힘든 일이다. 누군가가 그랬다. 20대의 체력은 10대 때 만들고, 30대의 체력은 20대에 만들고, 40대의 체력은 30대에 만드는 것이라고. 그 말대로 생도 생활에 치열하게 만들었던 체력으로 30대인 지금 무리 없이 지낼 수 있는 것 같다. 놀고 싶어도 체력이 있어야 한다. 꼭 군 생활을 잘하기 위해서라기보다는 좀 더 즐겁고 에너지 넘치고 신나게 지내기 위해서라도 체력관리는 필수다.

여담이지만 아이를 키울 때도 체력은 중요하다. 내 몸이 힘들면 그렇게 사랑하는 아이도 귀찮아진다. 체력이 떨어지기 시작하면 스트레스 역치도 낮아져서 작은 일에도 화가 나고 짜증 난다. 그걸 아이한테 쏟아내게 되면 악순환의 반복이다. 아이가 100일이 지나도 밤에 통잠을 못 잤다. 휴직하는 1년간 한 번에 4시간 이상을 자본 적이 없는데, 그럼에도 내가 버틸 수 있었던 것은 그동안 부대 생활을 하면서 체력관리가 되었기 때문이라고 확신한다. 워킹맘이 되면 체력은 더 필요하다. 아침에 부대로 출근하고 저녁에 집으로 다시 출근한다. 내가 감당해야 하는 노동의 양이 혼자일 때보다 확실히 늘어난다. 일도 하면서 아이도 돌보려면 체력관리는 더욱 필요하다.

운동

내가 군 생활을 하면서 잘했다고 생각하는 것 중 하나가 바로 부대에서 할 수 있는 운동을 종목별로 배운 일이다. 생도 때 일반 체육을 가르쳐주는 시간이 있다. 1학년 때부터 4학년 때까지 학기별로 한 종목씩 배우는데, 축구 2개 학기, 테니스 2개 학기, 농구, 탁구, 족구, 핸드볼, 배구를 배웠다. 그중에 테니스는 학기 동안 배운 것으로 부족해서 앞서 말했듯이 10개월 정도를 중위 때 더 배웠다. 그때 배운 것으로 지금도 부대에서 남군들과 축구(풋살), 테니스, 족구, 배드민턴, 탁구를 함께 한다. 남군들만큼 할 능력이 필요하다기보단 함께 어울릴 수 있는지가 중요하다. 그거 못 어울린다고 문제가 되겠냐고 생각할 수 있으나, 이를 통해서 업무를 부드럽게 해결할 기회가 생긴다. 상하 동료 간 유대감을 느끼기에 운동만큼 좋은 것이 없다. 일로만 다가가면 해결하기 어려운 것도 어울려 운동하면서 얘기하다 보면 손쉽게 풀리는 경우도 많다. 남군들은 꽤 잘하는 수준이어야 기억에 남을 테지만, 여군은 운동을 조금만 할 줄 알아도 굉장히 인상 깊다(내 생각이 아니라 같이 근무한 남자 동료들에게 들었다). 일을 하면서 많은 사람을 만나지만 기억에 남는 사람은 의외로 많지 않다. 그런 사람들에게 '나'라는 사람을 어떤 방식으로든 기억하게 만들면 후에 어떻게 돌아올지 모른다. 이런 것을 다 떠나서 부대에 가서 일 말고도 신나는 일을 동료들과 함께 하는 것으로 좋은 에너지를 받을 수 있다. 나는 몸을 움직이고 사람들과 어울리며 에너지를 받는 사람이다. 가끔 부대에 출근하는 이유가 동료들과 운동하고 싶어서였던 적도 있다. 운동도 즐기고 군 생활하는 데도 도움이 되는 방법이니 나한테는 일석이조였다. 운동을 직접 하기는 어렵다면 경기 규칙이라도 알아두면 좋다. 여군 선배 중에는 축구 경기에서 남군들과 똑같이 할 수 없으니 축구 심판 자격을 따서 부대에서 축구 경기 시 심판을 본 선배가 있다. 직접 운동하지는 못해도 경기를 볼 줄 알고 함께 할 방법이 될 수 있으니 심판 자격을 따진 못해도 규칙은 알아두면 좋다.

밝은 표정(feat. 웃음), 자신감 있는 목소리

사람마다 모두 개성이 다르고 가진 재능도 다르다. 신기하게도 사람을 보는 눈이 그리 다르지 않다. 내가 좋다 생각하면 다른 사람도 그 사람을 좋게 평가하고 있을 확률이 높다. "나만 그렇게 생각한 게 아니었구나~" 하고 맞장구친 경험은 누구나 있을 것 같다. 사회생활을 시작한 새내기라면 특히 직장에서 상사들이 나를 좋게 평가해 주길 바라지 않을까? 나도 그랬다. 어떻게 하면 좋은 평가를 받을 수 있을까? 아주 쉽다. 나도 다른 사람들을 평가하지 않나. 내가 좋다고 평가한 사람들과 비슷하게 행동하면 된다.

밝은 표정만큼 사람을 만났을 때 기분 좋은 느낌을 주는 것은 없다. 기왕이면 다홍치마라고 어차피 상대해야 하는 사람이면 찡그린 얼굴보다는 웃는 얼굴이 훨씬 대하기 편하기도 하다. 남들이 "쟤는 참 실없다. 맨날 뭐가 좋아서 저렇게 싱글벙글이지?"라고 하는 게 나쁜 말 같지만, 실은 칭찬이다. 그렇게 말하는 사람도 사람이 항상 기분 좋은 상태일 수는 없으며, 볼 때마다 웃는 얼굴을 하는 사람은 노력하고 있다는 것을 안다. 그래서 억지로라도 웃는 얼굴을 하려고 노력하면 좋다. 후배들을 만나보면 눈길 한 번 더 가는 후배들은 아무래도 밝은 사람들이다. 후배에게 듣기 싫은 말, 혼내는 말 하는 것이 썩 내키지 않지만 그래도 한 번씩 안 좋은 소리를 해야 할 때가 있다. 그럴 때 아무 일 없다는 듯이 웃으면서 더 적극적으로 다가와 일을 하려는 후배가 더 예뻐 보이고 더 알려주고 싶다. 나만 그럴 것이라고 생각하지 않는다.

마지막으로 자신감 있는 목소리! 임관해서 첫 부대에 갔을 때 선배 중의 한 분이 이런 말을 해주셨다.

"미영아, 누군가에게 보고하거나 말을 할 때는 자신이 없고 확실하지 않은 것 같아도 말끝을 흐리지 마. 말을 흐리고 정확히 끝내지 않으면 아무리 옳은 말이라 하더라도 너의 말에 신뢰가 가지 않아. 잘못한 것을 보고할 때도 말을 흐리면

회피하려는 것으로 오해받을 수도 있으니까 뭐가 잘못된 건지 명확히 말할 줄 알아야 해."

난 타고나기를 큰 목소리를 가져서 내 목소리 크기에 내가 속고 있었던 것 같다. 자신감 있게 똑바로 말을 하고 있다고 생각했었는데, 그게 아니었다. 그 이후로 말을 할 때, 특히 잘못한 일이나 확신이 없는 것을 말할 때 선배의 말이 떠오른다.

'문장의 끝을 절대로 뭉개지 말아야지.'

"'~했다' 또는 '~했습니다'라고 정확히 말을 마쳐야지.'

요즘은 그런 생각이 든다. 말끝을 흐리는 것은 자신이 없어서라기보다는 그 말에 대한 책임을 피하기 위해서가 아닐까 하고 말이다. 뱉은 말에 대한 책임이 걱정된다면, 말에 책임을 질 수 있을 만큼 제대로 확인하고 말하는 습관을 들이는 것이 좋다. 목소리 크기와는 상관없다. 자신감 있는 목소리와 말투는 그만큼 나에 대한 신뢰도를 높이고 또렷하고 명확한 사람이라는 인상을 주는 요소다.

이대로 괜찮습니까

만 16년이라는 시간이 지나고 나니 내가 처음 군 생활을 시작했던 2007년을 떠올리며 지금이랑 어떤지 자꾸 비교하게 되는 것 같다. '라떼'를 자주 찾으면 꼰대가 된 거라고 했는데…… 하지만 이런 말을 자주 하게 되는 건 후배들에게 관심과 사랑이 있어서다. 지금 하려는 말도 후배들에 대한 관심과 사랑의 표현이라고 생각해 주면 좋겠다.

내가 초급장교일 때 크고 작은 사고들을 많이 저질렀다. 사건·사고들이 터질 때마다 선배 장교들은 주저하지 않고 관심과 사랑(?)을 많이 보여줬다. 그 가르침이 윽박지르며 뭐라고 하는 것이든, 조곤조곤 알아듣기 좋게 충고하는 것이든 군소리 없이 받아들였다. 물론 선배들의 가르침을 100% 완전히 수긍하기 어려울 때도 있지만, 그러려니 하고 생각하면서 지나가는 게 일반적이었다(선배들 없는 자리에서 뒷담화하는 것은 후배들의 애교로 넘어가자. 없는 자리에서는 나라님 욕도 한다고 했다). 지금은 후배들에게 말하는 것 자체가 조심스럽긴 하다. 선배들은 필요한 말을 하는 것이라고 생각하지만, 받아들이는 입장에서는 그것이 괜한 참견이라고 여길 수도 있다. 선배들의 말이 받아들이기 힘들거나 말도 안 된다고 생각이 들면 그 자리에서 말해주면 좋겠지만, 사실 선배에게 반박하기란 쉽지 않다. 그래서 말한 선배는 이상 없다고 생각하다가 뒤통수 맞고 곤욕을 치르는 경우를 종종 봤다. 그래서인지 후배들이 잘못한 것을 알고도 이를 바로 잡아줘야 하나 고민하다가 하지 않는 경우도 꽤 많은 듯하다. 좋은 마음으로 알려줬는데 안 좋은 결과로 돌아올 수 있으니 아예 아무 말도 하지 않고 그런 가능성을 차단하는 것이다. 이런 방향이 후배들에게 좋은 일은 아니라는 생각이 든다.

여군의 경우 더 조심스럽다. 단순한 상하관계에서도 말하기가 어려운데, 여기에 여자와 남자라는 성별 문제까지 더해지기 때문이다.

여군의 비율이 남군보다 훨씬 적고, 장교든 부사관이든 여군 선발인원이 훨씬 적다. 그래서 그런지 평균적으로 여군이 선발 초반에 남군들보다 우수한 편이다(남군들의 수준이 떨어진다고 말하는 것이 아니다). 그러나 임관해서 이 차이가 역전되는 모습을 많이 본다. 이유를 생각해 봤는데, 아무래도 고칠 기회가 적어서인 듯하다. 누구든 초보 시절 없이 베테랑이 될 수 없다. 발전하기 위해선 경험자의 조언이 필요하다. 이걸 얻을 기회는 남군들이 좀 더 많은 듯하다. 남군 후배라면 실수하거나 잘못한 부분을 혼내고 나서 나중에 밥이라도 사주면서 풀면 된다는 생각이 있는지 좀 더 편하게 지도한다. 남군 선·후배들이랑 얘기해 보면 여군을 혼내야 하는 상황이 부담스럽다고 한다. 불러서 뭔가 알려주고 싶어도 괜한 오해를 살 수 있는 행동이라 한 번 더 고민하게 된다고 한다. 그렇게 타이밍을 놓치면 말을 꺼내기도 애매해진다. 그렇게 지나쳐 버리면 여군의 입장에서는 자신이 무엇을 잘못했는지조차 알 수 없고, 잘못을 알지 못하니 고치기도 어렵다. 이런 일이 계속 반복되다 보면 여군들은 크게 성장하기가 어렵다. 오히려 조금 부족해 보였던 남군들이 어느새 능력치가 높아져서 업무를 잘해내고 있는 경우가 많아진다.

갓 임관할 무렵의 능력은 다들 큰 차이가 나지 않는다. 시작 이후에 얼마나 갈고 닦는지에 따라 크게 달라질 수 있다. IQ 테스트를 하는 것이 아니다. 업무능력은 '기술'을 발전시키는 것이기에 고민하고 반복하고 잘못된 것을 고쳐나간다면 충분히 숙달할 수 있다. 그런 기회가 여자라서 없어지지 않도록 스스로 경계해야 한다. 모든 여군이 그렇다는 것은 아니지만 지금까지 지내본 결과 여군들이 상대적으로 불리한 것은 사실이다.

사람이 모든 것을 완벽히 잘할 수 없음을 우리는 모두 안다. 실수하거나 잘못하면 본인이 그걸 제일 잘 안다. 하지만 그 부분을 누가 정확히 짚어주지 않으면 혼란스럽기도 하고, 자기가 일을 잘하고 있다고 착각할 수도 있다. 문제는 그게 잘못이라는 것을 나만 빼고 다 안다는 것이다. 선배도 사람이니까 쓸데없이 이상한 조언을 할 수도 있다. 이상한 조언일지라도 내가 나아지길 바라서 하는 관심의 표현이라고 생각하면 좋겠다. 내가 어떻게 되든지 상관없는 사람들은 아무것도 하지 않는다. 남군 선배들이 내가 여군이라서 괜히 불편한 상황을 만들지 않으려고 정당한 조언조차 하기 어려워하는 눈치라면 적극적으로 나서서 업무지도를 부탁하는 것도 좋다. 선배들이 '얜 뭐지?'라고 생각할 수 있으나 업무를 배우려는 적극적인 태도를 긍정적으로 받아들일 것이다. 내 실수나 잘못에 대해 지적하면 기분이 별로 좋지는 않겠지만 그 지적은 나를 싫어해서가 아니라 내가 하는 업무에 대한

지도다. '일'과 '나'를 구분해서 받아들이자. 동시에 나에게 최면을 걸어보자. '내가 나아지길 바라서 선배가 기회를 주고 있는 것'이라고 말이다.

너와 나의 연결고리

출산율은 저하될 대로 저하됐고, 그 덕분에 의무복무 대상자
나, 부사관 또는 장교로 임관할 수 있는 사람들이 줄어들고
있다. 이전에 운영했던 인력 규모와 같이 운영하기는 힘들다
는 뜻이다. 그러면서 군 간부로 인원들을 모집하는 활동에
더욱 중요성이 높아지고 있다. 장학금 같은 금전적 보상을
하거나 임관 후 삶의 질 향상에 영향을 미치는 군 복지 수준
을 높이는 등, 군인에게 줄 수 있는 혜택에 대해 고민을 많이
한다. 하지만 내가 생각할 때 군 간부가 되려는 동기를 갖게
하려면 군이 매력적인 곳이어야 하지 않을까 한다. 잘나가는
대기업은 적극적으로 홍보하지 않더라도 취업지망생들이 알
아서 찾아보고 노력해서 입사하길 희망하지 않나.

군 조직에 속해 있다는 자부심, 함께 일하면 좋은 정도를 넘어 유사시 내 목숨을 맡길 만큼 신뢰할 수 있는 사람들이 있는 곳이라면 대기업만큼은 아니라도 군 간부가 되고 싶다는 생각이 들지 않을까 한다.

조직이라면 어디든 위계질서를 갖고 있으나 군만큼 엄격한 조직은 또 없다. 게다가 하고 싶은 것은 자유롭게 하는 데 익숙한 세대들이 '상관의 정당한 명령에는 복종해야 한다'가 원칙인 조직에 처음 임관해서 왔을 때 그 갑갑함과 무게감은 일반 기업에 들어갔을 때보다 더할 것 같다. "요즘 애들은" 이라는 말로 무시할 것이 아니라 함께 일해야 하는 동료로서 이해하려는 노력이 필요하다.

내가 소령이 되고 실무자가 아닌 중간관리자로 부서에 배치받았을 때 부서에는 임관하고 채 1년이 되지 않았던 후배와 채 3년이 되지 않았던 후배 둘이 있었다. 나와는 각각 9년, 11년 차이가 났고, 모두 초급간부였다(임관 5년 이하는 초급간부라고 한다). 지금은 고민이 있거나 어려운 일이 있으면 종종 연락하는 사이인데, 당시 그들의 입장에서는 내가 어려운 선배였을 거다. 대화를 많이 하고 부서 분위기도 밝았고, 업무도 무난하게 잘 진행되고 있어서 서로 나름 잘 지내고 있다고 생각했었다. 그러던 중에 나도 정말 꼰대라는 걸 느낀 사건이 있었다.

우리 부서는 크게 두 팀으로 나누어져 있다. 어느 날, 2개 팀의 부서장인 참모님이 갑자기 부서 전체 회식을 하겠다고 하셨다. 업무가 끝날 시간쯤에 우리 팀 인원들에게 "오늘 모두 회식에 참석하시죠?"라고 물었는데, 1명이 참석을 못 한다고 했다. 무슨 일이 있냐고 물어보자 돌아온 답은 "개인 약속이 있어서 참석하기 어렵습니다"였다.

사실 그때 나는 굉장히 당황했다. 내 경험상 집에 무슨 일이 있거나 본인이 아픈 경우를 제외하고는 부서 공식 회식에 불참하는 사람은 없었기 때문이었다. 의례적인 질문이었고, 당연히 모두 참석할 것이라 예상했다. 그리고 동시에, 갑자기 잡힌 회식에 가는 것이 너무 자연스러웠던 나 자신을 돌아보고 충격을 받았다.

그 일 이후로 이런 상황이 발생하면 '그럴 수도 있지'라고 생각하게 됐다. 부대 업무 외 시간은 개인영역임을 다시 한번 확인할 기회를 얻었다고나 할까. 나라면 개인 약속을 변경하고 참석하거나, 약속이 있다는 것을 아예 말도 하지 않았겠지만 후배의 입장에서 회식에 빠지는 일은 전혀 문제가 아니었던 것이다. 굉장히 간단한 사례지만 이런 상황과 마주하는 상급자가 점점 더 많아지는 것 같다.

나 때는 같은 사무실의 상급자가 퇴근하기 전이면 함께 남아 있는 게 거의 정석이었다. 먼저 나갈 생각은 거의 하지도 않았고, 정말 아파서 병원에 가야 한다든지, 그 상급자보다 높은 상급자가 뭔갈 지시한 상황이 아니라면 먼저 나가기 곤란했다.

그런데 요즘 후배들은 달랐다. 본인의 업무가 종료되면 그것과 상관없이 상큼하게 인사를 하고 사무실을 나선다. 야근은 하지 않지만 부족한 부분이 있다고 생각하면 일과가 시작하기 전 새벽에 출근해서라도 채워놓는다. 처음엔 어색하다고 느꼈으나 그들의 업무 방식이라고 생각하기로 했다. 조금 다른 방식이더라도 본인의 업무를 책임감 있게 해낸다면 문제될 것이 아니기 때문이다. 또한 일과 외적으로 업무가 필요하거나 다른 부서원의 업무를 추가적으로 부여해야 하는 경우 등에 무조건적인 '예스'를 바라지 말고 정확히 '왜' 그래야 하는지 설명하면 된다.

상급자만 후배를 이해해야 한다는 말은 아니다. 군에 들어온 이상 후배들도 군 조직의 특성과 그 안에서 일하는 선배들의 특징을 알아야 한다. 나 역시 위관 때는 이해하지 못했던 상급자들의 말이 이제 조금씩 이해가 된다고 느낄 때가 많다. 왜 이런 일을 지시하는지, 혹은 지시하지 않는지 이해하지 못해 상급자에게 실망했던 기억이 있는데, 비슷한 위치에 올라서야 비로소 알게 되는 것이다. 그러니 상급자가 하는 말을 꼰대들이 하는 말로 치부하지 말고 잘 들을 줄도 알아야 한다.

군 간부가 되었다는 것은 스스로 선택한, 책임과 힘이 있는 자리에 왔다는 의미이다. 그러므로 내가 몸담고 있는 이 군이 더 좋은 방향으로 갈 수 있도록 상급자도 하급자도 서로의 의견을 들을 수 있는 마음과 귀가 있었으면 좋겠다. 어색한 것이 잘못은 아니다. 당연하다고 생각한 것들이 깨지면서 어색함을 느끼는 것이라고 생각한다. 예전보다는 당연한 것이 깨질 기회가 더 많아졌다. 당연한 줄 알았던 것이 당연하지 않다고 말할 수 있는 창구도 많아졌다. 그 창구를 유지해야 한다고 생각하는 상급자들이 꽤 늘어났기 때문에 이는 긍정적인 신호라고 생각한다. 한 번에 변하는 것은 없다. 이런 상호작용이 모여서 더 좋은 조직이 되고 또 그런 조직의 일원이 되고 싶은 좋은 사람들이 임관하는 선순환이 일어나면 좋겠다.

90점 만점의 45점 인생

임관해서 많은 사람을 만났다. 굉장히 다양한 사람들을 만났고, 그 사람들은 모두 각자 나름의 목표를 갖고 열심히 산다. 내가 제일 많이 만났던 사람은 밤늦게까지 가족을 위해 열심히 야근하고 있는 선배들이었다. 물론 나도 그 시간까지 일하고 있었기 때문에 그 모습을 볼 수 있었다는 것이 함정이지만. 당시 나는 혼자서 지낼 때였고, 일을 배워야 할 때였으니 선배들보다는 사정이 좀 낫다고 할 수 있으려나. 일을 잘 알아도 야근을 해야 하는 미래를 보면서 조금 우울했다. 그런 생각을 하고 있을 때 전역이 얼마 남지 않은 선배와 이야기할 기회가 있었다. 군인도 공무원이니까 60세까지 일할 수 있을 것 같지만 진급이 되지 않으면 60세가 되기도 전에 전역할 수밖에 없는 시기가 온다. 그 선배도 다음 계급으로 진급하지 못해서 전역하는 분이었는데, 그 선배가 했던 말이 기억에 남는다.

"미영아, 가족을 위해서 야근을 밥 먹듯이 하며 열심히 달렸는데 그렇게 해서 남는 게 뭔가 하는 생각이 지금에야 든다. 일하면서 가족과 시간도 보내고 또, 나를 위한 시간도 있었어야 했는데. 전역할 때가 되니 정신이 좀 드는 것 같네. 너는 너무 일만 하고 살진 마라. 일도, 가족도, 나 자신도 모두 인생의 일부니까. 셋을 잘 돌봐줘야 나중에 나처럼 후회 안 한다."

너무 당연한 말로 들리는가? 그런데 임관을 하고 나서 대부분의 사람이 일에 자신의 에너지를 거의 모두 걸고 사는 것처럼 보일 때가 많았다. 특히, 장교는 계급마다 최대로 근무할 수 있는 나이(연령 정년이라고 한다)가 정해져 있어서 진급이 되지 않으면 당장 생계가 곤란해질 수도 있다. 기회가 무한대로 있는 것도 아니다 보니 새로운 부대와 직책에 가서 나를 드러내기 위한 성과를 내야 한다는 압박감이 상당하다. '이번 한 번만, 이번 한 번만'이라고 스스로를 다독이면서 가족을 달래가면서 진급하기 위해 일하는 기간 연장에 좀 더 집중한다(일하는 기간 연장을 위해서만 다음 계급으로 진급하고 싶은 것은 아니나 현실적으로 무시할 수 없는 부분이다).

　선배가 했던 말을 곰곰이 생각해 봤다. 인생에는 나도 있고, 가정도 있고, 일도 있다. 그 인생을 90점 만점이라 할 때 나 자신 30점 + 가족 30점 + 일 30점으로 볼 수 있다. 내가 일에 모든 것을 걸고 매달렸을 때 얻을 수 있는 점수는 최대 30점이다. 대신 가족과 나 자신의 점수는 빵점이다. 그럼 내 인생은 90점 만점에 30점짜리가 된다. 그런데 모든 것을 걸어도 일에서 30점 만점을 얻기란 쉽지 않다. 내 에너지를 일에도 가족에도 나 자신에게도 적당히 분산을 시킨다면 각각 부문에 50%씩만 달성해도 내 인생은 45점이 된다. 일에 모든 걸 걸어서 달릴 때보다도 훨씬 높은 점수를 받을 수 있다. 수학 계산처럼 명확한 수치를 따지자는 것은 아니지만 일에 매달려서 조바심이 날 때 제발 한 번만 생각해 주면 좋겠다. 이렇게 생각하는 것만으로도 훨씬 스스로에게 여유가 생긴다. 일을 대충 하라는 말이 아니다. 성과를 내야 할 때는 야근도 하면서 일에 집중도를 높여야 한다. 그저 1년 12달을 내내 일에만 매달려 살지 말자는 소리다. 평일에 밤늦도록 일하고, 주말에도 부대 사무실에서 살지 말자. 해야 할 일이 끝도 없이 생긴다고 말할지도 모르겠다. 나도 그랬다. 일과 시간에 반드시 일을 끝내고 '칼퇴'하겠다는 확고한 목표가 없다면 나도 모르게 야근하는 길로 가기 쉽다. 습관처럼 야근하게 되는 것이다. 나도 아이가 생기지 않았다면 선배의 조언을 생각해 내기 어려웠을 것 같다. 일하는 것으로 인정받고 싶은 마음이 커서 늦게까지 일하는 것을 놓기가 어려웠다. 하지만 양가 부모님께 완전히 아이를 맡기고 밤에만 보는 생활을 계속하다간 나중에 아이가 "엄마가 나한테 해준 게 뭐야?"라고 할 것 같았다. 아이가 생긴 덕분에 일에 매달려서 지낼지 아니면 타협점을 찾을지 강제로 고민할 수밖에 없었다. 그 결과, 앞만 보고 달리는 경주마에서 조금이나마 벗어날 수 있었다. 근무 시간을 허비하지 않으려고 노력해서 야근하는 횟수를 현저히 줄였다. 전역할 때쯤에야 '일만 하지 말걸…' 하고 후회해 봐야 아무것도 돌이킬 수 없다. 각자가 중요하게 생각하는 가치가 다를 테니 강요할 수는 없지만 90점 만점에 45점짜리라도 괜찮다는 생각을 할 수 있었으면 좋겠다.

부록

★

알아두면
도움이 되는 내용

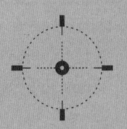

계급

생도 시절 군사학 시간에 육군의 각 부대 위치에 대해서 교관님들이 자주 말씀해 주셨다. 아직은 나와 관련된 정보가 아니라는 생각 때문이었을까? 신기하게도 듣고 나서 돌아서면 매번 잊어버렸다. 임관 직전 부대 분류가 끝나고 동기들이랑 서로 어느 부대로 가는지 확인하면서부터 부대 위치들이 머리에 그려지기 시작했다. 임관한 후에는 굳이 기억하려 애쓰지 않아도 자연스럽게 부대 위치들이 떠오른다. 계급체계도 마찬가지다. 지금은 숨 쉬듯 계급의 차이를 안다. 하지만 군대와 관계된 적이 없는 사람들에게는 굉장히 낯선 영역일 것이다. 내 중·고등학교 때 친구들도 매번 설명해 주지만 군인의 계급을 구분하지 못한다. 군인에 관심이 있다면 계급 정도는 알아두면 좋지 않을까 한다.

① 장교

위관장교	① 소위	② 중위	③ 대위
계급장 모양			

영관장교	④ 소령	⑤ 중령	⑥ 대령
계급장 모양			

장성급장교	① 준장	② 소장	③ 중장	④ 대장
계급장 모양				

② 준사관(소위 계급장과 동일한 모양인데 색만 금색이다)

위관장교	① 준위
계급장 모양	

③ 부사관

계급장 모양	① 하사	② 중사	③ 상사	④ 원사

병과

병과는 대학의 전공처럼 육군 업무의 전공이라고 생각하면 된다. 분야별로 나누어져 있고 병과에 소속된 인원들이 병과 전문성을 갖고 일할 수 있도록 인사관리를 한다.

육사에서는 졸업할 때쯤에 병과를 선택하는데, 각 병과가 정확히 어떤 업무를 담당하는지 제대로 알지도 못하고 선택한 동기가 많다. 그렇게 군 생활을 시작하고 나서 '나한테 맞는 업무는 이게 아니구나. 다른 병과를 가는 게 더 좋았을 텐데' 하며 되돌아보는 경우도 꽤 있다. 병과별로 담당하는 업무를 알고 선택하면 자신이 좀 더 잘하는 분야로 갈 수 있지 않을까 한다.

① 전투병과

병과	내용
보병	육군 병과 중 가장 많은 인원이 속해 있는 병과이다. 지상 전투 시 적 공격 및 방어는 물론 분쟁지역을 점령하여 작전을 종결하는 주체이다.
포병	육군의 가장 강력한 화력으로 원거리에 있는 적을 타격하고 보병 및 기갑부대 등 아군 전투부대의 이동 및 전투를 지원한다.
기갑	전차와 장갑차의 우수한 화력과 빠른 기동력을 바탕으로 적 부대를 공격하는 병과이다.
공병	전장에서 아군의 기동을 보장하고, 지뢰 설치, 교량 폭파 등을 통해 적의 기동을 저지하는 병과이다.
정보통신	최신 정보통신기술을 활용하여 정보를 실시간으로 전파하고 사이버 정보를 보호해 네트워크 생존성을 보장하는 병과이다.
정보	적의 공격 의도를 조기경보 및 전파, 또 적 장비 시설·부대 등의 위치 탐지 및 이동 상황 등의 정보를 제공하는 병과이다. 또한 아군의 정보를 보호하는 보안업무와 심리전 활동 등의 업무도 수행한다.
항공	헬기를 이용한 기동, 공중 기동을 통한 정확한 목표 타격, 인원을 헬기에 탑승시켜 적 지역으로 이동하여 공격하는 공중강습작전과 항공지원 및 대민지원 등의 임무를 수행한다.
방공	적의 항공기, 미사일 등 공중공격을 방호하는 병과이다. 레이더를 이용하여 적의 공중공격을 사전에 탐지 및 전파하고, 방공무기를 이용하여 적을 제압한다.

② 기술병과

병과	내용
화생방	적의 화생방 및 핵무기 공격 시 인체·장비·지역 제독으로 아군의 생존성을 보장하는 병과이다.
병기	육군의 지상작전 수행에 필요한 장비·탄약·수리부속을 지원하는 병과이다.
병참	군 임무 수행에 필요한 물자(식량·연료 등)의 보급과 활용가치가 없어진 각종 물자를 회수하고 전투력 유지 및 증대를 위해 목욕·세탁 등의 지원 임무도 수행한다.
수송	육로, 철도, 항공, 수로 등의 제 수송 수단을 이용하여 인원, 장비, 물자를 적시적소에 이동시킬 수단과 방법을 제공한다.

③ 행정병과

병과	내용
인사	전 신분의 군인 및 군무원에 대한 임용(입대)부터 전역까지의 모든 인사관리와 획득업무, 영현업무, 포상·의식행사 등의 인사지원 업무와 군에서 생산하는 공문서 등 각종 기록물 관리 업무를 수행한다.
재정	예산의 편성 및 집행, 장병 급여 및 퇴직금 지급, 시설공사·물품구매·용역 등의 심사, 계약체결, 정산업무를 수행한다.
군사경찰	육군의 경찰 역할을 하는 병과로 군기 및 법질서를 유지하고 주요 인사 경호, 행사 및 작전 차량 이동 시 교통통제와 호송지원 등의 임무를 수행한다.
공보정훈	장병 정신교육을 통한 올바른 국가관 확립, 문화 활동을 통한 장병 사기진작, 국민과 소통하기 위한 홍보 및 공보업무 분야를 담당한다.
군악	음악활동을 통한 장병 사기 진지, 전투 의지 고양 및 정서 함양으로 군 무형전투력 향상에 기여하고 대국민 홍보활동도 지원한다.

④ 특수병과

병과	내용
의무	군의, 치의, 수의, 의정, 간호병과로 구성되어 있으며, 전 장병의 건강과 의료업무를 담당하는 병과이다.
법무	군의 사법업무를 담당하는 병과로 군사법원 및 군 검찰의 운영, 법령의 제·개정, 법규관리 등을 수행한다.
군종	군의 신앙전력화 및 올바른 사생관에 대한 지도 업무를 담당하는 병과이다. 종교의식을 통한 신앙지도와 상담 활동을 통한 인성지도를 담당한다.

⑤ 그 외

병과	내용
감찰	법규 및 지휘관 지시에 따른 검열·감사·조사·소원수리·예방감찰 활동 등을 통해 각급 부대들의 임무수행 상태를 평가하는 병과이다. * 소령과 중령 때 특파 형태로 선발하여 운영하므로 임관할 때 곧바로 선택할 수 없는 병과다.

　내가 임관할 당시만 해도 포병, 기갑, 방공병과는 여군이 지원할 수 없었다. 2014년부터는 여군이 갈 수 없는 병과의 한계를 없애고 모든 병과로 임관이 가능해졌다. 어떤 병과를 선택해도 남군이라서, 여군이라서 유리하고 불리한 부분은 없다. 개인마다 갖고 있는 성향과 특성에 따라 차이가 있을

뿐이다. 단지 전투병과의 경우 지휘관 직위를 반드시 거쳐야 하고 위관장교 때는 특히 야외에서 활동을 많이 해서 몸을 더 많이 쓰는 건 있다. 아무래도 체력적인 측면에서 남군에 비해 불리할 수 있으나, 본인이 체력관리를 열심히 한다면 충분히 극복 가능하다. 기행병과를 선택하면 상대적으로 업무능력이나 체력적인 부분에서 여군이라는 것을 의식하지 않고 근무할 수 있다는 점이 좋다.

그래도 굳이 여군이라서 좀 더 유리한 부분을 생각해 보자면, 남군들보다 소수인 관계로 비록 작은 성과라 할지라도 상급자나 동료들에게 나라는 사람을 각인시키기 좋다는 것이다(반대로 말하면 조금만 실수하거나 부족한 부분이 있다면 그 또한 낙인찍히기 쉽다는 뜻이다). 그리고 상하 동료들과 소통하거나 관리자로서 병사들을 대할 때 좀 더 부드럽게 다가갈 수 있어 원만하고 원활한 관계를 맺을 수 있다. 이런 부분은 병과 전문지식과 업무능력을 기본적으로 갖춰야만 빛날 수 있다. 결국 각 병과마다 요구되는 능력은 병과를 선택한 후 개인이 조금씩 노력하여 쌓아가야 하고, 이는 남군과 여군이 다르지 않다. 그러므로 여군에게 유리한 병과가 무엇인지 고민하여 선택하기보다는 내가 어떤 병과에 적합할지 고민한 후에 선택하는 것이 가장 중요하다.

부사관으로 임관해도 병과가 나뉜다. 다만, 장교와는 달리 좀 더 세부적으로 구분되어 임관한다. 이를 병과 세부특기라고 한다. 따라서 부사관의 업무영역은 병과보다는 병과 세부특기별로 구분된다고 볼 수 있다.

장교 병과 중 보병병과를 예로 들면 보병병과에 속하는 부사관의 세부특기는 일반보병, 특전보병, 특임보병 세 가지이다. 기갑병과에 속하는 부사관의 세부특기는 전차 또는 장갑차를 운전하는 특기, 해당 장비를 정비하는 특기 등으로 구분된다. 대학 전공에 빗대 설명하자면, 학사과정에서 국사학과 전공이었다면 석사 또는 박사과정으로 가면서 근현대사 또는 고대사 등으로 좀 더 세분화해서 전공을 결정하는 것과 같다. 장교가 맡은 역할은 관리자라고 한다면 부사관은 해당 직무의 특수성을 갖고 일하는 전문가 또는 기술자라고 할 수 있겠다. 해당 직무에 대한 전문성을 갖고 장교를 도와 부대 전투력을 발휘하는 데 도움을 주는 역할이라고 볼 수 있다. 장교의 병과는 앞서 설명했듯이 총 20개이고, 부사관은 19개 병과 안에 세부특기가 총 44개이다.

장교·부사관 임관 과정

앞에서도 말했지만, 여러 과정을 통해 장교로 임관할 수 있다. 과정별로 간략히 소개한다. 육군모집 홈페이지에 접속하면 좀 더 자세한 사항을 확인할 수 있다.

장교 임관 과정

① 육군사관학교

육군사관학교에 입학하여 4년간의 생도 생활을 거쳐 졸업후 임관한다. 고등학교 졸업자(또는 이와 동등한 학력이 있다고 인정되는 자)이면서 만 17세 이상 21세 미만인 자는 지원이 가능하다. 의무복무기간은 10년이다. 단, 5년 차에 전역할 기회가한 번 주어진다.

내가 입학할 당시에는 육군사관학교의 입학은 1차 필기시험(국·영·수), 2차 면접·논술·신검·체검, 3차 수능까지 총 3단

구분	육사(서울)	해사(진해)	공사(청주)
모집인원	330명	170명	235명
	남 290, 여 40	남 144, 여 26	남 199, 여 36
1차 시험	시험 과목 및 시험 일자 동일 (3개 사관학교 동시 지원 불가)		
	모집정원의 5배수(남), 8배수(여) 선발	모집정원의 4배수(남), 8배수(여) 선발	모집정원의 4배수(남), 8배수(여) 선발
2차 시험	신체검사, 체력검정, 면접 1박 2일간 각 학교에서 실시		

(학교별 모집인원은 각 군의 인력 소요에 따라 변경될 수 있다.)

계를 모두 거쳐야만 합격할 수 있는 전형밖에는 없었다. 하지만 지금은 일반전형과 특별전형으로 구분하여 선발한다. 일반전형에는 우선선발과 종합선발이 있는데, 종합선발은 이전에 내가 입학할 당시의 전형과 동일하다. 우선선발에는 고교학교장 추천과 적성우수 두 가지로 나뉘는데, 여기에 합격하면 수능 점수를 합산하지 않고도 입학이 가능하다. 앞서 말한 대로 1차 필기시험을 통해 남학생의 경우 정원의 5배수, 여학생의 경우 정원의 8배수를 선발한다. 2차 평가는 1박 2일간 육사에서 진행되는데, 체력평가는 현재 윗몸일으키기,

팔굽혀펴기, 1.2km 달리기 단 3종목만 준비하면 된다.

② 육군3사관학교

육군사관학교에 입학하여 2년간의 생도 생활을 거쳐 졸업 후 임관한다. 4년제 대학 2학년 이상 수료자, 또는 2년제 대학 졸업자 또는 졸업예정자이면서 만 17세 이상 23세 미만인 자는 지원이 가능하다. 의무복무기간은 6년이다.

3사관학교의 입학 역시 1차 서류전형, 2차 선발고사, 3차 면접·신검·체력평가까지 총 3단계를 거쳐 선발된다. 1차 서류전형 때 대학성적, 고교 내신성적, 수능성적을 합산하여 성적순으로 남학생은 정원의 4배수, 여학생은 정원의 8배수를 선발한다. 2차 선발고사는 모의토의 Reading 100문제 및 간부 선발 도구 지적능력평가(3사관학교 홈페이지 입시자료실 자료 참고)를 실시한다. 1차 성적과 2차 성적을 합산하여 고득점자순으로 남학생은 정원의 2배수, 여학생은 정원의 3배수를 선발한다. 최종 3차 선발은 육사와 마찬가지로 1박 2일간 3사관학교에서 실시하며, 여기에 포함된 체력평가는 육사 입학과 달리 문화체육관광부 '국민체력인증센터 체력인증서'를 제출하면 된다. 이때 평가하는 항목은 악력, 교차윗몸일으키기, 스텝검사, 반응시간, 제자리멀리뛰기이다.

육군3사관학교 입학제도가 육군사관학교의 입학과 가장 큰 차이점이 있다면 바로 예비생도를 선발하는 것이다. 육사의 경우 다음 해 입학할 인원들만 선발한다면 육군3사관학교는 정원의 20% 인원은 2년 전에 미리 선발해 두는 예비생도 선발을 함께 진행하고 있다.

③ 학군사관 후보생(ROTC)

전국 113개 대학 재학생 중에서 선발하여, 2년간 군사교육을 실시한 후 임관한다. 4년제 대학 1~2학년(또는 5년제 대학 2~3학년)에 재학 중이며 임관일 기준 만 20세 이상 27세 이하인 사람만 지원이 가능하다. 의무복무기간은 장교 임관과정 중 가장 짧은 2년 4개월이다.

학군사관으로 지원은 학군단이 설치된 대학에서만 가능하다. 여대에 설치된 학군단은 이화여대, 숙명여대, 성신여대 세 곳이고 나머지 대학은 남군과 여군 모두 지원이 가능하다. 1·2학년에 지원이 가능하고 1차 필기고사 및 대학성적, 수능 및 내신성적, 2차 면접·체력·한국사 인증·신검을 실시하여 최종 선발된다. 최종합격하고도 휴학을 하게 되면 포기한 것으로 처리되기 때문에 주의해야 한다.

④ 학사사관

4년제 대학 졸업(예정)자이면서 만 20세 이상 27세 미만인 자(박사학위과정 수료자는 만 29세 이하)가 지원이 가능하고, 선발된 후 17주 동안의 양성과정을 거쳐 임관한다. 의무복무기간은 3년이다.

학사사관 과정 역시 1차 필기평가(간부선발도구 및 한국사 능력검정), 2차 면접·체력·신검을 통해 최종 선발된다. 예비자를 포함하여 정원의 130% 범위까지 선발하고 합격포기자가 발생하면 예비합격자 순으로 합격 조치한다. 학사사관 체력평가도 문화체육관광부 '국민체력인증센터 체력인증서'로 평가를 대체한다. 17주 동안의 양성과정 마지막에 체력등급에 대한 임관 가능 여부를 판단한다. 이때는 체력검정(윗몸일으키기, 팔굽혀펴기, 3km 달리기) 등급이 3급 이상이 되지 않으면 임관할 수 없기 때문에 그동안 받은 훈련이 수포로 돌아가지 않게 해야 한다.

학사사관 과정도 학사 예비장교 후보생 선발을 동시에 진행하고 있어서 대학 재학 중인 2학년, 3학년 때 지원하여 선발될 수 있다. 학사 예비장교로 선발되면 학군단에서 17주 양성과정에 들어가기 전까지 건강 또는 체력을 관리해 준다.

학군사관후보생 및 학사장교 중 군 장학생 또는 군 가산복무지원금 과정으로 선발된 경우엔 장학금 또는 지원금을 받은 기간만큼 의무복무기간이 가산된다. (예를 들어, 학사장교의 의무복무기간은 3년인데 군 가산복무지원금 과정으로 선발된 경우는 학비를 지원받은 4년만큼 의무복무기간이 가산되므로 총 7년을 근무해야 전역할 수 있다.) 장교가 되길 희망하는 경우는 장학금 또는 지원금을 받고 대학을 다니면 경제적으로 도움이 된다. 하지만 이런 과정이 있는 것을 뒤늦게 알아서 지원하지 못했다는 후배들의 얘기를 많이 들었다. 관심이 있다면 확인하고 지원하는 기간을 놓치지 않았으면 좋겠다.

장교가 될 수 있는 길은 이처럼 매우 다양하다. 현재는 모든 장교 임관과정이 1년에 1개 기수만 임관하고 있지만, 시기에 따라 1년에 2개 기수가 임관했던 과정도 있고, 몇 년간 아예 임관하지 않았던 과정도 있다. 그리고 첫 임관을 시작한 연도도 모두 달라서 임관기수만 듣고는 언제 임관한 건지 바로 떠올리기가 어렵다. 그건 현재 장교로 근무하고 있는 인원들도 마찬가지라서 서로 임관 기수가 어찌 되는지 묻고 난 후 본인이 임관한 기수와 연도를 기준으로 덧셈, 뺄셈을 하면서 머릿속으로 빠르게 계산해 보곤 한다.

부사관 임관 과정

① 민간부사관 과정

민간부사관 모집은 1년에 총 3회 실시한다. 임관일 기준 만 18세 이상 27세 이하인 사람이면서 고등학교 이상 졸업자(이와 같은 수준 이상의 학력이 있다고 교육부 장관이 인정하는 사람(검정고시 합격자 포함)), 중학교 졸업자는 「국가기술자격법」에 따른 자격증 소지자는 지원이 가능하다. 의무복무기간은 4년이다.

지원서 접수는 육군모집 홈페이지에서만 가능하고 1·2차 선발 과정을 거쳐 최종 선발심의를 통과해야 최종 합격한다. 1차 선발 시 지적능력평가, 상황판단 및 직무성격 검사, 인성검사를 소집하여 평가하고, 개인별로 한국사능력검정 결과를 제출한 점수를 합산하여 합격 여부를 결정한다. 2차 선발은 1차 평가 합격자에 한하여 이뤄지고, 평가 내용에는 직무수행능력평가, 체력평가, 신체검사, 면접(AI 및 대면 면접), 인성검사 및 신원조사 결과가 포함된다. 직무수행능력 평가 내용에는 전공학과를 수학한 기간과 기사·산업기사·기능사 등의 자격과, 한국어 능력·전산·한자·외국어·무도 단증 등 자격증, 군사학 이수 여부 및 군 경력 점수가 반영된다. 체력평가는 장교과정과 동일하게 문체부 산하 '국민체력인증센터' 인증 서류를 제출하면 그 결과로 평가된다.

합격하면 부사관학교에 입교하여 최대 12주, 최소 3주 교육을 받는다(군 미필자 12주, 하사 이사 복무경험자 중 초급리더 교육 미수료자 10주, 하사 이사 복무경험자 중 초급리더 교육 수료자 3주).

장교와 달리 부사관은 지원할 때 특기를 선택해서 지원이 가능하다(장교는 앞서 설명한 대로 모든 과정이 임관 직전에 1·2·3지망을 지원하고 성적순으로 분류한다). 다만, 전투특기(보병, 기갑, 포병, 방공, 정보, 통신, 공병)는 올해부터 통합 선발하고 부사관학교에서 임관 전 세부특기를 부여한다.

② 학군 부사관 과정(RNTC)

학군 부사관으로 임관하려면 장교의 학군사관후보생과 같이 부사관 학군단이 설치된 대학에서만 지원이 가능하다. 부사관학군단이 설치된 대학은 경북 전문대, 전남 과학대, 전주 기전대, 경산 대경대, 광주 동강대, 대전과학기술대, 이렇게 6개 대학이다. 연 1회(3월) 모집하며, 임관일 기준 만 18세 이상 27세 이하이면서 전문대학 2년제 학과 1학년(3·4학년제 2·3학년)인 자만 지원이 가능하다.

1차 선발 시 평가하는 내용은 민간부사관 선발과 동일하다. 2차 선발 시 신체검사, 면접평가, 인성검사 및 신원조회 결과를 평가하는데, 평가항목은 민간부사관 선발과 동일하지만 면접평가 비중이 다른 평가항목에 비해 높다. 또한 학군단이니만큼 다른 모집과정과 달리 대학 성적이 반영된다. 최종 선발 시 포함되는 체력평가는 민간부사관 과정과 마찬가지로 문체부 산하 '국민체력인증센터 인증'으로 대체된다.

장교 학군사관후보생 과정과 마찬가지로 대학 졸업과 동시에 임관되는 과정으로 의무복무기간은 4년이다.

③ 군 가산복무지원금 지급대상 부사관 과정

해당 모집과정은 연 1회 3월에 모집하고, 지원 가능한 연령은 임관일 기준 만 18세 이상 27세 이하이다. 학력은 전문대학 2학년(3년제 대학은 3학년) 1학기에 재학 중인 사람, 4년제 대학교는 4학년(6년제 대학은 6학년) 1학기에 재학 중인 사람, 수업연한이 2년인 대학원은 2학년 1학기에 재학 중인 사람이 지원할 수 있다. 선발 단계 및 평가 방법은 민간부사관 모집과 동일하다. 해당 모집과정에 최종합격 시 2개 학기 등록금 기준으로 하여 군 가산복무 지원금이 지급된다. 따라서 의무복무기간은 총 5년으로 부사관 의무복무기간인 4년에 군 가산복무 지원금 수혜 기간인 1년이 합쳐진 기간이다.

④ 임관 시 장기복무 과정

장교 및 부사관으로 임관한 경우, 처음부터 장기적으로 복무할 수는 없다(육사 장교 제외). 과정별 의무복무기간 내에 장기복무 및 복무 연장 선발에서 합격해야만 가능하다. 그러나 '임관 시 장기복무' 과정으로 선발된 부사관의 경우 합격과 동시에 장기복무가 보장된다. 육군사관학교 졸업 후 임관한 육사 장교들과 동일하다. 모든 병과 특기로 지원이 가능한 것은 아니고, 전문성이 필요한 보병(특임보병), 정보(드론/UAV 운용), 통신(사이버정보체계 운용), 항공(항공정비), 병기(특수통신정비), 의무(일반의무, 방사선, 임상병리, 치위생, 응급구조) 등 10개 특기만 모집한다. 지원 가능한 연령은 앞서 설명한 과정과 동일하게 임관일 기준 만 18세 이상부터 만 27세 이하이며, 학력 기준도 동일하다. 그 외 선발 단계 및 방법 모두 민간부사관 과정과 동일하다. 다만, 합격 후 부사관학교에서 실시되는 양성교육 기간은 군 미필자, 군 경험자 구분 없이 모두 12주로 동일하다. 의무복무기간은 7년이다(장교의 경우 장기복무 임명 시 의무복무기간이 10년이지만, 부사관의 경우는 7년이다).

⑤ 특전부사관 과정

앞서 설명한 부사관 모집과정과는 완전 별개로 특전부사

〈육군 장교 임관 기수 대조표〉

임관연도	육사	3사	학군	학사	여군학사
1990	육사 46	3사 27	학군 28	학사 15/16	여군 35
1991	육사 47	3사 28	학군 29	학사 17/18	여군 36
1992	육사 48	3사 29	학군 30	학사 19/20	여군 37
1993	육사 49	3사 30	학군 31	학사 21/22	여군 38
1994	육사 50	3사 31	학군 32	학사 23/24	여군 39
1995	육사 51	3사 32	학군 33	학사 25/26	여군 40
1996	육사 52	–	학군 34	학사 27/28	여군 41
1997	육사 53	–	학군 35	학사 29/30	여군 42
1998	육사 54	3사 33	학군 36	학사 31/32	여군 43
1999	육사 55	3사 34	학군 37	학사 33/34	여군 44
2000	육사 56	3사 35	학군 38	학사 35/36	여군 45
2001	육사 57	3사 36	학군 39	학사 37/38	여군 46
2002	육사 58	3사 37	학군 40	학사 39/40	여군 47
2003	육사 59	3사 38	학군 41	학사 41/42	여군 48
2004	육사 60	3사 39	학군 42	학사 43/44	여군 49
2005	육사 61	3사 40	학군 43	학사 45/46	여군 50
2006	육사 62	3사 41	학군 44	학사 47/48	여군 51
2007	육사 63	3사 42	학군 45	학사 49/50	여군 52
2008	육사 64	3사 43	학군 46	학사 51/52	여군 53
2009	육사 65	3사 44	학군 47	학사 53/54	여군 54
2010	육사 66	3사 45	학군 48	학사 55	
2011	육사 67	3사 46	학군 49	학사 56	
2012	육사 68	3사 47	학군 50	학사 57	
2013	육사 69	3사 48	학군 51	학사 58	
2014	육사 70	3사 49	학군 52	학사 59	
2015	육사 71	3사 50	학군 53	학사 60	
2016	육사 72	3사 51	학군 54	학사 61	
2017	육사 73	3사 52	학군 55	학사 62	
2018	육사 74	3사 53	학군 56	학사 63	
2019	육사 75	3사 54	학군 57	학사 64	
2020	육사 76	3사 55	학군 58	학사 65	
2021	육사 77	3사 56	학군 59	학사 66	
2022	육사 78	3사 57	학군 60	학사 67	

• ▨▨▨ : 최초 여군 임관기수

대한민국 여군입니다

관 과정이 있다. 이는 다른 병과 특기로 지원이 불가하고 오직 특전보병 특기로만 임관할 수 있다. 쉽게 말해서 '특전사'에서만 근무하는 부사관 모집과정이다. 최종합격 시 앞선 과정은 모두 부사관학교에서 양성교육을 받는다면, 해당 과정은 합격 시 특수전학교에서 교육을 받는다.

지원서 접수도 육군모집 홈페이지가 아닌 '특전사 홈페이지'에서 접수해야 한다. 연 4회 선발하고, 지원 가능 연령과 학력 기준은 앞선 과정과 모두 동일하다. 1차 선발 평가 내용도 앞선 과정과 동일하나 2차 선발 내용에 차이가 있다. 체력평가는 특수전사령부 체육관에 소집하여 평가하고, 직무수행능력 평가 시 포함되는 항목은 출결사항, 무도단증, 자격증, 학과졸업 및 군사학 과목 이수 여부 등이다. 의무복무기간은 4년이다.

장교와 달리 부사관 과정은 1년에 수 회에 걸쳐서 한다. 육군 인력운영 계획에 따라 모집하는 기수별로 지원 가능한 특기가 상이할 수 있으니 매 과정별 모집공고에 게시되는 모집계획을 정확히 확인해야 한다.

장기복무와 진급

가장 안정적인 직업이 무엇인가 물으면 첫 번째로 나오는 답은 아마 공무원일 거다. 군인도 공무원 중 하나니까 안정적이라고 생각하기 쉽지만 일반 공무원과는 조금 다르다. 장교든 부사관이든 최초 임관할 때는 사실 계약직과 비슷하다. 각 모집유형별로 계약기간(?)은 다르지만 일반 공무원처럼 60세까지 보장되는 건 아니다. 학군장교는 2년 6개월, 학사장교는 7년, 3사 장교는 6년인데, 대학에 다니면서 군 장학금을 지원받았다면 지원받은 기간만큼 복무기간이 연장된다. 임관 이후 '장기복무 및 복무 연장 선발 과정'에 선발되어야 최초 기간보다 연장하여 근무가 가능하다. 장교 중에 육사 장교만 유일하게 임관과 동시에 장기복무자이다. 임관일로부터 10년 이상 근무하는 인원들을 장기복무자라고 말한다. 여기서 말하는 장기복무자는 60세까지 일할 수 있을까?

슬프게도 그것도 아니다. 여기까지 읽고 나니 뭐가 이리 복잡한가 하는 생각이 들 것 같다.

우선 장기복무에 대해서 얘기해 보겠다. 솔직히 난 육사 장교로 임관해서 장기복무에 대해서는 고민할 일이 없었다. 반면에 당장 직업으로 군인을 계속하고 싶은 동기와 후배들이 가장 처음 맞부딪히는 장벽이 바로 장기복무 선발이다. 취업하는 것이 워낙 어려운 일이 되었고, 대학생 때부터 최소 4년 이상을 군 생활을 하다가 다시 사회에 적응하는 것도 어려운 일이다. 장기복무 선발은 임관 2년 차에 처음 지원할 수 있고 임관 5년 차까지 기회가 있다. 장기복무 선발 시 평가요소는 근무평정, 교육성적, 부대추천, 면접평가, 체력검정, 상훈, 잠재역량까지 총 7개 요소이다. 복무 연장 선발도 장기복무 선발과 함께 이루어지는데, 복무 연장 선발 평가요소는 장기복무 선발 요소 중에 부대추천과 면접평가만 제외한 다섯 가지 항목으로 평가된다. 이 중 가장 큰 비중을 차지하는 것은 근무평정이고, 선발에 결정적으로 영향을 끼치는 것은 부대추천이라 할 수 있다. 근무평정은 매년 전·후반기에 한 번씩 실시하는데 선발하기 직전 반기까지 실시한 결과의 평균값을 환산하여 적용한다. 면접평가는 소집평가과 AI평가 두 개로 나누어서 평가하고, 소집평가는 선발 제대에 따라

군단 또는 육군본부에서 나누어 평가한다. 부대추천은 각 사단에서 병과별, 임관연도별로 장기복무 지원자들을 하나의 집단으로 놓고 그 안에서 서열을 매기는 것이다. 지원자의 30%까지만 '상' 등급을 받을 수 있기 때문에 선발할 때 결정적 요소라 볼 수 있겠다고 생각한다.

선발계획이 공지되고 최종 결과 발표가 날 때까지는 3개월 정도 시간이 소요된다. 장교의 장기복무는 임관하고 2년차부터 지원할 수 있고 임관일로부터 10년을 초과하지 않는 범위 내에서 복무 연장을 함께 지원할 수 있다. 장기복무를 희망한다면 평가요소 중에 본인들이 준비할 수 있는 부분—체력검정, 상훈, 잠재역량(자격증을 말한다)—은 준비시간이 넉넉하지 않으므로 업무가 바빠도 미리 챙겨야 한다. 거기에 추가로 상훈(표창)은 지휘관이 챙겨줄 수 있으므로 장기복무 시 표창 하나 받은 것이 없어서 곤란하지 않도록 하는 것도 중요하다.

부사관들도 장교와 마찬가지로 장기복무 선발이 되어야 7년 이상 근무가 가능하다. 장교는 10년이 장기복무의 기준이지만 부사관들의 장기복무 기준은 7년이다. 부사관은 임관 시 장기복무로 선발되는 일부 특기들을 제외하고는 의무복무 기간은 4년이다.

장기복무 선발만 되어도 60세가 보장되는 조직이면 더할 나위 없이 좋을 것 같다. 장교 및 부사관의 정년은 군 인사법에 명시되어 있다.

〈군인 현역정년〉

계급	연령정년	근속정년	계급정년
대장	63세		
중장	61세		4년
소장	59세		6년
준장	58세		6년
대령	56세	35년	
중령	53세	32년	
소령	45세	24년	
대위 중위 소위	43세	15년	
준위	55세	32년	
원사	55세		
상사	53세		
중사	45세		
하사	40세		

현역정년은 현역으로 복무할 수 있는 기간을 말한다. 현역정년의 종류에는 연령정년, 근속정년, 계급정년이 있다. 계급정년은 장성급에만 해당된다. 세 가지 중에 먼저 해당하는 것에 맞추어 전역하게 된다. 다시 설명하면, 대학 졸업 후 곧

바로 장교로 임관하면 24세이다. 소령에서 중령으로 진급을 하지 못하면 소령의 연령정년인 45세에 전역해야 한다. 소위부터 소령까지 24년을 근무하면 나이가 48세다. 먼저 해당하는 것에 맞추어 전역한다고 했으니 연령정년이 근속정년보다 빨라서 45세에 전역해야 한다는 것이다. 장기복무자라고 해서 60세까지 군인으로 있을 수 없다. 대령까지 진급한다 하더라도 56세면 집으로 가야 한다. 계급이 올라갈수록 정년이 길어진다. 우리끼리는 우스갯소리로 '진급 = 생명 연장의 꿈'이라고 한다. 말 그대로 계급이 높아지면 현역으로서 우리의 생명이 길어진다. 군 생활의 목표가 진급이 다는 아니지만 직업적인 안정성을 무시할 수 없기 때문에 진급이 중요한 부분이긴 하다.

진급이 어려워지는 시기는 대위에서 소령으로 진급할 때부터다. 전체 대상자 중에 4분의 1 정도만 선발된다. 병과별로 따지면 조금씩 차이는 있겠지만 크게 벗어나진 않는다. 첫 번째 진급심사에 들어갈 때를 1차라고 하는데 1~4차 정도까지 기회가 있다. 진급 선발이 되지 않으면 바로 전역해야 하는 것은 아니고 앞서 말했듯이 현역정년에 도달하는 시기에 전역 처리가 된다.

계급별 진급심사는 1년에 1번 있고 약 2주 정도 소요된다.

대위에서 소령 진급심사가 제일 처음으로 진행된다. 심사 마지막 날 선발된 인원 명단이 인트라넷에 공지된다. 진급 발표날이 되면 모두 숨죽이고 명단이 게시되는 것만 기다리고 있다. 접속자가 폭증해서 서버가 멈추는 경우도 종종 있다. 진급심사 시 평가요소는 근무평정, 경력평가, 교육성적, 지휘추천, 체력검정, 상훈까지 총 여섯 가지 요소이다. 심사위원들도 현역으로 근무하고 있는 군인들이므로 심사대상 중에 함께 근무했던 인원들이 100% 존재한다. 심사대상자를 전부 알고 심사할 수 없으므로 편파적인 심사를 막기 위해 심사는 블라인드로 진행한다. 심사위원들은 심사대상자들이 누군지 전혀 알 수 없는 상태에서 제공된 자료를 놓고 대상을 검토한다. 또한 심사에 들어가기 직전까지 심사위원들도 본인들이 심사위원인지 알지 못한다. 심사 당일 심사위원으로 선정된 인원들을 육군본부에서 각각 차량으로 데리러 가고 핸드폰 등 연락 수단은 모두 압수당한 채로 심사장소로 이동한다. 심사기간 동안에는 진급대상자가 아닌 인원 중에 일부를 참관할 수 있도록 하여 심사하는 모습을 공개한다.

매년 진급심사가 이루어지지만 진급대상자에 매년 들어가는 건 아니다. 소위에서 중위로 진급하려면 소위로 최소 1년을 근무해야 한다. 중위에서 대위로 진급하려면 중위로 최소 2년, 대위에서 소령으로 진급하려면 대위로 최소 6~7년(전투병과와 기행·특수병과는 1년의 차이가 있다), 소령에서 중령으로 진급하려면 소령으로 최소 5년, 중령에서 대령으로 진급하려면 중령으로 최소 4년, 대령에서 준장으로 진급하려면 대령으로 최소 3년은 근무해야 진급대상자가 된다. 이렇게 차상위계급으로 진급하는 데 필요한 최소기간을 계급별 최저복무기간이라고 한다.

나는 소령 진급심사를 2017년도에 받았다. 그때 나는 위탁교육 1년 차였다. 육사 장교들은 소령은 다 달아주는 거 아니냐고 많이들 말하지만, 결과 공지가 날 때까지 마음을 졸였었다. 공지는 인트라넷에 게시되니까 인터넷에만 접속할 수 있던 나는 소식을 뒤늦게 전달받을 수밖에 없는 상황이었다. 점심시간이 되기 전 전화가 계속 울렸다. 그제야 발표가 났다는 걸 알았고, 긴장되는 마음을 겨우 내려놓을 수 있었다. 그동안은 선배들의 진급 발표를 확인하고 축하 전화를 했었는데 내가 직접 당사자가 되니 정말 감동했다. 동시에 진급이 되지 못한 동기들도 있었다. 그동안의 노력이 다 무슨 소용인가 하는 허탈함이 느껴질 것 같았다. 선배들은 축하 전화 말고 선발되지 못한 인원들에게 연락하는 게 더 필요하다고 했었지만, 그 순간에는 어떠한 말도 위로가 되기 어렵지 않을까 싶다.

진급심사 후 선발자가 공지되고 나면 공식적으로 작성되는 모든 문서 등에 대위 박미영에서 소령(진) 박미영으로 표기된다. 진급 선발이 되면 곧바로 진급된 계급으로 계급장을 바꿔줄 것 같지만 그렇지는 않다. 군별로 차이가 있는데 육군은 선발 공지가 되고 그다음 해에 해당 계급으로 진급된다. 기분만 좋은 상태로 거의 1년 정도를 진급 예정자 상태로 지낸다. 진급 예정자 시기에 혹시라도 잘못한 일이 있어서 형사처벌을 받거나 징계를 받을 경우, 진급 선발이 취소될 수도 있다. 진급 선발이 될 때까지 잘못 없이 성실히 근무해야 하는 것은 당연하고 선발된 이후라도 진급 신고를 해서 계급장을 달기 전까지는 조심 또 조심해야 한다.

진급에 선발되었다는 것은 심사대상자들 모두를 1등부터 마지막 등수까지 서열을 매겨서 선발 소요 인원만큼 뽑고 나머지를 탈락시키는 것이다. 평가항목 전부가 완벽해서 진급된 것은 아니라는 뜻이다. 입시도 마찬가지 아닌가. 생활지도 기록부, 수능성적 등을 제출해서 지원자 중에 위에서부터 선발인원만큼 뽑고 나머지가 불합격하는 것이다. 합격한 인원들의 모든 성적이 만점이라는 뜻은 아니다. 진급이 되었다면, 나를 포함하여 모든 이들이 이걸 항상 기억했으면 좋겠다. 내가 전부 잘해서 선발될 것이 아니라는 사실 말이다. 부족한 부분이 있지만 선발이 된 것이니만큼 다른 사람들의 의견을 들을 줄 아는 사람이길 바란다.

　계급이 높아질수록 외로워진다. 주변에서 정확한 사실을 말해주는 사람들이 적어진다. 내가 듣기 좋아하는 말만 하든지, 나쁜 일은 최대한 나중에 말해주는 경우가 많다. 당장 소령만 되어도 예전보다 나에게 싫은 소리하는 사람이 많이 줄었다. 하물며 나보다 높은 대령, 장군들은 어떨까. 나보다 더 주위에 직언하는 사람이 없을 것이다. 스스로 깨닫는 게 가장 좋은 방법이지만 어떻게 항상 내가 잘못하고 있는 건 아닌지 고민할 수 있을까. 계급의 무게에 맞는 좋은 상급자가 되기 위해서 언제든 잘못할 수 있는 사람임을 잊지 않으면 좋겠다.

인사이동

군인이라는 직업의 단점 중에 제일 먼저 손에 꼽는 건 아마도 잦은 이동과 이사이지 않을까 싶다. 한곳에 정착해서 살기 어려운 점 때문에 장기복무를 망설이는 인원들도 생각보다 많다. 새로운 환경과 새로운 사람들에 매번 적응하여 업무를 하는 것은 군 생활이 만 16년이 된 나에게도 어려운 일이다. 인사이동을 하고 새로운 부대에 가면 함께 일하는 사람들과 익숙해지기까지 긴장 속에서 생활하게 된다.

임관한 초기에는 어떤 방식으로 인사이동이 이뤄지는지 전혀 알지 못했다. 첫 번째 부대 분류는 육사 졸업 직전에 우리가 모두 지켜보는 가운데 무작위로 정해졌다. 그래서 부대 이동은 모두 무작위 분류 방식인 줄 알았다. 그러니 인사이동에 대해 알아볼 일이 없었다. 그저 때가 되면 어디든 가겠지 하는 생각뿐. 함께 근무했던 분들이 전출신고를 하면 '아,

이제 다시 보기 어렵겠다. 어느새 다른 곳으로 가시는구나' 했고, 새로운 사람들이 눈에 띄면 '아, 사람들이 왔구나. 어느 부서(대) 소속이지?' 하고 잠깐 생각했다가 다시 일상으로 돌아갔다. 부대를 두세 번 옮기고 내가 직접 인사관리 업무를 담당하게 되니 그제야 보이기 시작했다.

육군본부에서는 우리나라를 네 지역으로 구분한다. 동부, 서부, 후방, 육군본부 직할 및 재경지역이다. 심의를 통해 개인별로 이미 근무했던 지역과 이동 희망 지역을 조율하여 최소 근무지역 또는 경험이 없던 지역으로 분류한다.

그렇다면 전 장교가 인사이동의 대상이 될까? 그건 또 아니다. 이렇게 이동하는 인원들은 대위에서 중령까지의 장교들이다. 대령들은 별도의 계획에 의해 인사이동이 이루어진다. 중·소위들의 경우는 복무 연장 또는 장기복무자가 아니라면, 처음 분류된 부대에서 전역할 때까지 근무한다. 나는 임관 후 13개월간 근무했던 첫 부대에서 육군본부 직할부대로 인사이동을 했다. 중위들은 정상적인 인사이동을 실시하는 대상이 아니라서 이렇게 이동할 일이 없는 게 맞지만, 중위들이 가야 하는 자리에 공석이 발생하고 해당 부대에서 보충할 수가 없으면 야전에 있는 인원 중 이동해서 1년 이상 보직이 가능한 인원을 뽑아내서 보충하기도 한다.

장교들의 인사이동은 1년에 4번, 분기별로 시행한다. 이동하는 시기 1개 분기 전에 희망자를 종합하여 육군본부에서 심의한다. 육군본부에서는 각 군단으로 인원을 분류하고 각 군단에서는 다시 군단 예하의 사단으로 대상자를 분류한다. 그러면 최종적으로 사단에서는 대상자의 최종 부대와 직책을 결정하게 된다.

대부분의 사람은 4분기에 인사이동을 실시한다. 4분기는 1년을 마무리하는 시점이면서 1년간 부대별로 부서별로 계획했던 사업들이 일단락되는 시점이다 보니 이동하기 적절한 시기로 느껴지는 것 같다. 그러다 보니 내가 이동할 수 있는 부대에 대한 선택권이 4분기 때가 다른 분기에 비해 좀 더 다양하다. 교육을 위해 부대를 이동하는 것(내가 교육받은 것만 해도 신임장교과정, 군사영어반, 대위과정, 위탁교육, 소령과정까지 다섯 번이나 된다)은 별도의 심의를 거치지 않아서 제외하더라도 지금까지 8개 부대에서 근무했다. 여덟 번의 인사심의를 통해서 이동한 것이다. 한 부대에 보직이 가능한 직책이 많지 않아서 전투병과에 비해 기술·행정병과 인원들의 이동이 상대적으로 더 자주 있는 편이다. 자주 부대를 옮기니 익숙해질 만도 하지만 인사이동 결과를 기다릴 때는 어디로 가게 될지 몰라 두근두근하다. 딱 한 번을 제외하고는 내가 원했던 부대로 분류된 적이 없다. 근무경력을 토대로 분류되지만 상황에 따라 전혀 예상하지 못한 곳으로도 갈 수 있는 것이 인사이동이기 때문이다.

함께 근무한 동료들로부터 인사이동 시기가 되면 종종 연락이 온다. 경력관리를 위해 다음은 어디로 가는 것이 좋겠냐고. 실제 인사관리 업무를 해본 적이 있고, 심지어 병과학교에서 인사관리 업무 과목을 교육생들에게 가르치기도 했지만 정답은 없는 것 같다. 결국 내가 할 수 있는 최선은 새로운 부대와 직책에서 내 맡은 바를 다하고 함께 일하는 동료들과 즐겁게 지내는 것뿐이다.

의식주 + α

임관할 때는 장교, 부사관, 준사관 모두 정복을 입는다. 임관식 같은 큰 행사나 진급식, 전역식 등의 행사를 할 때 착용하기도 한다. 대외기관과 연계된 경우 참석 복장이 정복인 경우도 있다. 정복은 꽤 불편하기 때문에 격식을 차려야 할 경우가 아니면 잘 입지 않는다. 군인의 기본 복장은 전투복으로, 제대의 구분 없이 육군 대다수의 부대에서 전투복을 입고 근무한다. 정복과 전투복은 임관할 때 개인별로 지급되고, 정복의 경우는 맞춤으로 제작된다. 전투복은 사이즈별로 만들어져 있어 기성복을 살 때처럼 본인의 몸에 맞는 사이즈를 골라 지급 받는다. 그 외에도 교육기관에서 교육을 받거나 교관으로 근무하는 경우엔 근무복을 입고 특전사의 경우엔 전투복 대신 특전복이라는, 전투복과는 무늬가 다른 옷을 입고 근무한다. 임관 시 제공된 옷을 전역할 때까지 몇십 년간

입을 수는 없으므로 1년에 한 번씩 필요한 옷을 구매할 수 있도록 피복비가 지원된다. 급여처럼 개인 통장으로 지급되지 않고 군에서 자체적으로 운영하고 있는 간부 피복 쇼핑몰 사이트에서만 사용할 수 있도록 전자현금으로 지급된다. 간부 피복 쇼핑몰에서 전투복, 야전상의, 전투화, 베레모, 우의, 양말 등의 피복류를 구매할 수 있다. 작년 겨울에 카키색 폴리스fleece가 새로 출시됐는데, 내가 이제껏 입었던 육군 피복류 중에 가장 만족도가 높은 제품이다. 이렇게 간부들의 경우는 매년 지급되는 피복비로 쇼핑몰에 게시된 물품을 구매할 수 있고, 정복, 근무복, 전투복 등의 옷을 맞춰 입을 수도 있다.

16년이 넘는 동안 부대 이동을 열 번도 더 했다고 말했다. 새로운 부대를 지정할 때 현재 부대의 바로 옆 동네로 보내주는 것이 아니라 전국에 있는 부대를 대상으로 분류한다. 부대가 결정되면 언제 전입신고를 하는지 인사명령을 통해 알려준다. 전입신고를 한 이후에는 매일 그 부대로 출근해야 하는데 내 몸만 덜렁 갈 수는 없는 일. 부대가 결정되면 가장 먼저 새로운 부대 내 숙소를 신청한다. 대부분의 부대는 부대원들의 숙소를 갖고 있어서 근무하는 동안 그 숙소에서 지낼 수 있다. 가족이 와서 함께 살 수 있는 기혼간부 숙소도 있고, 혼자 지낼 수 있는 독신 간부 숙소도 있다. 기혼자이지만 다른 지역에 가족들은 두고 혼자 부대에 근무하러 오는 경우는 독신 숙소를 배정받을 수 있다. 부대마다 주거시설의 수준이 매우 좋은 곳도 있고 부족한 곳도 있지만 일반인들이 주거비용으로 쓰는 비용보다 훨씬 낮은 비용으로 생활할 수 있다는 것은 굉장한 장점이라고 생각한다. 독신 간부 숙소는 숙소비와 전기세 등을 포함한 모든 비용이 한 달에 10만 원도 되지 않는다. 가족이 함께 지낼 수 있는 기혼간부 숙소도 부대마다 차이는 있지만 처음 입주할 때 보증금(퇴소할 때 다시 돌려받는다)을 내고 나면 한 달에 한 번 일반 아파트 관리비와 비슷한 비용만 내고 지낼 수 있다. 매번 이사할 때마다 발생하는 이사비용도 만만치 않은데, 이사해야 하는 거리를 산정해서 이사 화물비도 지원해 준다. 새로운 환경에 적응하고 이삿짐을 정리해야 하는 시간과 노력을 제외하면 비용적인 측면에서는 부담이 덜하다.

국군복지단에서 운영하는 군 콘도 및 호텔시설도 있다. 육군에 국한된 것만은 아니고, 군인이라면 누구나 이용이 가능하다. 현역 군인들뿐만 아니라 전역한 군인들도 쓸 수 있고, 병사들도 이용할 수 있다. 해운대, 대천, 강릉, 속초, 양양, 서귀포, 양평 등 전국의 관광지에 군 콘도 및 호텔을 운영하고 있어서 비교적 저렴한 비용으로 휴가나 여행 시에 이용할 수 있다. 저렴하지만 관리가 잘되어 있고, 관광지와 가까이 있어서 숙소를 어디로 정할지 고민할 때 제일 먼저 떠오르는 옵션이다.

군인으로 지내며 일상에서 만족을 느끼는 부분은 역시 PX이지 않나 생각한다. 부대에서 사용하고 있는 단어는 '충성클럽'이지만 미군의 PX라는 용어를 더 자주 사용하는 것 같다. 쉽게 말하면 부대 내 매점인데, 여기에서 각종 생필품과 식품, 그리고 부대 생활에 필요한 용품(전투복 안에 입는 티셔츠, 속옷, 손전등, 필기구류 등) 등을 시중 마트에서보다 저렴한 가격으로 구매할 수 있다. 나는 라면, 과자 등의 식품류는 충성클럽 말고 다른 곳에서 구매하지 않는다. 지금은 물건도 매우 다양해져서 웬만큼 필요한 물건들은 충성클럽에서 해결할 수 있다. 게다가 간부들에게 면세 주류를 살 수 있도록 해줘서 맥주와 소주를 정말 저렴하게 살 수 있는 게 가장 매력적이다(무한대는 아니고 할당량이 있다). 충성클럽은 부대뿐 아니라 앞서 말한 군 콘도 및 호텔 그리고 부대에서 관리하고 있는 숙소에도 있어서 이용하기 편리하다. 충성클럽은 현역 간부들과 현역 간부 직계, 전역한 간부, 국가유공자들만 신분 확인 후에 출입할 수 있다.

이 밖에도 군과 기업 간 제휴를 맺어 기업에서 제공되는 할인도 있다. 군인 신분이 확인되면 놀이동산도 반값으로 즐길 수 있고, 영화 관람도, 패밀리 레스토랑도 할인된 가격으로 이용할 수 있다.

군인이라서 받는 혜택들을 나열하다 보니 부대에서 좀 더 열심히 일해야겠다는 생각이 든다. 혹시라도 군인들이 받는 혜택이 너무 많다는 생각이 든다면 비상시에 최단 시간에 부대로 복귀해야 하는 긴장감을 갖고, 1년에 한 번씩 지역을 이동해야 하는 삶을 살며, 춥고 더울 때도 야외에서 훈련해야 하는 일상을 겪는 군인들에게 주어지는 보상 차원의 혜택이라고 생각해 주면 좋겠다.

마치며

글을 마무리하는 지금 이것으로 충분한지 고민이 된다. 내가 했던 고민과 어려움을 공유하면서 도움이 되길 바라는 마음으로 시작했는데 막상 마치고 나니 부족함이 많아 보인다. 내가 겪었던 시행착오를 들려주면 후배들에게 조금이나마 도움되지 않을까 하는 자기 최면을 걸어 본다. 덕분에 나는 정신없이 지낸 생도 생활 4년 + 장교 생활 16년을 돌아볼 기회를 얻었다.

이 책을 읽는 독자 중에는 군인을 선택할지 말지 고민하는 분이 있을 수 있다. 또 이미 군인의 길을 걷고 있지만 잘 가고 있는지 고민하고 있을 수도 있다. 아니면 그런 자녀를 지켜보고 계실 수도 있겠다. 그렇다면 똑같은 상황에서 좌충

우둘했던 나를 보면서 '나도 할 수 있다'고 용기 내길 바란다. 여러 선택의 기로에 선 후배들에게 하고 싶은 말은 어떤 선택을 하더라도 아쉬움은 남는다는 것이다. 하지만 고민 끝에 선택을 했다면 끝까지 한번 가봤으면 한다. 잘한 선택인지 의심스러워서 자꾸 뒤를 돌아본다면 결과가 흔들리지 않을까. 나도 아직 끝까지 가보지 못했지만 뒤돌아보지 않고 앞을 보고 가려고 노력하고 있다. '내가 결정했지만 이건 도저히 못하겠다'고 생각할 수도 있다. 나도 그랬다. 그러나 내가 할 수 없을 거라 생각했던 일들이 하나씩 이뤄지는 순간을 경험하면서 몰랐던 나를 알게 되기도 했다. 육사에 입학하는 것으로 시작해서, 20년 이상 군 생활을 하는 것, 석사과정에 선발되는 것, 진급하는 것, 아이를 낳는 것, 아이를 키우면서 일을 하는 것 등등. 그중에 가장 실현하기 어렵다고 생각한 일은 책을 써보는 것이었는데, 그것도 이렇게 이뤄지지 않았나? 여러분도 할 수 있다.

할까 말까 망설이다가 어렵게 선택했지만 가는 길에 고민이 없을 수 없다. 군인의 길을 가면서 고민이 들 때는 언제든 함께 고민하는 사람이 되어 주겠다. 쉽게 가지 않는 길을 선택한 여러분들이 혹시라도 나와 마주치게 될 일이 생긴다면 정말 기쁘겠다.

마지막으로 아침부터 잠들 때까지 정신없이 바쁘게 사는 엄마를 보면서 힘내라고 오늘도 파이팅을 외쳐주는 딸에게 정말 고맙다. 빨리 엄마 책을 만나고 싶다고 응원해 준 덕분에 이렇게 완성할 수 있었다. 초보 엄마로 일할 때 혼자가 좋지 않았을까 생각하기도 했지만 지금은 내 편에서 든든하게 응원해 주는 딸이 있어서 더욱 행복하게 하루를 보내고 있다.

계급장 이미지 출처

소위	https://en.wikipedia.org/wiki/File:SouthKorea-Collar-OF-1a.svg
중위	https://en.wikipedia.org/wiki/File:SouthKorea-Collar-OF-1b.svg
대위	https://en.wikipedia.org/wiki/File:SouthKorea-Collar-OF-2.svg
소령	https://en.wikipedia.org/wiki/File:SouthKorea-Collar-OF-3.svg
중령	https://en.wikipedia.org/wiki/File:SouthKorea-Collar-OF-4.svg
대령	https://en.wikipedia.org/wiki/File:SouthKorea-Collar-OF-5.svg
준장	https://en.wikipedia.org/wiki/File:SouthKorea-Collar-OF-6.svg
소장	https://en.wikipedia.org/wiki/File:SouthKorea-Collar-OF-7.svg
중장	https://en.wikipedia.org/wiki/File:SouthKorea-Collar-OF-8.svg
대장	https://en.wikipedia.org/wiki/File:SouthKorea-Collar-OF-9.svg
준위	https://en.wikipedia.org/wiki/File:SouthKorea-Collar-WO.svg
하사	https://en.wikipedia.org/wiki/File:SouthKorea-Navy-OR-6.svg
중사	https://en.wikipedia.org/wiki/File:SouthKorea-Navy-OR-7.svg
상사	https://en.wikipedia.org/wiki/File:SouthKorea-Navy-OR-8.svg
원사	https://en.wikipedia.org/wiki/File:SouthKorea-Navy-OR-9.svg
저작자	Skjoldro

대한민국 여군입니다

초판 1쇄 발행	2023년 2월 28일

지은이	박미영
펴낸곳	(주)행성비
펴낸이	임태주

책임편집	이세원
디자인	페이지엔

출판등록번호	제2010-000208호
주소	경기도 파주시 문발로 119 모퉁이돌 303호
대표전화	031-8071-5913
팩스	0505-115-5917
이메일	hangseongb@naver.com
홈페이지	www.planetb.co.kr

ISBN 979-11-6471-215-1 (03810)

행성B는 독자 여러분의 참신한 기획 아이디어와 독창적인 원고를 기다리고 있습니다.
hangseongb@naver.com으로 보내 주시면 소중하게 검토하겠습니다.